（1944 年英文原始版）

# The Golden Wing
# A Family Chronicle

# 金翼

## 一个中国家族的史记

林耀华 著 庄孔韶 方静文 译

生活·讀書·新知 三联书店 生活書店 出版有限公司

图书在版编目（CIP）数据

金翼：一个中国家族的史记 / 林耀华著；庄孔韶，方静文译.
—北京：生活书店出版有限公司，2015.5（2025.6 重印）
ISBN 978-7-80768-067-3

Ⅰ.①金… Ⅱ.①林… ②庄… ③方… Ⅲ.①长篇小说—中国—当代 Ⅳ.①I247.5

中国版本图书馆 CIP 数据核字 (2015) 第 061439 号

图书策划　杨震林
责任编辑　何剑楠
装帧设计　罗　洪
责任印制　孙　明
出版发行　生活書店出版有限公司
（北京市东城区美术馆东街 22 号）
邮　　编　100010
经　　销　新华书店
印　　刷　天津睿和印艺科技有限公司
版　　次　2015 年 5 月北京第 1 版
2025 年 6 月北京第 28 次印刷
开　　本　635 毫米 ×965 毫米 1/16　印张 14.25
字　　数　165 千字
印　　数　111,001-114,000 册
定　　价　34.00 元
（印装查询：010-64004884；　邮购查询：010-84010542）

1941 年，林耀华先生与饶毓苏女士在美国新婚留影。

# 目　录

# 前言：《金翼》两个版本的差异

1984年，在我做了林耀华先生的博士候选人以后，似乎研究的兴趣很快从中国西南山地民族转向了汉人社会。之前我就知道他的书房里有一本墨绿皮的精装英文版《金翼》（1948年版[①]），后来我借阅的同时，还有宋和的台湾繁体字中译本，这当然是同一本书的不同文本。在笔者多次访问“金翼”黄村田野调查间隙，时而拜访林先生，一同核对现实和书中的新旧人名、地名和往事，以方便新的调查。

直到1990年至1992年赴美博士后研究期间，我才在华盛顿大学（西雅图）的苏塞罗图书馆（Suzzallo Library）第一次找到《金翼》1944年英文原始版[②]，虽然早就知道这个版本，不过从书架上抽出来翻阅，感觉被书本储存起来的时光瞬间得以延续，尊敬与惶恐油然而生。当时，我大体上注意到前后两个版本的异同，特别是1948年版后面多了一章学术解说。我时常在图书馆里阅读，那里复印很贵，当时只印了这本书中腊斯克（B. Lasker）写的序言，并首次译成中文，以“隐然浮现的伟大目标”为题，发表在学术刊物

---

① 1948年版《金翼》原计划1947年出版，后拖延至1948年面世。

② *The Golden Wing, A Family Chronicle*, by Lin Yueh-Hwa, Ph.D., International Secretariat Institute of Pacific Relations, 1944, New York.

《思想战线》上[①]。

1940年，林耀华先生在哈佛大学人类学系获得博士学位后，留美陪伴患病妻子期间，根据他在家乡福建省闽江流域黄村及所在县、乡、镇（今福建省古田县境）的生活经历，以及他本人离开中国前在1936年和1937年最后两次田野工作，写成了小说体《金翼》。这本书描述了两个农村家族兴衰的历史过程，并以当时功能主义学派新论——平衡论——融入字里行间，以展现人类学理论对社会历程变迁的深度解析。时任太平洋学会会长的腊斯克先生为这本书作序并推荐，终以《金翼：一个中国家族的史记》为名在美国出版。

前两年，我的博士生方静文获美国哈佛—燕京学社研究基金赴美研习，嘱她再次查找林先生的1944年版《金翼》，我希望我和方静文能赶在此书问世70周年（2014年）时推出中文全译本。方静文在2012年9月12日给我的电邮中，也写到她和张锐在哈佛大学燕京图书馆查书的情景，当他们在高高的书架上一下子发现林先生的1944年版老《金翼》，“拿在手里的瞬间，有一种久违的熟悉和感动”。他们一下子获得珍贵文献的感触同我二十多年前何其相似乃尔！经她查阅，《金翼》的英文版主要是1944年（纽约太平洋协会版）和1948年版（纽约版和伦敦版）；1974年还有一版[②]，应是1948年版本的重印。所以，就内容而言，只有两个版本，即1944年版和1948年版。而后者对前者的修订是林先生在成都完成的。林先生说：“抗日战争胜利前夕，我在成都燕京大学社会学系代理系主任，太平洋关系研究所的何兰德（W. L. Holland）先生曾来华与我会

---

① 《思想战线》，2005年第4期，pp.139—140。

② 由 Greenwood Press in Westport 出版。

晤，请我修订此书。英文修订本以‘中国家族制度的社会学研究’（A Sociological Study of Chinese Familism）为副题，较原稿增加了最后一章的理论阐述，并请英国著名社会人类学家弗斯教授（R. Firth）为之作导论。1947年正式出版于伦敦。”[①] 而且在修改手稿时，林先生的朋友萨金特夫人（Mrs. Douglas N. Sargent）曾为这本书稿做英文润色。[②]

现在流行的中文译本是我与林宗成翻译的《金翼：中国家族制度的社会学研究》一书，这一版今年（2014年）还被收入商务印书馆的“名人名著”系列。之前还有台湾桂冠图书公司的宋和中译本，中文书名为《金翅：传统中国家庭的社会化过程》(1977年)。这几种中译本均依据上述1948年伦敦版，而在美国1944年首次出版的《金翼：一个中国家族的史记》一书则从未翻译过全书。

从《金翼》前后两个英文版本看，最重要的不在于前后副标题的变化，而在于结构的较大调整。方静文仔细核对过不同版本，如1944年版第一章“东林的早年生活”的前三个段落在1948年版本中变成了英文版前言的一部分；第一章比修订版多了三个段落，是关于关系网络和命运的探讨；第二章有一个段落是修订版中没有的，是关于平衡、调适和再调适的；第三章有两个段落谈到东林建立的平衡有被打破的危险，而芬洲却帮不上忙，这在修订版中没有；1948年版将1944年版的最后一章的结尾加以修订，并增加了新的理论解说专章。

这样，笔者似乎很快发现了这种修订方案的原委。林先生清楚地知道论文、民族志和小说笔法的差异，然而想写小说的努力尚脱

---

① 林耀华:《金翼：中国家族制度的社会学研究》，北京：生活·读书·新知三联书店，2008年版，“著者序”，页4。

② 同上书，“英文版前言”，页10。

却不了论文与民族志常见句式的影响，因此 1944 年版的一些学术理论依场景直接解说的段落明显地夹在众多的陈述句之中，如果要进一步保持整体性的小说笔法，何兰德先生的建议显然是将所有理论解说的夹杂段落集中起来，上述前后版本的段落调整就是一个证明。不过如此一来，虽然《金翼》小说体行文如愿以偿地变动了，但人类学平衡论的解说则不明显了，这大概就是书后增加较为独立的“把种子埋入土里”学术诠释专章的原因，表明林先生借小说形式又不失学术根本，成为早期人类学创新写作行动的先驱，极为难能可贵。

在翻译时方静文还对比了两个版本内容的前后差异。如第四章有一段关于张家、王家和黄家同样兴盛的段落在修订版中没有；另外，修订版删去了张芬洲孩子婚礼上东林和东林母亲座次的描述；第八章关于东林在店铺中的位置和会计、医生等人的介绍的三个段落在修订版中被调整了顺序，稍后才出现；还有一段关于东林在店铺中定米价的段落在修订版中没有；第十一章中关于宴会座次的一段在修订版中也没有；第十二章关于分家过程中担保人角色的介绍在修订版中也没有；第十五章关于东林在家庭中的长期缺席对家庭内部矛盾的影响，以及二嫂向凯团征求意见而将关系网延伸到家庭之外的段落在修订版中也没有。

以上的内容增减，可以肯定有些是详写和略写的选择问题，但似乎也隐现修订主导者与作者的跨文化认知差异，从而决定了取舍之判断。在古田乃至更大的范围，庆典与聚会的座次问题在日常生活中十分显眼，总是被众人关注。我在《银翅》第十五章等处，多处表达这一民俗的人类学意义。它相关于人伦秩序、隆礼与睦族的传统儒家原理，影响至今。因此可以说，仅在这一点上，林先生的 1944 年版的原始选材更具人类学意味，相信各位在阅读时会有所体会。

除却以上成段的变化，还有一些小的调整，比如原版比修订版多几个句子或者少几个，或者表述略有不同。如林先生所说，这是因为新版的英文表述经过了润色。应该说，英文 1948 年修订本更加流畅和口语化了，而 1944 年版的小说体则混有理论解说的一些片段，继续保持着人类学家民族志夹叙夹议的写法影响。于是，为了展现新旧英文版本写作差异并在中文译本中留下印记，我和方静文在 1944 年版《金翼》的中文翻译与行文润色时，逐句核对英文与中文的不同版本，并悉心于人类学与民俗用语的甄别与选择措辞，呈现了与 1948 年修订版及其译本的些许差别。

大体上说，1948 年版《金翼》的译本明显口语化，若和原句对照，这次 1944 年版译本的准确性更为贴近英文文本，介乎书面语和口语之间；和 1948 年版比较，本书多见民族志式样的转承衔接用语和陈述句。这样，我们的中文新译文体现了 1944 年《金翼》原始版一方面要尝试写小说，而在一些地方又没有脱掉论文和民族志陈述句的特点。尤其 1944 年版的字里行间，林先生是混合了平衡论解说的，在所描述场景即时做文化解释的时候，学术化的句子形态就出现了，尽管不是在全书的整个篇幅。

我和林宗成从 1983 年就开始翻译 1948 年版《金翼》，每人各半。那时我和宗成还都没有去过福建“金翼”黄村，个别译名仍然会有一些不准确的翻译，例如那里特定的女神庙，后来知道是古田老百姓熟悉的陈靖姑庙，或临水陈太后庙。

此外，林先生的 1944 年版《金翼》多处描述的年节习俗用语，似乎也不易按意思直译，所以我们此次的译本，从英文倒回来理解和查阅文献，使用了汉人社会更为常见的用语，如“长明灯”、“冥币”、“阎罗十殿”、“七夕（乞巧节）”、“金童玉女、牛头马面”、“元宵节”（上元节、灯节）、“盂兰盆节”（中元节及民间称谓“七月半”）、“拗九节”（直译“孝顺节”）等；也有在翻译地方民俗和人生过程的地方尽量使用地方惯用语，如一些仪式上使用的木制“甑子”、“红毡”、象征性的仪式“鸭母渡江”等。葬礼上至今呈现的“魂帛以白绢为之，如世俗所谓同心结者，垂其两足”、“以此依神”[①]之遗风，若不知此象征渊源，有的版本的描述性直译则会显得很奇怪，甚至“同心结”被译成了“蝴蝶结”（宋和译本），则完全曲解了。

当林耀华先生试图将古田人在婚礼或节日的押韵民谣译成英文时，着实费了不少心思，几乎和中英文诗句对译的难度不相上下；然而如今要倒回去翻译，便只有查阅笔者亲历这些场景的歌谣笔记，以及在福建1989年拍摄纪录片的素材中，寻找林先生《金翼》中的英文歌谣的恰当译法，即还原古田民谣的节奏和韵脚，其推敲字句的难度，还因林先生当年的英译句式已经为了符合英美读者的习惯做了改变。如今的1944年译本在几处出现的一再推敲的民谣新译文，显然已经不同于1948年版《金翼》的中译本了。

我再回来谈谈一代代人类学家撰写文化的持续努力，人类学小说就是这样一种成功的借用性尝试。从林先生的《金翼》先后两个版本的结构与内在变化，可以看出从学术专论到小说之间的笔法过渡的痕迹，它包含着人类学家走出去和返回来的过程中，书写与表达的一再变化，理论接受、改变与变通的转换，译者对著者思路的艰难梦寻，以及未来读者对人类学先驱著作和多种译作的令人期待的评价，从而能更好地理解处在传承中的地方人民的文化秉性，以及当世社会交流中的人类选择及其表述。

---

① 朱熹:《朱子家礼》，清康熙四十年刻本，卷四。

最后，衷心感谢杨震林先生的慷慨允诺，在明年同时推出我导师林耀华先生的1944年《金翼》原始版中译本，以及再版我本人的《金翼》学术性续本《银翅》。这一直是我们共同关心的人类学田野地点，在这片土地上，几代人深埋了学术的种子，并且已经生根、发芽。谨此庆祝《金翼》原始版面世70周年，以及它的新译本诞生！

庄孔韶

于北京景山老宅

2014年11月28日

# 英文版序

如果进行社会研究的西方学者希望明了是什么力量在维系中国社会并使之运转，他们必须学会正确理解诸如权威和责任这类关键性的概念，使其脱却众多西方人习以为常的看法和实践。在中国，权威和责任是由在今天看来颇为独特的传统关系所制约的，然而在现代社区和国家得以形成之前的漫长岁月，类似的传统关系也同样存在于西方社会。正如在其他的东方社会，中国的家庭仍然行使着在西方国家早已被其他机构取代的职能。此外，家庭尚凌驾于个人之上，以无形的纽带尽可能束缚着个人的行动。但仅了解这些是不够的。如果我们力图理解种种似乎阻碍实现全面现代化的那些因素，诸如态度的涵义、行为的方式以及社会的习俗，就必须了解在独特的环境中，中国家庭的机制是如何运转的。但是“机制”一词又可能使我们误入歧途，因为任何社会机体，不论是大是小，其运转都并非机械而是自动的。中国社会处于不断变化的过程中，这不仅因为它必须进行显而易见的调整，以适应技术革新和来自国外的不同影响，而且在于观念的更新。现在陈规旧习正在瓦解，新的观念正在形成。

几项有关中国家庭的重要研究已经完成，或者正在进行之中，但本书是与众不同的，因为书中揭示了家庭的运作以及适应现代需要的内部动力。本书的表现手法也别具一格，但我希望学者们不要因此而否定其科学的分析和特点，其方法显然可称之为“参与观察”。尽管也许不能完全确定作者就是族长东林之子，却有足够的根本性资料表明，他同这个家庭的关系无比亲密，他对这个家庭自 1910 年至大约 1941 年日本人进攻福建期间所经历的风风雨雨了如指掌。

林耀华教授是一位年轻的人类学家，获哈佛大学博士学位，曾完成了数件公认具有学术价值的技术性工作。在过去数年中，他参与了几项由中国边政协会和其他机构所资助的田野考察，应政府所请，在云南、西康和四川诸省，搜集有关黑彝和其他土著的资料。当这些民族同外部世界的交流大大加强之际，这些资料被用于制定保护性的和发展的政策。林属于这样一批中国人类学家，他们力图使用精确的现代科学研究方法考察中国社会环境；然而在其同时，并不接受由非东方观念所导致的先入为主的偏见。太平洋关系学会近来推出了这些学者的几部专著。顺便提及，这些学者的努力已引起了英国和美国社会学家最强烈的兴趣，就社会科学在中国的实践而言，也许可称之为难能可贵的进步。

就本书而言，这一非正统方法具有特殊的价值，因为它使我们可以直接地了解中国家庭的日常生活。当然，本书描写了一个特定的大家庭的生活，但是任何曾亲临其境，尤其是在中国南方沿海地区生活过的外国人都会觉得此情此景颇为熟悉。例如，近年来，在广东和福建豪门大族所居住的壁垒森严的村庄中，由望族捐款雇用的乡丁仍随处可见。国内的动乱和纷争导致了地方社会更加团结。改邪归正的土匪往往摇身一变，成为带兵的头目或政府官吏。大家族虽共居一堂，但已婚诸子已另起炉灶。在经过数年相对安定的生活之后，仍要修建更新式宽敞的房屋以显示其富足。望族大户的生活十分复杂，他们分居三地，一家住在村中祖宅，一家在县城，还有一家在港口城市。那里迅速发展的海外贸易和移民使他们的生活更加复杂化。因此，自然而然地，家族之长便身兼数职，既是大地主，又兼营工商，还出任地方官职，尽管他仍自称以务农为业。由各家族所控制的河运业、小型工业以及原始企业不断地合并为现代公司，但很多旧传统原封不动，例如资本和利润的定期分配和企业不断重组。

这部书读起来就像小说，它的最佳之处是娓娓道来，细致入微。如行动的发生，事务的安排，事实的依据和人情百态。如果想要充分了解其最本质之处，这些都是必不可少的。我们看到的一些生活细节：吃饭时一家大小就座的次序，稻米或鱼类交易的过程，汽船公司的账目，如何耕种族田，家长在耕作时的确切作用，年轻的子侄、中年的姑姨和雇用的工人，所有这些都有助于读者正确理解书中的人际关系，他们的责任，以及每个人的信仰和态度。

有些人或许觉得对定亲、成婚、葬礼和其他仪式所费笔墨太多，但恰恰是因为以前的描述往往着重于讲明许多延续至今习俗的传统一面，以此同现存的两相对照，可以凸显当代习俗的重要变化。颇为有趣的是，书中详述了家族成员的两种适应方式：一类仍固守传统，依靠祖传田产为生；另一类受到现代教育和基督教思想的影响。于是，对西方读者而言，中国传统适应现代发展的某些神秘难解之处便荡然无存了。我们既不贬低，也不过誉其为人类学领域的不可多得之物，因为我们看到在这本书里，这种适应其实同几乎任何西方城市都随处可见的家庭、团体和社区内的适应大同小异。

因而，本书可为特定问题提供现成的参考资料，使我们了解处于转型期的、主要是沿海省份的中国社会。在今后几年，由于中国战后的救援和重建工作，很多西方人也许会应召而来，同中国商人、官员、劳工管理人员以及其他人进行商业和公务往来。他们希望消除一切误解，尤其确保不会在无意之中冒犯中国人，或触犯其讳言之处。本书刚好为他们提供了所需的指导，这是那种零零碎碎的礼仪手册所做不到的。对于广大的读者来说，这是一个应从头到尾阅读的故事。读完之后，我们会了解许多事实；而且，这本书描绘了中国人丰富多彩的生活场景，文笔流畅感人。读了这本书，不论我们是否接受作为主人公家长的人生哲学，不论我们是否被这个或那个不重要人物的不义之举所震惊，我们所体会到的都绝不仅仅是同情。我们都会感觉到中国文明的辉煌，它已延续了很多世纪，现在正经受最严峻的考验。透过书中几乎人人具备的脚踏实地的秉性，总是隐然浮现着个人所无法包容的、更为伟大的目标。

作为这套丛书的惯例，我要指出，虽然本书是在太平洋关系学会国际秘书处主持下出版的，它只代表作者的个人见解，作者对书中一般表述的真实性负责。与此同时，秘书处希望在此对作者表示感谢，感谢这本书超出了一般出版物的范畴，它为向西方人传授有关中国的知识做出了最为有益的贡献。

B. 腊斯克

1944 年 10 月 1 日于纽约

## 《金翼》中张、黄两家谱系表

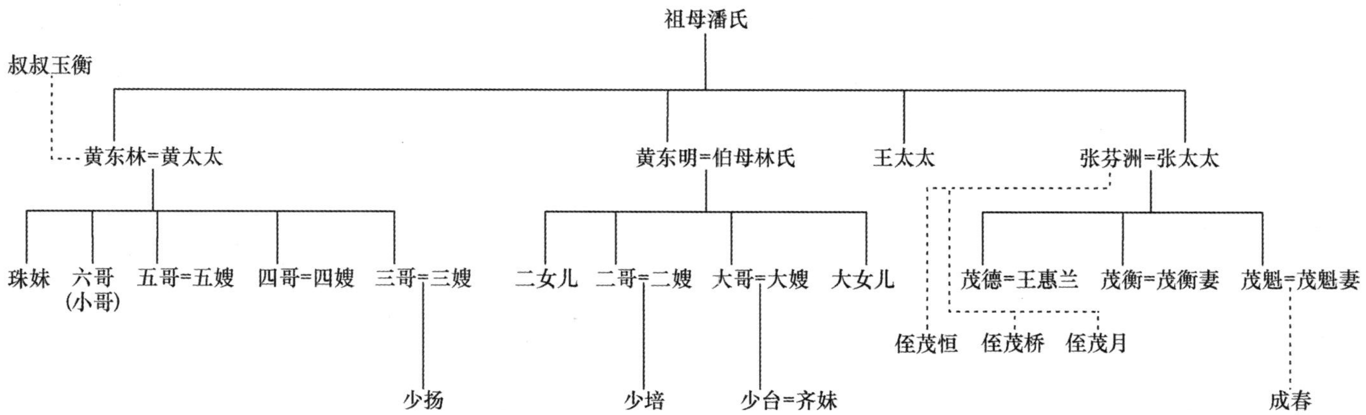

祖母潘氏
叔叔玉衡
黄东林=黄太太
黄东明=伯母林氏
王太太
张芬洲=张太太
珠妹
六哥
(小哥)
五哥=五嫂
四哥=四嫂
三哥=三嫂
二女儿
二哥=二嫂
大哥=大嫂
大女儿
茂德=王惠兰
茂衡=茂衡妻
茂魁=茂魁妻
侄茂恒
侄茂桥
侄茂月
少扬
少培
少台=齐妹
成春

# 第一章　东林的早年生活

1934年冬，我回到了中国南方的福建省。令我惊讶的是，从孩提时就与我很密切的两家人有着迥异的变化。这两家的家长黄东林和张芬洲是姻兄弟。25年前，他们还是生意上的合伙人，同样处于日渐发达的状态。他们的新居，鸡犬之声相闻，一直是往来于两家之间商路上的人们交口称赞的话题。现在，两家的景况已经截然不同。东林正享受着极致的荣华，他拥有众多的直系和旁系的后人，而且获得了相当的财富和名声。芬洲则已经过世，他的家中只剩下守了寡的儿媳妇和她的养子。1937年再次回乡的时候，我发现张家的房子已经破败，寡妇穷困潦倒。她和儿子甚至不得不返回相距甚远的祖籍与远房的亲戚们一起度日。

短短二十余年，原本境遇相似的两家何以被两种全然不同的命运所改变？这怎么可能呢？许多人告诉我，家庭的兴衰是由好的或坏的“风水”决定的，人的意愿无法与命运抗衡。我应该相信这些吗？当然不能，因为我是一个受过教育的人，我必须从生活而非神话故事中寻求真相。那么真相是什么呢？

在谈论一国、一家或者一个个体的命运时，我们所说的是人际关系。我们能够了解这些关系吗？我们能够年复一年日复一日地密切关注那些出现在男男女女相互适应过程中的变化吗？除此之外，我们还能通过其他方式来洞悉命运吗？就像一个小孩子，从降生的那一刻起，就会回应他的父母、奶妈和亲人。同时，成年人也会对他示意，即使他还那么小。在他的整个成长过程中，这个孩子都在与他人互动，而这种互动提供了塑造他的力量。想来这必定是一个持续适应和调整的过程。因此，现在的学者说人类存在是一个不断学习以对刺激作出回应的过程。同其他所有动物一样，人类的行为也受制于这种科学终于开始试图描述的过程。现在要讲述的是两个相关的家族——张家和黄家的命运。当他们随着现实、情境和事件而调适自己以学习和生存时，这是一个什么样的故事呢？

东林的爷爷还在世的时候，有一次，一个收税人来到黄村并且对村里的一户人家不公。东林的爷爷是一个正直的人，他鸣锣召集同族的男性来抵制这位收税人及其随员。倘若不是对方立即道歉，一场流血冲突在所难免。黄村从此名声在外，被称为“蛮村”。

蛮村坐落在高耸苍翠的金鸡山山脚。村庄下方，在陡峭的山峰之间，有一个山谷。数百村民住在这里，以耕种山谷中平缓而肥沃的土地为生。四周的山上，森林环绕。晴朗无云的时候，如果透过郁郁葱葱的树林俯瞰金鸡山的低处，可以看到灰瓦覆盖的屋顶层层叠叠，就像鱼鳞一样。

一条宽阔的商路紧临村庄而过，从商路往西两英里便是湖口，那里有船顺流而下通往沿海城市福州，往东25英里则是古田县。由于这条路从古田往西延伸，所以也被称为西路。在这条路被扩宽为可以通行公共汽车的高速路之前，湖口和古田之间的交通运输十分困难。以往人们都是用袋子或者箩筐装货，肩挑手提赶路。这些挑着担子做生意的人们，往往会在黄村的茶馆歇息，每次都在这里坐上好一阵，谈论本地所发生的事情。

黄东林的爷爷，那个赶走收税人的壮汉，是一位农民。他因勤劳和积攒财富而小有名气。他有三个儿子，其中东林的父亲是长子。在小东林四岁的时候，这个年纪轻轻的长子却在 28 岁时突然去世了。东林的母亲从未改嫁，她抚养着两儿两女，同孩子们的祖父一起生活。祖父尤其偏爱最小的孙子东林，时常说他的面相注定以后是要发达的。东林的脸方方正正，有着大而明亮的眼睛和长而厚实的耳朵。后来，它变成了一张商人的脸，机敏、精明又带着些许的坚毅。

东林 14 岁的时候，老人去世了，这是小男孩头一次体会到悲伤，他因为爷爷的死而大为震动。老人生前常常带着他走亲访友，在田间散步时还给他讲传奇故事和民间传说。祖孙俩异常亲近，小男孩从老人那里学到了许多处世之道，而老人则将他作为自己忠诚的伙伴加以依赖，尽管他还年幼。

这就不难想见东林为何如此悲伤了。他的生活格局被粗暴地打乱了。事实上，我们的生活可以冷静简练地勾绘出来。我们日常交往的圈子就好比一个由竹竿构成的保持微妙平衡的网络，用橡皮带紧紧地绑在一起。当太用力地拉动其中一条带子以致断裂时，整个网络就会混乱崩溃。每一根紧紧相连的竹竿就好比生活中与我们相关的一个人，将其中任何一根完全抽离，我们都会混乱、痛苦，直至崩溃，而所有的结点都会暂时松弛。

这就是当时东林所经历的。整整一年多，他都在为祖父的死而悲痛。然而渐渐地，与母亲和哥哥一起的生活将他再次拉了回来。

黄东明是东林的哥哥，作为长子成了一家之主。东明是一个勤劳、真诚和能干的年轻人。他尽心尽力地耕种从先祖那儿继承的不多的田地。他整天辛勤劳作，而弟弟东林则比较懒，并不同他一起劳动。

随着父亲和祖父相继去世，家里的财富减少了。祖父挣下的土地被分成三份，东林的两个叔叔，即他父亲的两个弟弟，已经分走了属于他们的那份。即使剩下的人再努力，有限土地上的产出也难以支撑当时的七口之家。两个女儿都已经出嫁，除了两兄弟和他们的母亲，东明现在已经娶了妻子，还有了三个孩子。

因为财产缩水，他们推迟了花销颇大的祖父母的葬礼，而将他们的灵柩停在地里的浮厝中。同样，他们也被迫把东林的婚事后延，尽管他现在已经到了结婚的年纪，但他不能不顾家里的贫困娶妻。

在命运的重压之下，黄家若不另辟天地，必定会继续衰落直至最终破败。因为我们知道，命运就是人际关系和人的再调适。让我们看看新出现的调适，其实施者是黄东林。

现在，东林在母亲和哥哥的催促之下非常烦躁。他们不停地用农活来烦他，却对他的需求视若无睹。东明公然声称他的弟弟是一个不思进取的傻瓜，永远也娶不到老婆。在这种刺激之下，东林开始与商路上的茶馆老板以及过往的人们搭伴。

如果说命运是我们的关系之网，它施加于我们的牵引，就像橡皮带之于硬竹竿的牵引，那么其中必然存在着某种平衡。如果网络是为了保持这种平衡，一个点上的拉力必定由另一个点上的紧绷来抵消。这里的情形就是如此。东林在家中受到的压力必定要在其他地方找到出口。他在家中感受到的关于农事的矛盾将他更坚定地推向外面的生活。这就是为什么他去茶馆并成了那里的常客。

在茶馆里，东林注意到过路的人们在歇息时需要一些茶点。他向店主提议让自己卖花生给他们。但是他没有获得支持，而且卖花生在物质条件上也不现实。直到有一天，东林在与本村的小混混们赌博时赢了几块钱，他用这些钱从一个邻居那里买回了生花生。自那以后的两三年里，他一直在卖花生。他经常不回家而睡在店里，与店主、生意人和村里的小混混们成了朋友。

这种从家庭到茶馆的转变，将东林的生活重新置于一种平衡之中，并且拓宽了他与外界的联系。这使得他从过于严密的家庭监管中稍稍解脱，并且在茶馆的人们之间找到了一个位置。

有一天，他坐在花生摊边上，看到一个人走过来。来人是他的姐夫张芬洲，他大姐的丈夫。张是一个老派的中医，时常在村里行医。他出生的村庄叫陈洋，在西路边的山上，介于县城古田和湖口镇之间。

张芬洲走近的时候，东林起身同他寒暄。两人就生意做了简单的交流之后，东林将姐夫请到了家中，在那儿待了一天一夜，商讨如何开店赚钱。芬洲告诉他，在湖口镇，人口增长，人们聚集在一起交换货物，有前景的商机不断涌现。听到这些消息，东林兴奋地让姐夫为开店起草一份明确的计划，并贡献出了自己卖花生的全部所得。张芬洲实际上只对开设一家药铺感兴趣，因为自己可以一边行医一边卖药。但黄东林希望加入其他行当如酒和花生。最终，他们达成了一致。

但是，两人的计划直到半年之后才得以实现。这期间，两个人频繁互访，因为他们不仅要计划如何妥善使用资金，而且要反复思考经营店铺的细节。

他们到了湖口镇。前面已经说过，这个镇是一个码头，因山谷环绕，从江上是看不到的。一条以县城为起点、与西路平行的小溪在湖口山陡峭的左侧汇入江中，码头就设在山的右侧。从码头拾级而上就到了山峡，这是主街的起点。这条街顺着石阶而下，一段距离之后延伸进镇的中心，一直到达镇庙前的三角广场。庙的东边，西路逶迤延伸，往东南穿过小溪上的桥，有一条路沿着对岸的闽江通往下游。闽江汇聚并流动着福建省的历史、商业贸易和生命力。

在镇上看了一圈之后，东林和芬洲在主街的中段租下了一处地方，年租金 50 块钱。这个地方包括一间泥地面的厅堂，高出地面许多的柜台，柜台之后有一个小间，另有一土楼梯通向楼上的贮藏室，后面还有一个厨房。厅堂的一侧摆放药品、箱子和盒子，另一侧则是大酒坛、花生袋和其他器具。

店铺开张的时候一共有四个人。四人之间虽然看起来没有严格的劳动分工，但是的确有着不同的任务。芬洲，这个年长一些的合伙人，自然而然地成了掌柜。同时，他负责大部分与药品相关的工作。他也时常出诊。东林，虽然是芬洲的合伙人，但更像店员。他年轻力壮，乐意承担店里所有的体力活。张茂魁是芬洲的长子，虽然只有 12 岁，但他不仅会记账，还能做些其他的杂事。一个名叫姚云生的是店里的厨子兼学徒。

店铺很快就开始顺利有序地运转了，四人的合作也非常融洽。通常是顾客到店里先询问酒的价格，得到东林的答复后，可能买也可能离开。但更多时候顾客会要求见掌柜，也就是张芬洲，想让他更便宜些。有时讨价的时间很长，不过一旦讲好价，芬洲就让东林给客人倒酒。东林倒酒的时候会大声报出数字，账房茂魁则会记下来并折算为钱数。然后顾客就走到柜台处询问账房应该付多少钱。在他付钱的时候，东林会把酒装入顾客的酒罐或酒瓶中。之后顾客又回到东林那儿取酒。在互道再见之后，顾客就走了。

这是店铺通常运转的方式，但不是唯一的方式。有时芬洲不在，东林就成了最终拍板定价的人。有时东林也会参与其他业务，此时芬洲和茂魁就会倒酒。有时甚至学徒也可以倒酒，但通常他只负责做饭、担水、洗衣服、拖地和跑腿。

我们已经看到了在祖父去世、哥哥成为一家之主时黄东林生活上发生的变化。他将注意力从家庭农业生产转向了茶馆，但他依然摇摆于两者之间，保持着新的平衡，直到命运将张芬洲带入他的生活。自己和芬洲的店铺意味着关系之网上一种新的牵引，而这种关系之网就是他的生活。店铺将他从黄村带到了湖口镇，这切断了他与茶馆那些人之间的联系，也使他几乎完全脱离了家庭。他的哥哥东明会不定时地到镇上来看看他并为他们的母亲和其他家人买些东西，但东林本人很少回家。此时，店铺而非家庭成了他生活的中心。

至于店铺，这是一个紧密联结、自成一体的小世界。它就像一个小王国，其中张芬洲是领袖，而东林、茂魁和学徒云生是追随者。待售的酒和其他商品以及与客户的交易构成了忙碌的场景和活动，填满了每一天。在祖父去世之后头一次，东林的时间被完全占据了。

虽然在店中忙碌，东林还是无法忽视门外小镇生活的快速变化。人们从四面八方涌入湖口，有本区的，也有外地的。许多新的店铺出现了。闽江上往来湖口和福州的帆船比以往任何时候都频繁。此时西路已经比连接水口和古田且一度繁华的南路更便于商贸，因为南路穿过山区，强盗和土匪经常出没劫掠路人。

随着生意的兴盛和湖口镇的发展繁荣，芬洲和东林开始有意扩大店面。当时，从沿海的福州运往内陆城镇最重要的商品就是盐和咸鱼。盐是政府垄断专卖的，但镇上的商人可以从福州的市场上买回咸鱼再卖给镇上的居民和村民。相反，居民和村民则为福州提供大米，这是华南最重要的主食。西路沿线的村民常常将大米运到湖口，卖给米店，达到一定数量之后，商人们再装船运往福州。

湖口的许多店铺兼营咸鱼和大米，从农民那里买入大米再将咸鱼卖给他们。因此，芬洲和东林两人决定加入上述业务以扩展店铺。经过这一步，他们的生意就会变大，但要实现它，还要与福州建立联系。

于是，在22岁那年，东林第一次到了福州。当时他已经出落成一个高大、英俊的青年。他和他的朋友郑卢国和王一阳一道上了船。一阳曾经是西路上买卖鸭子的商贩，东林在黄村茶馆卖花生的时候就认识他了。然而早在东林在湖口开店之前，王一阳已经和他的兄弟开起了店铺，从一个小商贩变成了做咸鱼和大米生意的大商人。所以，他已经去过福州多次，并且在那里认识很多人。另一个朋友郑卢国则是福州人，在湖口开了一家店，经营海鲜、服饰、蜡烛和其他商品。他的店铺同东林和芬洲的店铺隔街相对。

经过三天的航行，他们抵达了距湖口镇80英里的福州。福州城坐落在一片平原或者说盆地的中心，方圆300平方英里，四周有陡峭的山峰为屏障。闽江自西向东流经盆地，在南台岛一分为二，形成两条支流。北边的支流穿过洪三桥和长寿桥，在罗星塔再度与南边的支流汇合。长达1400英尺的长寿桥，非常有名。它始建于11世纪，最早是用石头建的，1931年复建的时候用了混凝土。它将主城区与南台岛相连，岛上有许多外国的商店、银行、教会学校和领事馆，还有邮局和海关。

在福州，一阳和卢国将东林介绍给中亭街的一些鱼店老板，这条街的南端与通往南台岛的长寿桥相接。因为临近码头，鱼可以从罗星塔逆流而上运进来，所以这条街专门留给那些专营咸鱼的店铺。东林从中亭街的鱼店买了各种各样的鱼，暂时存在一个货栈中，等待船只再运往湖口。他住在这个货栈中，每天在城里转，观察城里的生意，注意鱼价的变动，也拜访朋友和生意上的熟人。每天晚上，他都写信给芬洲，报告市场状况和鱼价。芬洲则回信告诉他湖口需要什么样的鱼和售价。

在福州待了将近一年之后，东林习惯了那里的商业生活，也更加了解贸易的机制。因为常感觉从湖口店铺取钱不方便，有一天，他便同一阳谈起要与本地的钱庄建立联系。一阳已经与其中的两三家钱庄有往来，他于是陪同东林去了天济钱庄。在会见老板的时候，一阳介绍了东林并建议为东林所代表的湖口店铺开设一个账户。老板打量着年轻的东林，觉得他精神抖擞，欣然同意。与钱庄的初次联系意味着日后店铺的更大发展。

关于本地的钱庄有必要再略作解释。这些钱庄未必拥有雄厚的资金，在现代银行制度建立之前，这种钱庄很多。他们发行自己的银票，面额不等，有一块的，两块的，五块的，有时也有十块的。银票票面印着钱庄的名字，但金额处是空着的，需由发行钱庄的负责人填写，以避伪造。钱庄也为不同的商贾设立账户，条件是客户可以以存款数额为上限透支。这些贷款或者借款必须在一定时间内归还，通常不超过两周。

有了与天济钱庄的关系，东林发现自己的生意好做多了。自那以后，当他从中亭街的鱼店中定购鱼的时候就无需再带着现金了。他可以短期赊购，然后让搬运工将鱼送到货栈就好了。鱼店每月结账两次。

在这期间，东林也要安排将鱼从货栈运往湖口。当时大约有 20 条帆船往来于湖口和福州。每条帆船为某一家所有，世代相传。这些船装载大米沿闽江而下。

船主和湖口的店主是生意上的伙伴，他们相互依存使贸易得以持续。每一次航运，帆船根据船主和内陆店铺在福州的代理人之间的协议，运载所联系店铺的货物。

黄东林接触并熟识的另一个阶层是搬运工。数以千计的搬运工在码头等待或者在福州的街上溜达，寻找临时的工作机会。正是这些头戴竹笠、衣衫褴褛的搬运工将咸鱼从中亭街搬到货栈；同样，另一拨搬运工又将咸鱼从货栈搬到准备开往上游的湖口的船上。但是，这两拨搬运工，各司其职，从不竞争或相互叨扰。双方各有自己的地盘，负责从鱼店往货栈送鱼的搬运工不能介入把鱼从货栈送上船的工作，若任何一方的任一成员侵入另一方的领地都会导致冲突。而且，每个搬运工需要支付一定的费用以获得出入街道或货栈的权利。但这些搬运工与黄东林这样的商人之间的关系仅限于工作，每天当搬运工们拿到属于自己的薪水时，双方的关系即告结束。东林只知道他们是搬运工，此外再无深入的了解。

业务扩展、更广泛的联系以及忙碌的鱼米交易所带来的刺激，对黄东林及其合伙人张芬洲寻求拓展的生意产生了很大影响。东林与王一阳从小建立的友情随着二人同为商人而加深了。这对于东林来说帮助很大，因为一阳阅历丰富，可以轻松地将东林领入一个更广泛的关系圈。

当然，这一切对于东林的生活而言意味着更多的变化。现在，他几乎完全切断了与家庭和村子之间的联系。虽然他仍然是留在湖口店里的姐夫张芬洲的生意合伙人和代理人，但他越来越沉浸于在福州作为鱼商的生活。新生活日益将他带入中亭街的店铺，诸如天济一样的钱庄，一阳的关系圈，以及船主、船长和喧闹的码头搬运工之间。偶尔，有那么一瞬，乡愁会将他的思绪带回家，带回农耕生活，苍翠的金鸡山下的村庄，以及儿时在祖父身边走过的小路。但多数时候，他的日子都被生意和城市生活填满了。咸鱼生意涉及的买入卖出、搬入搬出、讨价还价以及相互协商构成了一种平衡，甚至构成了一种生活，他活跃于其中，心满意足。每月两次，当所有的鱼店结完账，东林便走进天济钱庄取出钱。他会径直走到货栈付款给各个鱼店派来结账的伙计。于是他就很满足地坐在那里，因为自己能够清偿欠款，也因为在维持生意日复一日的运转中很好地证明了自己。他能够感觉到，在江上源源不断的鱼米运输中，在清偿债务、安排新的借款以及为了使贸易顺利运转而付出的不懈努力中，自己实现了融入一方天地的满足与调适，而这方天地，是他必须立足其中的。

闲暇时光，东林常常与郑卢国一道外出，卢国对这个城市了如指掌。一次，他们去一处温泉洗浴。这是一个火山温泉，周围建了许多浴室。这些浴室扮演着类似会所的角色，是重要的社交场所，形形色色的人们来这里洗浴和谈生意。这一次，当东林和卢国泡完澡在长椅上休息的时候，两人开始慢悠悠地聊天，卢国借此机会告诉东林他应该成家了。

“你该成家了。”他说，“我有一个本家，住在朝天村。他们家有两个女儿，都在 20 岁上下并且待字闺中。”

东林答道：“听说过她们，但是在认真考虑你的建议之前，我要对这家的真实情况多些了解。”

获悉东林对郑家有兴趣，卢国于是在几天后带来了消息。

“郑家的父亲是个农民，但是读过一点四书五经。除了两个女儿，他还有三个儿子。这是一个‘清白’的家庭，既不富裕也不贫困。大女儿最好，因为她聪明勤奋又孝顺，而且老实能干。”

东林说：“那正是我想要娶的人。”

回到湖口，东林对郑家作了进一步的打探。等到有些眉目的时候，东林就回家征求家人的意见。他将此事原原本本地告诉了他的叔父黄玉衡——这一房目前唯一健在的男性长辈，以及母亲和兄长。他们不反对，于是两家就订立了婚约。

那些年，东林时常往来于湖口和福州。有一次，他乘船渡江，船在朝天村停靠。朝天村坐落在闽江边，在湖口下游十英里处。他碰巧和一位邻座的老人聊天。船快靠岸的时候，他得知老人是他未来的岳父，但他还不敢作自我介绍。聊天时，老人还问起东林家是哪个村的，得知后老人还向他打听黄东林，殊不知身边站着的这位就是他。东林左右为难，根据传统，在成婚之前，男人不应与未婚妻的家庭成员有联系。所以他只能告诉老人他所打听的人是他的兄弟。老人一听立即邀请他去家中，东林更加为难，只好婉拒。一旦告知真实身份，再拒绝邀请的话就是大不敬。但是如果他接受了，即使是以虚假的身份，他也是无礼地闯入了未婚妻的家。

结婚的时候东林24岁，他已经证明自己是一个成熟的男人。他自己选择妻子，由同辈同龄的朋友张罗安排，这在村里是个例外。一般而言，提亲总是由一家之长发起，订婚和婚礼都由长辈们安排。但是由于他的哥哥东明——家中的正式家长——很早之前就公开奚落他娶不到妻子，推卸了自己的责任，东林只能决定自己操持婚事。村民们对此没有异议。生意上的成功让长辈们认为他是前程远大的人。

东林已经深深地卷入福州城的商业世界中，因此，若不是另一股力量将他拉回村庄和家庭，他在那里的生活将会越走越远。这一次，动力来自郑卢国。做生意过程中建立起来的友谊也促成了他们闲暇时的相聚，他们设法将这些时光作为忙碌商业生活之余的调剂和放松。他们一边休息，一边谈论私事和抱负，也交流彼此关于家和家人的记忆。正是在这些闲暇时光的讨论中，东林的婚事被提上日程并且很快得到了实现，接下来他生活轨迹的变化也是如此。此时，东林最终回到了湖口的老店工作，他在福州城的鱼贩子和代理人的角色由张芬洲的长子茂魁接替。

在湖口，东林接管了大部分的咸鱼销售和稻米收购业务，而芬洲则将大部分时间投入卖药和行医。他们放弃了原先卖酒和卖花生的业务，专注于鱼、米和药这三项。当然，店里雇了更多的人：一个账房，还有一些伙计和学徒。

在店里，东林有时候喜欢坐下来给茂魁写信，告诉他自己在福州那些年所学到的生意上的经验。他喜欢到街对面卢国的店中，和他一起喝杯茶。逢年过节，当所有的村民走亲访友的时候，东林只需走出店面，带上两袋应景的礼物，回到村里的家中。他又能同自己的家人——母亲、哥哥、嫂子、妻子和侄子、侄女们一起吃饭了。他从外面的世界、从和他一样的有钱人的世界里再次回到家中。

# 第二章　摆脱贫困

虽然已经习惯了在镇上店里的生活，东林对于家人和兄长在村里的农业生活并非毫不关心。每逢年节和其他特定场合家人围坐在一起的时候，黄家兄弟既谈生意也谈农事。他们会提到季节性的雨水和灌溉，计划着犁地和除草、播种和收割，以及交租纳税等。因为尚未正式分家，无论是店铺的收入，还是农田及其产出，仍然属于公产，同属于两兄弟。因此，两个年轻人会对彼此的工作感兴趣并且一起为整个家庭的利益盘算。

偶尔，东林会扛着锄头在田间地头转转，帮他哥哥灌水，就像所有的农夫在灌溉季节必须做的那样。多年不接触农事，东林现在看着绿油油的田地颇为感慨。在喧嚣忙碌的城镇生活之余，漫步在田埂上，在宁静的气氛中倾听林间的鸟叫声和山谷中潺潺的水声汇成的自然乐章，他觉得心里异常放松。

黄家兄弟虽然对土地有某种所有权，但他们仍然属于佃户。根据当地的土地租佃法，土地所有权有多种不同的形式。地主占有土地的“底盘”或者底土，并且拥有收地租的权利。他是土地的合法持有者，他的名字在政府登记在册，并向政府交纳地租。但是拥有地表的人，也被村民称为“根持有者”，对地表拥有永久的占有权。“根”一词显然代表着土地的一部分，即庄稼的根所生长的土壤。这些承租人或者

“根持有者”通常自己耕种，在这种情形中就被称为“自佃农”。但有时，“根持有者”也将永久租佃的土地转租给其他农民，赋予其临时的耕种权。此时，二佃农需要付租金给“根持有者”。

这种土地租佃制度在当地被称为“底—根租佃制”。拥有“底”的地主，通常得到土地收成的一半作为地租，“根持有者”得到收成的四分之一，而佃农，也就是实际耕种的农民，得到另外四分之一。但是，这种分配方式并非绝对，而是存在多种变化。理论上，只有地主需要纳税，但有时承租人也被迫纳税。承租人的税被称为“小税”，以区别于地主所支付的“大税”。黄家兄弟是“自佃农”，也就是承租人，他们同村里的多数村民一样，自己耕种自己的土地，而他们的地主则住在古田城里或者湖口镇上。收获季节，地主派他们的代理人到村里征收实物地租。回到湖口之后的那些年，每当地主的管家们来到村里，东林就会火速从店铺赶回家，温和有礼又精心地款待他们。城市生活的训练竟然在这里也能派上用场，当管家们对东林的谈吐和行事印象越来越深刻的时候，他们也变得更有节制，渐渐地，他们也就不再像以往那样刻薄了。

在婚后的几年中，命运为东林设计出了一个完美平衡的框架。他往来于店铺和家庭之间。扩大的店铺激励着他，也占据了他在生意场上的大部分时间。他将如此多的时间花费在讨价还价、思量盘算、发号施令和与人交谈之上。但是，家庭成员的增加和活跃的家庭生活也常常将他从喧嚣忙碌的店铺中吸引回来。出生、庆典、宗教祭祀、收获、节日，每一个都是他回到土生土长的村子的理由。在这些场合，他或者坐在家里温暖的炉火边静静地放松，或者懒洋洋地沿着绿色的山谷和寂静的田间小路踱步，这种放松为他迎接新的考验注入了新的能量。家庭和店铺、村里和镇上、农事和生意，简言之，宁静和奋斗之间的交替，给予了东林一种从未享受过的平衡。

但是，这种生活上的平衡并未持续多久。黄家兄弟不久之后就分了家。他们各起炉灶，母亲是连接两个家庭的唯一纽带。这种新的安排对于两家来说都意味着新的负担。东林的妻子黄太太发现自己起早贪黑地劳作才能维持新的小家庭的运转，包括独自照顾小女儿和仍在襁褓中的儿子，以往大家庭的关照现在统统没有了。

分家不到一年，东明突然病重。他的兄弟东林只能放下生意回到家中。老医生张芬洲，也就是他们的姐夫，立即被请来。试了好几副药，依然不见起色。卧病在床相当长一段时间之后，有一天，东明忽然将所服的药全吐了出来，并且说觉得自己完全好了。他下了床并且四处走动，告诉大家他刚刚经历的幻景。

“我离开家去地府，”他说，“刚走到古田城门的时候，碰到了我爷爷，他拄着竹杖。我一走近他，他就扬起竹杖似乎要打我并且喝令我立刻回家。这就是我还在人世的原因，我不会死了。”

但是，东明的幻景在现实中只持续了三天。第四天，他再次病倒并且悄无声息地去世了，撇下了他的妻子——伯母林氏和四个孩子，两个儿子两个女儿，长子当时才 11 岁。

东明的葬礼很快进行，他被葬在他父亲的边上。但是对逝者的哀悼并未随着葬礼的结束而终止。盛年守寡的伯母林氏，终日啼哭，抱怨自己命苦。她的孩子们跟着她，时而大哭时而呜咽，虽然两个最小的孩子甚至都不知道自己为什么哭。东林的母亲也是以泪洗面。但是，她是一个很能干的人，东明死后，她对东林说的第一句话就是要求他将新近分开的两家重新合并成一家。于情于理，东林十分清楚这是唯一的解决之道。他如何能忍心眼睁睁看着他的侄子侄女，也就是父亲的直系子孙们忍饥挨饿呢！

当然，东林本人也因为兄长的死而深受震动。他的生活格局再一次被粗暴地打乱了。然而这一次的混乱甚至比祖父的逝世带给他的还要严重。重新合并的家庭比原先更大了，东林因而需要承担起比以往更多的责任，因为他现在是家中三位妇女和六个孩子能指望依靠的唯一成年男子。

因此，东林此前乐在其中的平衡格局也被命运新的流转无情地摧毁了。再也没有炉火边的放松，再也没有山谷中的漫步，因为自己一个人无法耕种全部的土地。葬礼之后一回到家，他就不得不将家中的土地租给了二佃农，并且在佃农和地主方面都作了安排。请记住像现在东林这样的“根持有者”，只能得到土地收益的四分之一！因此，他从土地上得到的收益是何等之少啊！环顾桌边嗷嗷待哺的孩子，如何才能供养这一大家子人啊？最终，东林长叹一口气，说：“我只有一双手，还能怎么办呢？”

但是，问题不久就得到了解决。全家都开始应对危机。因为东林大部分时间都待在镇上的店里，他的母亲，也就是家里的祖母潘氏，成了家中的女家长。虽然满头白发、满脸皱纹，但是由于受苦的经历，她依然保持着一种勤勉的精神。她是一个一丝不苟的人，将家中事务安排得井井有条。她同两个儿媳——伯母林氏和黄太太——一起，在家务之余，纺纱织布。三个女人将一种从贫瘠土地上种出的麻织成麻布。麻布在市场上卖出之后能给家庭增加微薄的收入。

为了节省家庭开支，伯母林氏被迫遵循当地一种古老的习俗将最小的孩子送给另一家做童养媳。所谓童养媳，指的是尚未到成婚年龄的小女孩，被送到同她订婚的男孩家抚养。这一做法在村里的穷人阶层中十分常见。

家里的女人们千方百计地省钱。她们经常到村后的山上砍柴或者收集干枝枯叶作为柴火，收集猪粪作为农田的肥料。什么都不可以浪费。

有一天，祖母潘氏在捡拾猪粪的时候，东林七岁的女儿，一个漂亮活泼的小家伙，跑到她身边。小女孩从口袋中拿出一块白色的糖果。这是她生平第一次得到这种糖果，所以一直把玩着而没有立即吃掉。但是当祖母潘氏看到这块糖果的时候，她变得非常愤怒。她大步走回家，抓起一根篾条，让小女孩交代糖果的来历。黄太太对此一无所知，但是伯母林氏出来承认了，说是自己在一个旧衣箱中发现了一点钱，然后就用这点钱从碰巧路过的小商贩那里买了这一小块糖给小女孩。祖母潘氏如何能相信这种说法？她深知家里一分钱都没有。所有的钱都投在店里了。她坚信她的儿媳妇是用家里的米买了糖果。她愤怒地鞭打两个儿媳妇和小女孩，边打边嘟囔，她守了二十多年的寡，从来没吃过一块糖。儿媳们没有再解释什么，静静地承受着鞭打。

但是小女孩不能忍受体罚的痛苦，号啕大哭。一两个小时之后，她着了凉，病得很厉害。三天之后，在所有的女人们尚未注意到她的病有多严重的时候，这个迷人的小女孩死了。黄太太紧紧抱住她冰冷的尸体，哭了一天一夜。小女孩是她的第一个女儿，那么甜美可爱，死后也从未被遗忘。黄太太一直记着这个小生命以及她所承受的疼痛和伤害，一遍又一遍地给自己的其他孩子讲述这个头生女的故事，她成了家庭困难时期的见证。

然而，不幸才刚刚开始。一段时间之后，黄太太的另一个女儿刚一出生就被送到另一家做童养媳了。因为只有把孩子送出去，母亲才能省下精力做家务。地方习俗为减轻家庭负担提供了这样一种方法，但这不是一种令人愉快的方式。必须指出的是，只有女孩才会被送出去，无论家庭如何贫困，所有的男孩都必须由自己的父母抚养。

几乎与此同时，东林收到了不好的消息，是关于他最小的侄女的，她也是被这个家庭作为童养媳送出去的。她未来的丈夫，邻近的徐家的男孩在镇上当学徒。但是她的公公婆婆，也就是男孩的父母在短期内相继去世。所以，只有六岁的小女孩，现在没人照看了。东林无奈，只能派人将她接回家中。到家后，小女孩断断续续地描述了自己的处境。她形容自己是“水壶里的一把米——还是坐在热炉上的水壶”。她说得如此楚楚可怜，还带着徐家特有的口音，把黄家所有的人都逗乐了，欢迎她回家。

在这段时间，东林如往常一样继续经营他的生意。他和芬洲租下了隔壁的店铺，一座两层楼的建筑，与原来的店铺仅一墙之隔。在墙上挖一扇门，新楼与店铺就合并在一起了。他们将所有的药品搬到新楼中，芬洲现在主要就在那里活动，开始向姚云生传授药理知识和治疗方法。

在家里，东林也作了一些新的安排。他的两个侄子现在都已经有十几岁了，可以供作为一家之长的叔叔使唤了。大侄子更为机敏，他曾经奶声奶气地告诉叔叔，“等我长大了，我就赚钱帮你，叔叔，就像你抚养我们长大并且为我们做了这么多。”但是正如我们将要看到的，后来的事实证明这是一个谎言，这个孩子最终成了他叔叔的死对头。

由于侄子们还太年幼体弱，无法承担所有的农活，东林雇用了一个叫南明的长工，自己和南明一同耕种已经从二佃农那儿收回来的土地。通常情况下，村民们在农活上相互帮工。以工换工，这是互惠合作的基础。很少有人会雇用帮手，但是，南明却是一个长工，需要付钱，工资大约是每年40到50块钱。他的膳食住宿都由东家提供，农具也是如此。南明四十多岁，是黄家的一个远房姻亲。但就是这种很远的关系已经足以让东林称他为“叔叔”，他也因此被尊重和善待。

兄长死后，东林差不多花了十年才将生活调适到一个比较好的状态。他们说这是“风水”，一种偶然的不受控制的力量，正是它决定了一个人生活的沉浮。或许吧，但是我们必须考虑到这个人本身和生活体系中将他与他身边的人联结在一起的关系，以及他所受到的这样那样的牵引力。家庭就是这种关系的体系，一张围绕某个人结成的牢固的网，他的习惯、义务、情感和欲望因而都要微妙地维持平衡。一个家庭成员的离开，突然扯断连接他与其他人相互之间的牢固的纽带，家庭便面临危机。东林及其家庭就是如此，接踵而至的打击对他们生活之网的震动如此之大以至于几乎到了使之崩溃的程度。孩子们饥肠辘辘，不得不出租家田，被迫送养小女儿，家庭经济异常窘迫，以及头生女的死，则是粗暴地动摇他们生活格局的另一些危机。

或许，“风水”控制着这些事情，带来了严重的危机。但是人类生活中有一种弹性是其无法控制的。当生活之网中的某些联结被危机肢解失效时，另一些联结会全力发挥作用。这里的情形就是这样。并非东林所有的生活都深陷困境，那些未卷入危机的联结渐渐使他重新站稳了脚跟，并且为他的家庭设置了新的生存格局。

渐渐地，在持续十年的危机和艰辛之后，东林在店中的日常生活，女人们在家庭事务中承担起更多的责任，构成了他和她们各自新的动力。通过这种途径，原来的生活重新显现。“风水”已经不好到极致，他生活中的基本网络却顽强重现。家中的土地被收回，而且东林现在有了新的乐于帮他的人手——他的侄子们和长工南明。借此，他和他的家人再次形成了一个平衡的生产单位，这一最终结果只有通过调适和再调适才能成为可能。

自从东林和芬洲因增加大米和咸鱼业务而拓展了生意，店铺日益兴旺。它成了运往下游的大米和运往上游的咸鱼的交易市场。坐镇湖口，这个店铺从西路周边乡村的村民那里购入大米，再将其经水路运往福州出售。另一头，从福州中亭街买入的咸鱼被装船运往内陆的湖口并在地方市场上出现。这是繁忙的不间断的生意，地方商品借此从村庄流入乡镇再从乡镇流入城市，而城市商品则反向流入乡镇和村庄。从这项他们日益精通的生意中，东林和芬洲这两个姻兄弟开始积累起越来越多的财富。

所以，黄家再次进入到繁盛和安宁的日子。此时正值东林的第四子出世，因为他在所有兄弟中排行最小，所以被称为小哥。这个称呼后来就成了他的大名。家族传统规定，所有同辈的男性要根据其出生的先后顺序称呼。在同辈男性中排行最小的小哥被称作六哥，“哥”是对同一辈的所有男性的称谓，既包括亲兄弟也包括堂兄弟。他的两位最年长的堂兄，也就是东明的两个儿子，因此是大哥和二哥。三哥、四哥和五哥则都是他的亲哥哥。

小哥即将出世的时候，他的祖母派南明去了湖口。东林本人没有回家，而是派他的长子，当时正在镇上的私塾念书的三哥，回家代替父亲主持出生仪式。

三哥先去了镇上的庙里拜临水陈太后，从那儿请回一个燃着香火的香炉。回家的路上，三哥撑起雨伞保护香炉，因为据信陈太后的灵魂就住在其中。回到家中，他将香炉放在母亲的卧室，产婆已经在那里等候了。陈太后的香炉一到，新生儿就来到了人世并开始啼哭。

小哥就这样来到了这个世界，一个小小的黄家的新成员。伯母林氏立即开始在厨房准备鸡蛋和面条，以便屋里所有人都有一碗面条和一个鸡蛋来庆祝这一时刻。所有赶来聆听喜讯的邻居和亲戚，都能分到鸡蛋和面条。面条寓意长寿，而鸡蛋则寓意平安。鸡蛋还被染成红色，因为红色代表喜庆。

出生后的第三天清晨，新生儿第一次沐浴。这也是一种仪式，由祖母潘氏在其他妇女的协助下进行。她坐在浴盆旁边，拿起一个红鸡蛋绕着小家伙的头转三圈。一边转一边哼一首小调，祈祷小脑袋长得跟鸡蛋一样圆。等到小哥长到一个月大，即所谓“满月”的时候，要再次准备面条和鸡蛋以示庆祝。

在这个场合，东林那个一出生就被送走的二女儿也回到家里。她现在已经十几岁了，矮小、相貌平平并且怯懦，这种怯懦是像丫头一样寄人篱下的结果。她的两个弟弟四哥和五哥常常取笑她，但她只是警告他们如果继续这样的话，以后去她家的时候，就不会得到兄弟的礼遇。现在他们又戏弄她，这一次她转向新生儿，抱着他说：“亲爱的小哥，我们家就欢迎你一个，我会每次给你准备一大碗面条和两个荷包蛋。”

黄家人一直记着她的话，直到一年后她夭折的消息传来。她在未婚夫的家中死去，死因不明。这就是东林二女儿的结局，她同大女儿一样命苦，但是她也一直被记着。

在他的第一个生日，即一周岁的时候，小哥被打扮一新后带到堂屋。他的母亲黄太太将他抱在怀里，他的祖母则递给他一个随意摆放着各种小物件的漆托盘。有一枚印章、一支箭、一张弓、一支毛笔、一个砚台、一叠纸张、一块银元、一杆秤、一些花生、一双筷子，还有稻草和几样实物模型。小哥伸出右手抓起毛笔，左手抓起那叠纸，堂屋里所有在场的人开始欢呼。他们知道这个孩子将会成为大学问家，金榜题名，这是他现在的选择所预示的。他们回忆起多年以前他的父亲东林如何在抓周时选择了秤和银元。他所抓的物品确实预示了未来，因为东林现在成了商人。

在诸如满月、周岁这样的场合，婴儿母亲的娘家人本应扮演重要的角色。但小哥的外婆家很不幸，不仅外婆已不在人世，而且一场突然的大火还烧毁了宅子，吞噬了三个舅舅的生命。家中唯一剩下的只有一个童养媳，她原本要许配给年龄相当的二舅舅。现在，因为未婚夫家中所有人都已亡故，她可能被族人卖掉，好在东林足够机敏，为她招赘了一个丈夫，以确保郑家香火的延续。

此时正值1911年辛亥革命，清朝政府被推翻。城市中出现的动荡不久就波及了乡镇和农村。一天，村中的一位长者突然警示说“长毛子”来了，正往黄村逼近，所以所有的村民不得不逃离村庄，躲进深山。黄太太背着小哥，拉着四哥和五哥，以她的小脚所能及的最快速度从后门逃出。但结果证明来的是革命党而非长毛子，他们也不打家劫舍。乡亲们依然记着的所谓长毛子，指的是1850—1864年间的太平天国起义军。

革命爆发的时候，东林的长子三哥不在家。在镇上的学堂念了两年书之后，他就去和姑姑住在一起。这个姑姑是东林的二姐，嫁到了一户姓王的人家。王家有一个堂兄叫王齐祥，是小学校长，三哥就是这个学校的学生。齐祥参加过乡试，中过举人。后来，我们将会看到，他在政治上大有作为。两年之后，三哥被叫回家，东林让他同芬洲的三子茂德一起去位于福州南台岛上的一所教会学校——英华中学学习。此后六年，三哥便一直待在那里。

不久，东林安排了侄子——大哥的婚事。婚礼后的第二天凌晨，侄子冲到叔叔的卧房要求他把新娘送回去。大哥说他做了检验，证明新娘不是处女。他说他的姐夫来参加婚礼的时候告诉了他这种检验的方法。东林对这两个年轻人——大哥和他的姐夫——十分恼火，责备他们这种愚蠢的行为。面对东林的训斥，大哥刚想继续为自己申辩的时候，新娘的房间传来一声惊叫。伯母林氏发现新娘企图自杀，已经服了毒。所有的女人都冲进去帮她催吐。不久，新娘苏醒了，为所受的羞辱而痛哭。

新娘不仅身材修长，容貌美丽，而且作为一个聪慧的女人，在家中行事得当。此后，大哥和她变得恩爱，但从此对恶作剧的姐夫怀恨在心。

此时，东林利用春节休假去拜访叔父玉衡，商量祖父母迁葬之事，因为他们的灵柩还停在地里的浮厝中等待最终安葬。第二天，东林和玉衡陪同一位风水先生开始寻找合适的墓地。最终，他们找到了一处风水宝地。风水先生将罗盘放在小山丘上的一点，从这里往下能看到广袤的农田。他解释说这座山看起来像一只老鼠，头伸向长着庄稼的农田。这种地势被称为“鼠朝食”。有了这样的风水宝地，人们会富足发达。

由于村民笃信风水，根据地形地势对墓地进行占卜便成了葬礼的必要步骤。东林买下这块宝地之后不久就在上面建了墓。墓全部用砖砌成，长约 50 英尺，宽约 30 英尺。下葬仪式随后在这里举行，祖父母的遗骨最终被埋在砖砌的墓室中。此后，东林常常感到自豪，因为他为自己敬重和曾经如此亲近的祖父选择了理想的墓地。

祖父母入土为安的事情在过去 20 年间一直占据着东林的思绪，

这不仅仅是出于尽孝的义务。我们还应记得东林小时候与祖父之间的感情如何深厚，而祖父的死又如何打乱了他的生活。这么多年来，无论是在店铺中忙碌的时候，还是在家庭聚会的时候，他总是一再回忆起走在祖父身边的日子。现在，他终于能够看到老人在风水宝地上安宁地长眠。这对于他和他的生活而言是多么大的欣慰啊！他为此感到释然和安心。

然而，时间不断带来变化。老的回忆还存着，新的回忆也越来越多。毕竟，东林对长辈的义务只是他生活的一部分。随着年龄的增长，他对年轻一代的责任也越来越大。人类的生活是轮回的。正如我们在黄家所粗略看到的，诸如出生、教育和婚丧嫁娶，是可能脱离正常生活轨迹的阶段。每一阶段都以危机开始，而每一次危机都激起变迁，并伴随着将生活从偏离的轨道上拉回来的仪式。

与此同时，店里的生意又使东林来到福州。有一次，他遇到了自己的老朋友郑卢国。两人又去了以前常去的浴室。他们在并排的长椅上躺着，懒洋洋地聊天，这时，一位身着蓝布长衫、敲打着角器的算命先生蹒跚走近他们。卢国招呼了一声，他就停止了敲打。算命先生在椅子上坐定，卢国转向东林并让他说出他的“八字”，即出生年月日和时辰，以便算命先生测算他的命运。

记下东林的生辰之后，算命先生打开了他的神秘册子并沉思了几分钟。然后他在一张红纸上写下了几个词，并转向他的顾客说：“若你们不介意，先生们，我就如实解释我所写的了。”

“我们不介意，请解释吧。”

“从头说起，”算命先生继续说道，“我所算的这位先生在生活中必定经历了许多困苦。他幼年丧父，但母亲会很长寿。十多岁的时候，他必定承受着孤单、矛盾、不安、贫困和很多其他苦难。正当他即将步入正轨的时候，一场巨大的不幸降临在他身上。那可能是一个重要的家庭成员的过世，他因此需要承受更多的负担。

“在生活的当前阶段，他必定正在享受一种日益发达的状态。他现在一定是一个终日与贸易平衡以及借贷打交道的商人。当他在外打点生意的时候，他忠贞奉献的妻子在家帮他管理家事，所以家宅平安。将来，他或许会有至少四个儿子帮他使这个家族兴旺。

“他的家庭和生意迄今为止比较顺利，但是在未来五年之内将有大难，可能夺去他的性命。若大难不死，他也将陷入一场大麻烦，散尽大部分钱财。若能度过这场灾难，他未来的生活将如同海面一样平静。”

算命先生走后，卢国和东林对他的预言付之一笑。命运真的会将东林带入险境吗?

# 第三章　官司

不久，芬洲和东林这两位姻兄弟，也是湖口店铺的合作伙伴，已经积累了相当的资本并决定善加利用。他们打算盖新居，两人与风水先生一起在黄村查看以寻找合适的地基。他们从坐落在朝南的金鸡山低坡的黄村出发，向西走到了龙头山，此山就像西边的屏障一样守护着山谷。小河与西路都经过黄村脚下，自东向西平行延伸，经过一段时间之后，在龙头山脚下分道扬镳。西路越过山顶，向正西方向延伸，而小河则往西南方向流去并在龙头山下转弯。当查看地势的一行人来到山顶时，他们看到山坡在脚下陡然变缓，在山脚和河流拐弯处之间则是大片农田。风水先生用罗盘测定方位，突然他惊喜地大声说他找到了一块风水宝地。他称之为“龙吐珠”，自然，山峰代表龙，农田和庄稼是珍珠，而河流则是唾液。

芬洲为这块宝地所吸引，立即从自己原来的村子陈洋村召集劳力，让他们在龙嘴正前方建造新房，但是这一切都是瞒着东林的。当东林来到这里的时候，他立即发现按照现有的规划已经没有空间盖另一座房子了。他为此感到非常失望，对芬洲的安排十分不满，但是作为小辈，他不敢抱怨。

东林十分不情愿地另寻他处盖新居。他终于找到了一个合适的地方，在黄家旧居的右侧，远离村子。从这里向西南方向看去，芬洲的居所尽收眼底。

东林雇了劳力盖房子，又请了亲属帮工。建材中需要木材，而正是由于木材，东林再次陷入了麻烦。诚然，这次麻烦的种子在上世纪中叶东林祖父在世的时候就已经埋下，但苦果却降临在了东林身上。

东林现在居住的房子面积相当大，可以容纳50人居住。这座房子是东林的祖父所建，但是当房子落成的时候家中只有妻子和一个女儿。所以，为了填充新居，他邀请他的两位兄长及其家人与他同住。三兄弟一直和睦相处，在农活和家事上相互合作。然而这种安排却在两代人以后成了困扰东林的麻烦。

这三兄弟同他们的舅舅之间的关系也很好，舅舅是大房子的常客，也是欧氏的族长。欧氏是个繁盛的大族，其所生活的欧庄位于相距十英里的商路——西路沿线。村子东边，只隔着一座名为花桥的木桥，横亘于流向湖口并在那里汇入闽江的河流之上。花桥是商路上的税卡。住在桥西侧约20个村庄以及湖口镇的人们形成了一个自然的和文化的群体，自称“下花桥”人，以区别于住在上游村落中的“上花桥”人。但是桥两侧的人们因为相互通婚而一直保持很紧密的关系。

东林祖父的母亲就是欧家人，而正如上文所说，她的兄弟是一族之长。但是他很喜欢他的黄姓外甥们，有一天，他让三兄弟在紧邻花桥的欧家山上种树。在舅舅而言，这当然是一种疼爱的表现，但是他做梦也没想到这一丁点儿林地日后会成为两个家族的冲突之源。

现在，这片林地上的树已成材，东林想要用它们作为新居的建筑材料。在征得两位叔祖的后人中最年长的玉门和东千的同意之后，他准备去砍伐这些树。他让曾经外迁过的堂兄东飞带领劳工来做这件事。

但是当东飞带着一干人到达花桥边的山上开始砍树的时候，一伙欧氏家族的人突然出现，宣称对这些树有所有权并阻止东飞他们砍伐。

听到这一事件，东林派了更多人去山上，但对方也增派了人手并且再度干涉。一番恶语相向之后，双方很快开始动手，有几个人在冲突中受伤。

这场流血冲突后不久，时任欧氏族长的欧阿水，集结了一队族人，全都携带着长柄大刀，突然闯入东林的家中。他们抓住了东林，但是没敢伤害他，只是挥舞着武器警告他，不许他再派人涉足那片已经被宣称是欧氏族产的林地。虽然族中的其他男性都躲了起来，但东林以寡敌众，以其惯常的能言善辩和果敢据理力争。但是欧阿水对他的辩解不屑一顾，只一味威胁他说若他继续坚持，将危及性命和财产。

林地冲突发生的时候，欧氏家族富有且人丁兴旺。东林祖父的母舅，也就是当初允许三个外甥在他的土地上种树的那个人共有四房后裔。四房的族长阿水有钱有势。他作为族长的地位，他的财富以及他刚刚落成的新居，不仅使他扬扬自得，也使得族人以他为荣。得知东林也要盖新居，他对东林的崛起感到不满。在乡村社会，建大宅子被视为成功和显赫的标志。欧阿水看到自己向来不屑的卖花生的，竟然要与他旗鼓相当了。他的不悦骤然变成了愤怒。

因此，阿水开始为难这个卖花生的。在自大和贪婪的驱使下，阿水阻止东林在祖先传下来的林地上砍树。仗着东林在各个方面——财富、名望、阅历、年龄以及家庭和家族的人力——都不如自己，他原本以为东林会乖乖屈服于威胁，而他不用再费什么力气就可以砍伐树木为己所用。这是富人变得更富的惯常方式。

但是欧阿水打错了算盘。东林不仅没有屈服而且丝毫没有示弱。被威胁和冒犯之后，他变得愤怒和激动。他立誓朗朗乾坤之下这种事情不该发生。他立誓要让所有的人都知道这片林地上的树属于黄氏家族，而阿水的言论是不公和不实的。为了先发制人，他决心将此事闹上公堂。所以，东林雇了一顶轿子，去了古田，并将诉状呈给了地方衙门。至此，漫长而又重要的诉讼开始了，而新的一轮事件也将出现。

东林在冲动之下诉诸官府并且一往无前、未多加思量的木材争端，最终被证明是东林生活中一个重要的转折点。如果诉状被撤回或者推迟，抑或像村民之间的争端和冲突中经常发生的那样双方达成了妥协，那么这场官司本可以避免，但是命运让东林直面对手阿水。两人中更年长的阿水狂妄刻薄，但是经验老到，而年轻一些的东林勤勉、精力充沛但轻率莽撞。同样固执的两人，就像训练有素的棋手，准备好要在一场重要的对弈中一决高下。

这是东林一生中遭遇的最大麻烦和危机。地方官吏一签发初审的传票，欧氏家族和黄氏家族便都派出了代表到衙门。东林一方的辩护人有玉门、东千、玉衡和东林本人。审讯很快就有了结果：阿水和他的三个族人被判立即收监。实际上，在终审判决之前，长官没有权力扣押他们。但在实践中，模棱两可的判决是这个世界角落的准则，因为这里的人们主要是乡民和农民，对法律一无所知。腐败的官吏只想吓唬一下平民百姓中的当事人，将他们关进监狱以便敲诈勒索。

获悉族长被收监，巨大的恐慌开始笼罩着欧氏族人。所有的族人聚在一起宣誓要与族长共存亡。他们从四房集资，然后继续上诉。

与此同时，一个新的官吏取代了在一审中支持东林的那位。欧氏族人很快得以将诉状递到这个新官手上要求二审。结果同样迅速，只是这次阿水和他的人被释放了，而东林和他的叔父玉衡却进了监狱。

东林心情沉重地进入监狱，在复审之前他不能见朋友和家人。与欧氏族人一心支持族长不同，黄氏宗族渐渐有了间隙。另外两房的长者玉门和东千，害怕引火烧身，撤回了诉讼并放弃了对林地的所有权。这两人同欧家有关系，因为东千的一个女儿嫁给了阿水的一个侄孙，而阿水的一个女婿则是玉门的侄子。这个侄子与妻家的关系胜过与本家的，他将黄家计划的细节透露给了对方。东林因此发现自己被抛弃和背叛了，陪伴他的只剩下叔父玉衡。玉衡虽然贫困和年迈，却要为自己的侄子东林抗争到底。所以他陪他进了监狱。

东林入狱的消息对于家人而言犹如晴天霹雳。无助的女人们，祖母潘氏、伯母林氏以及黄太太，痛哭流涕。除了东林——这个家中唯一的成年男子和唯一的经济支柱，她们再没有其他人可以依靠，然而现在他却身陷囹圄。在乡民心目中，进监狱几乎等同于一脚跨进了鬼门关，监狱之后的那扇门就是阴曹地府了。

东林的侄子大哥，当时是一个缺乏经验的年轻人，他立即去拜访本区最有权势的人之一雷吾云。吾云作为地方官吏的顾问，据说在政治上颇有影响。大哥给了他一笔钱，诚挚地请求他以他的影响力释放东林，他收下了，承诺会竭尽全力。然而天晓得他是否尝试做过什么抑或什么都没做。大哥第二次去找他的时候，他同样表现得胸有成竹。然而东林，始终待在监狱中。

东林的舅舅，不顾年迈，徒步去监狱中探望东林。同其他人不同，老人一片赤诚，三次探望他，这一点，东林铭记于心。是他将家中的消息告知东林又将东林的口信带回家。他安抚家中痛不欲生的女人们，尤其是他的妹妹——祖母潘氏。作为一位年迈、经验丰富的农民，他做了舅舅该做的一切。

我们不应忘记东林的姻兄弟和生意上的合伙人芬洲。古语说得对："福无双至，祸不单行。"东林在狱中的时候，店铺也难逃厄运。一天深夜，一伙土匪破门而入，劫走了钱柜中的所有钱。他们还绑架了当时店中的账房——睡在柜台后面的姚云生。芬洲顿时分身乏术，他既要在这次劫掠之后恢复店铺的生意，又要制订计划赎回账房的生命。

听到丈夫在店铺中被绑走，云生的妻子来到东林家。她在黄家的主妇祖母潘氏面前跪下，把头埋在老太太的胸前，号啕大哭。已经为狱中的儿子深感忧心的老祖母，现在还要看着一个年轻人为自己被绑架的丈夫哭泣。她觉得自己仿佛站在深渊的边缘。

不久，芬洲收到了土匪的来信，他们自称"黑钱党"。云生必须被赎回，否则就会被杀害。芬洲于是派了一个中间人到匪窝中，商议赎金和释放的事。土匪开出了很高的价钱，但是，店铺剩余资金的大部分已经在盖新居、打官司和抢劫中耗尽。芬洲已经筹钱无门，进退维谷。

这真是一个关键时刻。东林自初次涉足生意以来，年复一年辛苦努力建立起来的积极的渐入佳境的生活平衡正面临粗暴和彻底摧毁的危险。在此之前，他从未被自己人出卖过，从未受过族人背弃之苦，也从未如此直面过灾祸。现在，命运却让他同时遭遇了这种种不幸。他在木材争端中轻率的上诉只帮了他一时，实际上却使他陷入了更危险的境地。最终，他身陷囹圄，无法逃脱，也无法自保，而且孤立无援。

现在已经家无宁日。女人们哭泣并祈求祖先垂怜。只有东林少不更事的侄子和年迈的舅舅试图救他出监狱，但一切都是徒劳。唯一年富力强和能干的朋友芬洲也爱莫能助。倘若不是为店铺的灾祸所困，他原本可以帮忙的。

这种绝望的境地真的就没有出路了吗？若果真没有，那么东林，他的家庭以及他的店铺都注定陷于绝境，离倾家荡产不远了。唯有命运新的转折才能带来好日子，使他们得以作出新的调适。某种新的补偿性力量必须发挥作用以挽救至爱之人岌岌可危的平衡。

这种新的力量不久就出现了。前文已经提到三哥被录取为福州的教会学校英华中学的学生。家中厄运降临的消息传来，他立即赶回家，探望了狱中的父亲和叔祖，并商讨将此案呈送高等法院的方法。这一次，他们要上诉至位于福建省省会福州的省法院。

案件一到省法院，从古田区向省会的材料移交就开始了。到了开庭那天，东林和玉衡被送往福州受审，被告欧阿水和他的族人也被传唤到庭。法庭要求出示关于欧、黄两家争端的前两次审讯和判决的证据。

在终审中，原告和被告双方均宣称对花桥边山地上的树有所有权。东林作为原告方的代表，出示了材料以支持自己的观点。他的主要证据是他祖父的母亲的哥哥，当时的欧氏族长所写的一份租约，声明将山租赁给他的三个外甥，即东林的祖父和两位叔祖。租约签署于 1849 年，双方都盖了章。

以欧阿水为代表的被告方则辩称东林的材料是不实的。他们坚称订立这份租约的先祖在租约所示的日期已经过世了。为了支持自己的断言，欧阿水出示了族谱作为证据，上面记载着这位争论中的先祖的入谱时间是 1846 年。若这份证据成立，那么实际上，他在订立租约的三年之前就已经过世了。

因此，审判就取决于这位先祖的逝世时间。一旦确切的日期被证实，契约的有效性也就能够决定了。幸运的是，东林还有一份补充性的证据，能够说明这个问题。这是一份土地转让契约，由同一位订约人——欧氏的老族长——和东林祖父的一个堂兄弟签订。该合同标明的日期是1851年，比前一份租约晚两年。这就证明了订约人在1849年，即同他的三个外甥订约的时候尚在人世。

现在问题就在于租约本身是否是伪造的。土地转让契约毋庸置疑是真的。经过一番仔细检查，印章、书写风格以及纸张的质地都表明两份契约均是真实的，不可能伪造。

因此，所有的证据都有利于东林。终于，他赢了这场官司。阿水被罚了款，败诉也使他在家乡父老面前丢了脸。

真金不怕火炼，玉不琢不成器。同样，人在克服危机之后更强大。东林即是如此。他遇到了对手，在地方法院和省法院经历了四次审判，坐了三个月牢。在沉闷的牢里，他时常梦到自己被杀了，灵魂被带到了阴曹地府，还满脑子想着店铺衰败、家破人亡。他每天在痛苦和哀伤中度过，眼泪往肚里咽。

重获自由，东林并不为所发生的事情感到遗憾。他回想起了那天与卢国在浴室那个算命先生的预言。他告诉朋友和乡亲们，牢狱之灾和诉讼中的破财都是他的运势所致，是命中注定。这一切都是老天爷事先安排好了的。现在，我们将老天爷理解为人本身，而将命运理解为人类社会。虽然要摸索会犯错，虽然可能会将他们的困难归咎于命运或者神，但是无论我们现在如何解读，东林和他的乡亲们知道如何经营他们自己的生活。

摆脱了监狱和官司的纠缠，东林立即再次投入生意。第一步，他从原来就有联系的天济钱庄借了款，用这笔钱从匪窝中赎回了店中的账房先生云生。店铺原本已经处在破产的边缘，但是东林的胜诉和回归为他争取回了老钱庄、老顾客，也给他带来了新的关系。

随着东林在村民中的名气越来越大，往来过路的人们在黄村的茶馆中对他盖新居和赢得官司的事议论纷纷。东林年迈的叔叔和狱友玉衡是诉讼故事最好的讲述者。作为一个有学识的农民，他可以连续几个钟头坐在茶馆里，极尽细致地讲述自己和东林如何在地方官面前据理力争并最终打败了对手。他讲了一遍又一遍，但是他的听众们依然聚精会神。

就这样东林最终得到了所需的木材，新居也落成了。那是当时村子里最大的房子。但是在全家迁入新居之前，他还要为乔迁选定一个良辰吉日。

到了吉日，太阳刚露头，所有的家庭成员已整装待发。他们像游行一样排成一队，挨个从东林祖父所建的旧居大门走出。但是他们没有直接走到新居，而是兜了一大圈走宽阔的西路，即那条穿过黄村的主路。列队前行不仅是为了向村人炫耀，而且还因为大道在这种喜庆热闹的仪式和庆典场合被认为更加合适。

队伍缓慢庄严地前行，排在队首领队的是一家之主东林。他手中拿着一杆长长的秤和秤砣，象征着他能称米和收租。紧随在儿子身后的是祖母潘氏，拿着香炉，象征着家族延续。接下来是两个侄子，大哥和二哥，他们肩上扛着犁和锄头，这两样是最重要的工具，也是农事的象征。再接下来，是拿着古籍的三哥，拿着法律文书的四哥，拿着笔墨纸砚“文房四宝”的五哥。现在已经六岁的小哥六哥，用小扁担挑着一对红灯笼。黄太太，背着名叫珠妹的小女儿，手上拿着宴会时要用的银质酒壶和酒杯。在她之后，是她的妯娌伯母林氏，拿着象征食物的大锅。接下来是大哥的妻子大嫂，她背着小儿子少台，还捧着梳妆盒，是盛放对女人而言最贵重东西的盒子。黄家的长工南明是最后一个。他背着一杆老式火铳，仿佛在保护整支前行的队伍。

围观的人群大部分是黄村的村民，都与东林有些关系。他们问候他，为他欢呼喝彩。队伍一到达新居敞开的大门口，立即鞭炮齐鸣，以示欢迎。队伍就此欣喜地走进新居，后面还簇拥着一群村里的孩子。

东林的新居建在一片平缓的坡地上，坡地已经被建成三个依次增高的平台。这些平台四周由土坯高墙围成一个正方形，外墙刷了白灰。这个房子与黄村其他房子的不同之处在于它有两个塔楼，一个位于前面那道墙的左角，另一个在后墙的右角。这两个塔楼可用于防备土匪，万一受到袭击，也可以作为防御，因为，塔楼的墙上每隔一段都留有枪眼。

如果要进入房子内部，首先要经过正门的门槛走到第一层平台，这里的中央是一个带天井的厅堂，两边是房间。有书房，也有供客人过夜的客房。有一条平整的石板铺就的小路从厅堂穿过，它的尽头有十级石阶向上通往第二层平台的正厅。

这是整个房子的主体，也是最重要的部分。正厅两侧各有两排木头建的厢房。按道理，这座房子应分属于东林和他已经过世的兄长东明。根据惯例，兄长居左，弟弟居右。因此，当黄家搬入新居的时候，东明的长子大哥便占据了左边的第一套厢房，同他的妻子和儿子住在那里。第二套厢房是二哥以后的住处，现在是二哥和他的母亲伯母林氏一块儿住着。东林和他的妻小住在正厅右边的两套厢房中。祖母潘氏住在后面的一间厢房，同她最喜爱的儿媳黄太太共用。

这一层平台设有边门，通过木制楼梯通往二楼的储藏室。与二楼一般高的第三层平台也是最后的平台，厨房和餐厅就设在这里。第三层平台也有边门，从那里有20余级陡直的石阶往下通往第二层平台的后厅。

自黄氏先祖定居黄村以来，还从未有过像东林的新居这样的华屋大宅。在这一点上，他已经超越了他的所有先人，甚至包括他最爱戴的祖父。回想早年的艰辛、商场的沉浮和官司缠身，东林长时间自豪地看着新居，露出胜利的微笑。

# 第四章　张家新居

在东林搬入新居之前，他姐夫张芬洲在“龙吐珠”上的新居已经落成。张家的房子与东林的房子相似，但有一点不同，因为建在平地上，前者没有渐进的三层平台。不过，它也包含三个部分：前院、居室和厨房。后面是一片园地，两边高墙包围，只留下后面的出口。这一布局是根据风水先生的建议，山坡形成的天然屏障敞开是为了迎接上方龙嘴里吐出的珍珠。

芬洲现在已经50岁了。他瘦骨嶙峋，方正脸庞，眼窝深陷，眸色深黑，看起来阴郁恐怖。作为一个医生，他常常穿着一件青色发白的长衫，走起路来中规中矩，又缓又直。他的头上总是戴着一顶顶端有一颗红扣的瓜皮帽，手持一根两英尺长的烟杆，烟嘴是假玉做的。

大约20岁的时候，芬洲就已经开始用从父亲那学到的医术为上花桥和下花桥一带的人们施治。很久以前，当东林的祖父第一次遇见芬洲的时候，就被这个年轻人的老成和敬业所吸引，因此老人的孙女，也就是东林的大姐和芬洲之间的婚事就这样定下了。

虽然芬洲一直是一位成功的医生，但是他从来不能借此养家糊口。他是一个精明有远见的人，凡事总能比其他人更早洞察到。正是他注意到了湖口镇即将出现的商业发展并建议东林在那合开一爿店铺。在他们的合作经营之下，店铺一直非常成功。芬洲总是深谋远略，是他洞悉商海沉浮的趋势，而由精力更旺盛、更强势的伙伴东林将他们的计划付诸实施。两个姻兄弟已经学会和谐共处，在和睦有益的协作中，他们制订计划做生意，积攒钱财，也各自置地建房。

20年来，芬洲和东林亲密无间地经营店铺的生意，直到盖新居的时候，芬洲意图独占风水宝地而不与东林分享，第一次表现出吝啬和自私。

现在，芬洲住在自己的新房中。一天，当他独自待在前院书房的时候，有一个人走进来问候他。来人是张茂恒，芬洲曾经离家外出的侄子。茂恒是个有学识的人，曾经在王村小学读过几年书，受教于王齐祥老师，也认识王一阳和王立阳兄弟俩。王氏宗族很大，位于西路边，距古田县城七英里。数千族人根据居住的位置分为上王家和下王家。王家小学的校长王齐祥，属于上王家，我们还记得，他是三哥的老师。而一阳和立阳兄弟俩则属于下王家。一阳是东林的老朋友，他把东林介绍给福州城的商家和天济钱庄。王家兄弟的大房子毗邻而建，立阳居右，一阳居左。他们通过在湖口开店挣了钱，成为村里最富裕的人家。

茂恒刚拜访了王氏兄弟回来，带给他叔叔一个红色信封，里面是一张写有字的帖子。上面写着立阳本人、立阳的父亲、祖父以及女儿惠兰的名字，最后还有惠兰的“八字”，即她的出生年月日和时辰。这种帖子是缔结婚姻的第一步。茂恒扮演媒人的角色，因为他同男方和女方两家都沾亲带故。

芬洲收了红帖，将它放在堂屋大桌上祖先神龛前的香炉下。这么做是为了征求祖先对提亲的女孩和自己的三子茂德之间亲事的看法，茂德现在是福州英华中学的学生。幸运的是，三天过去了，没有出现任何不祥之兆，家里没有打碎一盘一碗，亲属之间也没有分歧和争执。所有的迹象都使得芬洲相信祖先对于这门婚事是赞成的。

接下来，芬洲把女孩惠兰和儿子茂德的生辰八字拿给一个算命先生，以再次验证两人是否合适。虽然茂德是猪年生的，而惠兰是虎年生的，但是猪和老虎从来不会争吵。这一征兆被认为是好的。所有这些步骤之后，芬洲派人送回一个相似的信封，装着相似的帖子，上面写着茂德的名字和生辰八字以及他最近的三位直系先祖的名字。在王家，立阳同样对未来新郎合适与否进行了一番考察。

这场婚姻对于双方家庭而言都是大事。对于征兆的考察只是要考虑的因素之一，还要考虑的是双方家庭是否门当户对。芬洲和立阳同在湖口经商的时候就相识，但是立阳和他兄长一阳现在已经告老而将店铺的经营传给了他们的一个侄子。两家的地位大抵还是相当的，再加上茂恒与两家的关系，订婚很顺利就安排了。

但在订婚之前，作为媒人的茂恒必须多次来往于两家。彩礼的多少和订婚礼物的种类最需要细致安排。芬洲先在一张红纸上起草一份清单，这份清单由茂恒呈送给立阳，立阳随后加以修订，加上一些物件同时删除某些物件。然后清单又被送回来并达成最终协议。

这一步完成之后，他们就挑选订婚的日子。直到日子确定的时候，茂德才被告知并从学校被叫回家。

订婚当日，张家里里外外打扫得干干净净，装饰一新。挂起了红灯笼，贴上了应景的对联，餐桌铺上了红色桌布，一直垂到靠近地面的地方。宴会要聚集所有族人以及家里的亲朋好友，所以所有人都被邀请了。他们都举杯为主人庆贺也相互敬酒。

订婚在当地被称为“换帖”，新郎家的“男帖”与新娘家的“女帖”要相互交换。两张大帖都是红色的，用仪式性的文体写就，祝愿订婚顺利并向对方家庭的家长致敬。媒人茂恒负责传送大帖。

茂恒还要根据两家事先商量好的数目，将彩礼的一半送到新娘家。他带了四位帮工一起去，他们每人挑着一担喜宴用的东西和给新娘家人的礼物。

茂恒和挑夫们一到立阳家门口，就立即响起震耳欲聋的鞭炮声，以示欢迎。庆典就此开始。宴会上有面条、水果、点心和特意准备的粽子。

庆典结束之后，新郎家和新娘家就被认为有了婚约关系，此时他们依然要避免相互联系和会面，无论是双方家长还是未婚夫妻都不能见面。

这个时候，张家、王家和黄家同样兴旺发达。芬洲、立阳和东林，都是靠着镇上做生意的阅历和来之不易的成功，从村里的普通百姓变成了佼佼者。每家都从各自小小的关系圈起步，现在最终相互联系在一起。东林同把他带入福州商界的一阳之间的友谊，使他与立阳有了联系。现在，三家各自的核心圈最终有了交汇，正如我们会看到的，他们将从此合力维持所获得的新的和更高的地位。

一年过去了，芬洲再次请茂恒去新娘家，这一次是去请求确定婚礼的日期并再次为新娘家送上礼物和彩礼。这一份彩礼被称为二次聘礼，以区别于订婚时所支付的一次聘礼。礼物主要包括丝绸和布匹，是给新娘做嫁衣用的。

婚期一旦确定，喜饼立即被送往新娘家。喜饼要仔细称重以符合订婚之前就商议好的数目。实际上，喜饼是如此不可或缺，以至于富裕的家庭往往坚持要更多的喜饼而非彩礼。喜饼用面粉、糖和猪肉末制成，三英寸见方，半英寸厚。王家将喜饼分送给所有的族人、亲朋好友和左邻右舍，作为回礼，他们送给新娘惠兰诸如耳环、手镯、衣服、鞋、发簪、发钩、梳妆盒之类的物件以填充她的嫁妆。生平头一次，惠兰可以将头发挽成一个发髻而不是编成辫子，因为现在她无疑是一位新娘了。

随着婚期临近，村里的准备工作也越来越多。婚礼前一周，亲戚们从四面八方来到张家住下。他们为自己找活儿干，有迎送喜帖的，有登记礼单的，有雇用乐师和轿子的，还有装饰屋子的。

芬洲派了20个劳力去王家取回新娘的嫁妆。因为嫁妆包括四大箱衣服、四只皮箱、两个竹匣、两个木箱、两套桌椅、一个脸盆架、一个衣架、两大两小四个梳妆盒。这些盒子、箱子和匣子里装着许多东西：针、别针、绳、线、丝带、毛料、手镯、坠子、项链、耳环、戒指、发簪、胸针、帘钩、漆盘、漆瓶、钟表、镜子、铜镜、烛台、纱线、薄纱、丝绸、羊毛、蓝布、流苏、鞋和各种装饰品。最后，还有新郎家给的礼金，用红包封着放在一个梳妆盒里，这也是新娘嫁妆的一部分。

在嫁妆抬出王家房子之前，堂屋生起了一个火盆。全家聚在一起举行一种名为“筛鬼”的仪式。嫁妆中包含的所有物件，一件一件地从火盆上经过。两个专门请来的伴娘主持这一仪式。随着嫁妆经过火盆，她们口中念念有词：“千万恶鬼筛出去，金银财宝留下来。”

新郎所在的村子里，张家的新房已经准备好，嫁妆最终会被抬到这里。一切都是簇新整洁的。新房中有一张大木床，床的三面围着漆过的床围，上面绘着五颜六色的神话图案。祖母潘氏因为儿孙多而被认为有福气，被请来主持布置新床的仪式。她进入新房，为新床挂上红帐子，在床底下放上一串芋头，大芋头在中间，小芋头紧紧团在四周。这是多子多福的象征，因为芋头是这个偏远地区最重要的食物。然后她将几根稻秸和五个铜板放在床上，象征多产和富裕。她招呼人把一对分别写着“百子”和“千孙”的灯笼挂在帐钩上。最后，她叫人把几个小男孩带到新床上睡一会儿，多子多孙的仪式就结束了。

婚礼前夕，张家派了一队人抬着轿子前往王村接新娘。轿子由四位轿夫抬着，同行的还有吹打的乐队。族人举着鲜红的旗子、五颜六色的长柄灯笼和装满食物的篮子，这些食物是为新娘家举行的喜宴准备的。其中一个篮子里装着一只公鸡和一只母鸡，这是一种仪式，新娘家应该只收下公鸡而把母鸡还回去，这是他们未来希望的象征。迎亲队的最后，有十个人举着火把，这是为万一队伍到达目的地之前就天黑的情况准备的。队伍每到一个村庄，就放三响鞭炮，紧跟着鼓乐齐鸣，以吸引所有围观的人群。领队的是媒人茂恒，他身着蓝布长衫和黑色短袄，头戴一顶瓜皮帽。直到深夜，队伍才抵达王家，宾客们在这里受到了款待并留下过夜。

婚礼在第二天。新娘惠兰起得很早，要做一次仪式性的沐浴。她的浴盆中放了三样东西：早稻的稻秸、大麦和大蒜。稻秸象征着早生贵子；大麦，寓意改掉新娘的坏脾气；大蒜，则预示着发达和好运。沐浴之后，伴娘帮着新娘穿上嫁衣。和所有的嫁妆一样，每一件衣服和饰品都要从仪式性的火盆上过一遍。雇来的伴娘把惠兰的发髻固定好，又把红鞋套在她紧紧缠裹的脚上。

惠兰 19 岁，是个美丽迷人的姑娘。她早熟并且大胆，作为家中的独女，多少有些被父母娇纵宠坏了。有时她会发脾气，故意摔坏东西。同那些在婚礼前夕不停抹泪姑娘不同，她对此不以为意。当母亲提醒她到了新家要改改脾气的时候，惠兰只简短地回答说让她不必操心。

惠兰穿戴停当，她父亲立阳就进来领她到堂屋，那里已经挤满了本家和亲戚，还有等着护送新娘到她的新家的队伍。父亲让女儿迈进放在地上的一个竹米筛中。依据惯例，他必须将她背到同她的夫家亲属交接的地方，这一仪式的寓意是她双脚不能直接沾地，以免将娘家的“风水”带去。现在，惠兰跪地拜谢父母并含泪告别。父亲给新娘戴上头冠，母亲把一朵漂亮的四季花插在她的头上。然后，惠兰转身向祖先神龛磕头。

在王家堂屋熙熙攘攘的人群中，惠兰是仪式的核心人物。现在，她从一个竹米筛走到下一个竹米筛，脚不沾地。她面向所有的亲戚和邻居，无论男女老幼，挨个给他们鞠躬行礼。惠兰不是一个传统老派的乡村女孩，她读过一些书，能编一些民谣表达她对每个亲戚的爱恨之情，然而她还是很好地尽到了自己的本分。

惠兰上轿之前，还有几项仪式要进行。首先，一位伴娘点着了一块“麻衣袋”，这是避免死亡的法术，因为麻布是治丧时用的。随后，一个小男孩被抱到轿上坐一坐，寓意新娘会生儿子。最后，有人点燃火把并绕着轿子转圈，这是要驱散各路鬼怪。

父亲立阳刚把女儿惠兰扶上轿，鼓乐班就开始演奏。轿子是个严实的方形座驾，只有前面有门。轿门一关上，新娘就完全看不见外面了。然而轿子的外观非常漂亮，装饰有五颜六色的帘子、绢花、流苏、刺绣，上面还有一个攒花顶。当其中一位伴娘关上轿门，惠兰的母亲就往轿顶撒早稻和大麦。然后轿夫们抬轿启程，这时从轿后扔出一支筷子，象征着驱邪的箭。

新娘的轿子抬出了王家，王家的年轻人在灿烂的阳光下点燃了火把，陪同昨天到达今天返家的迎亲队出村。队伍中有张家昨天派来的人，现在又多了新娘和走在轿子旁的两位伴娘。

新娘一行近黄昏才回到张家。芬洲的两个侄子茂月和茂桥打着长柄大灯笼在半路迎接他们。在持续的爆竹和鼓乐声中，在人群的簇拥下，迎亲队和轿子风风光光地进了新郎家的堂屋。

现在，婚礼最隆重的仪式开始了。新娘是众人瞩目的焦点。所有人将轿子团团围住，伴娘费了好些力气才为东林的妻子黄太太分出一条道。黄太太荣幸地“开轿门”，她还带了她的小儿子六哥来给新娘行礼，六哥捧送给新娘一面镜子，表明正式“请下轿”。新娘则递给请她下轿的六哥一个“五福袋”作为回礼。袋中有五样果子：花生、红枣、榛子、西瓜子和干龙眼。这五种果子被称为“五子”，象征着婚姻幸福。在当地话中，它们有独特的含义：花生是“生子”，红枣是“早子”，榛子是“增子”，西瓜子是“多子”，而龙眼叫“龙子”。

因为惠兰戴着头冠，盖头一直垂到肩上，什么也看不见，所以伴娘扶着她出了轿子，又引领她走过地上的红毡，边走边唱诵押韵的歌谣：“新娘新人一入堂，福喜寿禄人人享！”

作为女傧相的黄太太领着新娘点燃一对龙凤烛，继而进了洞房。身着蓝色长衫和黑色上衣的新郎茂德已经坐在床的左边。他是一个英俊的年轻人，圆脸，肤色黝黑。一笑，就露出一颗金牙，像灯一样闪闪发光。虽然他在城里受过教育，学会了许多新的做派，但是并不反对父亲为他安排婚姻。相反，他感觉像一个冒险者，急切地想要看看新娘是美是丑。新娘被带到床的右边坐下，依然蒙着盖头，看不到脸。此刻坐在他身边的是他依然一无所知的人生伴侣。据说在这个持续一刻钟的并肩坐仪式中，如果新娘坐在新郎长衫的一角上，新郎就会成为惧内的丈夫。有时，胆大的新郎会偷偷将新娘礼服的边压在自己的衣服之下，期待能因此对她占据主导。但是茂德自然不相信这种鬼话，他只是坐在那儿沉思。

外面堂屋里的人群等着看婚礼中最隆重的仪式。接下来，女傧相将新郎新娘领出了洞房，让他们站在一张朝外的供桌之后，新郎在左，新娘在右。

司仪姚云生出来对他们说了一个字：“跪！”新郎新娘便应声跪下。

“叩头！”于是新郎新娘额头叩地三次。

“起立！”他们起身拜了天地，又转身以同样的方式拜了张家的祖先神龛。之后，他们夫妻对拜。整个仪式过程中，新娘都由伴娘扶着，观看的人群中不时爆发出喝彩声。鼓乐班的乐声、伴娘的歌声以及人群的欢呼声共同构成了这一盛大的场面。

最终，新娘和新郎回到洞房。伴娘关上房门，将喧闹挡在了门外。现在就到了新郎新娘私下好奇渴望的仪式。新娘依令跪下之后，茂德立即过来掀她的盖头。他心跳加速、双手颤抖地掀开盖头，第一眼他就为新娘的美貌所震撼。新娘装束的惠兰美丽如月，茂德的“冒险”结果竟是大幸。他全然忘了接下来要做什么，直到伴娘提醒他应该取下新娘的头冠。在他完成这一仪式的时候，伴娘们继续唱诵押韵歌谣：

新娘的头冠举得高，酒杯斟满福运到！
新娘的头冠举过头，新郎买地又建楼！
新娘的头冠落玉盘，稀世珠宝数不完！

伴娘的话茂德一个字都没听见，他全部的注意力都在新娘身上，看着她的美貌，闻着她的芳香，喜悦难以言表。

伴娘带惠兰到屏风后，帮她脱下礼服，换上了一件时髦的印花旗袍。新郎站着等待，直到红色的小桌上依传统摆上了十碟美食、一壶酒、两个酒杯和两碗米饭。接下来是新郎新娘共食共饮的仪式。茂德和惠兰面对面地坐在桌子两边。一个伴娘往两个被红绸带系在一起的酒杯中斟酒，另一个伴娘拿起一杯酒先给茂德喝下一半再让惠兰喝下剩下的一半。另一杯酒则先给新娘后给新郎。就这样，茂德和惠兰交换着喝了六次。婚礼上的这种交杯被称为“永结同心”。惠兰一直低垂着眼睛，忍着笑佯装严肃，但是在交换酒杯的时候，她借机用余光看了一眼新郎。“哦，他很英俊！”她想。她感到很高兴，微微一笑。这是命中注定的夫妇相互了解的开始。

接下来还有一个简短的祭灶仪式要进行，夫妻拜灶神。因为厨房对新娘而言是一个重要的地方，不久她就要为夫家的所有人做饭。

仪式上宾客有增无减。男人们在书房、前院的房间以及堂屋里受到款待，而女人则被安排在后堂和内厅。新郎的双亲芬洲和张太太是最忙碌的人，他们接待所有的宾客，每个客人都向他们而非新郎本人祝贺。

堂屋已安排就绪，新郎和新娘出来当着众宾客的面拜见张家的长辈。一张摆着祖先神龛的大桌，覆着红毯的两张大扶手椅摆在两边，地上铺着红毡。新郎站在左边，新娘在右边，面向扶手椅。他们一站好，人群立即往前拥，因为人人都想要一睹除去了头冠和盖头后第一次出现的新娘的芳容。前排宾客告诉后面的人新娘如何迷人，赞叹声在各个地方此起彼伏，不绝于耳。

不久，新郎的双亲张芬洲和张太太一身华服出场。他们分坐在两把扶手椅上，芬洲在左对着儿子，张太太在右对着新娘。他们一落座，司仪姚云生就发出一个字的指令：“跪！”新郎和新娘就在双亲面前跪下。司仪又指令“叩头”，于是年轻夫妇叩头三次。新郎的父母坐着一动不动，只是微笑着，感到无比自豪。三跪九叩之后，双亲起身离开，留给新婚夫妇一个用红纸包着的礼物。接下来要拜的人坐在了扶手椅上，他们是茂魁和他的太太。再接下来是茂衡和他的太太。茂魁和茂衡是新郎茂德的两位兄长。拜完了所有张家的成员，不属于张家但与张家有关系的长辈也要挨个拜过。这项仪式很费时，一直持续到深夜。

这一切结束之后，才是喜宴。堂屋里摆了四桌，院子里六桌，后厅里为女眷们摆了五桌。东林被邀请坐在第一桌的贵宾席上，因为他是新郎母亲家最年长的男性。在后厅的女眷之间坐在相似位置的是祖母潘氏。

席间，酒过三巡，鞭炮响了。这是给新郎的信号，让他在堂屋正中跪拜众宾客，感谢他们的出席。新婚夫妇全程穿梭于各个餐桌，向宾客敬酒祝愿他们安康。

多数宾客在喜宴之后就离开了，但有些年轻人冲到新房按照习俗“闹洞房”，他们的目标是用各种笑话让新娘发笑，并让新郎新娘处于各种甜蜜的窘迫之中。过了好久，直到拿到新娘的手帕作为礼物，他们才肯离去。

新郎和新娘终于能在自己的房间里独处了，欣喜而又疲惫。茂德问新娘：“你感觉怎么样？”惠兰羞涩地没有回应而是把脸藏在帐后。伴娘最后一次进来，笑靥如花。她们为新郎带来了“喜帕”，是一块淡红色的丝质方巾，翌日要被展示，按传统用以检验新娘是否是处子之身。直到领到赏钱之后，伴娘才会离去，留下新婚夫妇单独相处。

第二天，还有其他的仪式。惠兰的弟弟王齐昆来到张家。他带来了两顶普通的轿子，邀请姐姐和她的新婚夫婿回娘家。在那里，还有一些仪式要举行。立阳按照礼节接待了新女婿，请他三次享用一种特制的茶并抽了一种特殊的烟。

茂德和惠兰也要向娘家的列祖列宗行礼。还要再经历一次向家族成员和亲戚们跪拜叩头的仪式，不过这次是向王家人。这一天，他们收到的所有礼物都是他们的私人财产，这是头一次他们被认为能够拥有自己的私产，在婚前，他们所有的财物都属于各自的父母。因为有嫁妆、家具和礼钱，婚礼为他们自己的小家庭奠定了基础。

接下来几天，茂德和惠兰在王家参加了许多庆祝仪式和聚会，度过了他们人生中最欢乐的时光。英俊开朗、举止得体又受过良好教育的女婿茂德，被岳父岳母视若珍宝。之后，新婚夫妇返回张家居住。芬洲让茂德放弃学业而留在家中处理家事，茂德欣然应允。

茂德的婚礼结束了，张家的生活又得以回归常态。茂魁回到福州为店里做咸鱼生意，芬洲往来于湖口的店铺和新居之间。家中的田地现在由芬洲的次子茂衡和雇工培明耕种。

芬洲终其一生通过行医、与东林合作开店、商业往来、建新居而逐步建立起来的关系圈，因为最后也是最重要的与王家的联姻又增加了新的一环。现在，芬洲和东林的关系圈同样广泛、稳固和有生气，在村中同样受到敬重，而且彼此紧密相连。但是两家会变得不同、分道扬镳并最终走向不同的结局吗？

# 第五章　入学

一天，东林坐在柜台边，一位老先生走进来。等他拄着拐杖走近的时候，东林认出他是镇上一位有影响的人物：吴颂南。东林起身问候并恭敬地给他搬过来一把椅子。

“吴叔，今天什么风把您吹来了？”东林一边问，一边把水烟袋递给老先生。

“我一直想过来向你表示祝贺，东林兄弟，”吴颂南答道，“你无疑是镇上最重要的人物了。”

“哦，不敢当，我哪有那么好呀！您过奖了，老叔。”

一番恭维之后，颂南和东林坐下来谈论店里的买卖。这时，芬洲恰好从药房过来，看到颂南，马上给他沏了一杯茶，以示敬意。颂南对两位合伙人的店铺生意和新居大加赞赏，并特意向芬洲表达了未能出席茂德婚礼的遗憾。他说听说那个婚礼非常隆重盛大。

接下来，颂南说已经为正在筹办的小学请了一位老师，希望他们把自己的孩子送到那里读书。在诉讼官司之后，东林早已感到现代教育对孩子的重要性，于是欣然同意了。很快，东林让站在柜台一侧的堂弟东恒——玉衡的长子——立即捎口信回家，让六哥到镇上来念书。

颂南一离开店铺，芬洲就私下对东林说：“像颂南这样的人能成为镇上的重要人物，令人匪夷所思。你记得他是如何发家，又惹了多少闲言碎语吗？他最初不过是一个点心店的掌柜。有人告诉我他的一位表兄是黑钱会的头子，曾经把钱藏在颂南的点心店里。后来，这位表兄劫掠生涯结束就和他一同生活。有人说是颂南杀了他的表兄，将所有劫掠来的钱财据为己有。他就是这样暴富的。”

东林回应说：“我也在哪儿听过，但从来不知道这是不是真的。”

“不管怎么说，颂南后来盖了新楼，娶妻纳妾。可有人讲，他表兄的鬼魂一直在那房子里出没作祟。后来他认识了一位白人传教士，帮他驱鬼。布道之后，颂南成了基督徒。他的房子被奉献出来，礼拜天当作教堂，平日六天办学校。现在，一位中国传教士和学校的老师都同他住在一起。”芬洲继续道。

东林说：“如果是这样的话，他的学校就是一所教会学校。”停顿了一会儿他又继续说：“最近我收到了三哥的来信，他受了洗。无论如何，这是与有影响力的外国人和教会的人建立关系的一条途径。”

这时，药店的一个学徒来把芬洲叫走了，两个姻兄弟之间的谈话就此中断，但决定已经做出了。

第二天，东林的次子四哥带着六哥，也就是小哥来到镇上见他们的父亲。东林没有亲自送小儿子去学校，而是让账房姚凯团替他去。凯团牵着小哥走到了颂南家的大门口。他们一进门就看见庭院左右已经挤满了小孩子，每人有一张书桌。老师是一位身着长衫的中年男子。他双手作揖，示意欢迎凯团，凯团以同样方式回礼。然后，他让小哥在老师面前跪下，就像所有的学生初次见到师长时要做的那样。与此同时，四哥从店里给小哥搬来了一张书桌，老师让把书桌放在右边第二排。

在茂德婚礼上主持“请下轿”仪式的那个小男孩，六哥，现在八岁了。他是一个瘦弱、苍白的孩子，而且因为在乡下长大，非常羞涩、胆怯和怕生。在自己的书桌边坐下的那一刻，他就开始后悔来学校了。他不让他的兄长四哥离开。当四哥走出学校大门的时候，小男孩的眼中噙满了泪水。在陌生人之间，他觉得如此孤单，就好像荒山野岭离群的小羊羔。牧师的儿子坐在第一排，他回头看着这个乡下来的孩子，嘲笑他。他指着六哥的泪水说：“瞧，磨坊主榨油了。”小哥再也忍不住了，他追着哥哥跑出学校，央求哥哥带他一起回家。

东林是一位严父。他所有的儿子都将他看作家里的暴君，避之唯恐不及。他的命令就像帝王的圣旨，只能服从。羸弱的六哥在众兄弟中最怕他，和他一点亲近感都没有。所以，这样是行不通的。当他和四哥重新出现在店铺的时候，父亲无情地让四哥返回村里的家，而命令小哥独自回学校。事实上，第二天的学校生活比第一天更为可怕，尤其是老师开始检查他的功课。

第三天，早餐过后，小哥跟父亲保证他会直接去学校，但是他撒了谎，在半路掉头往家的方向走去。不久，他在湖口的大街上看到了东恒，就紧紧地盯着他，打算跟着他回村。东恒一离开镇上，小哥立即远远地跟着，一同往黄村走去。当东恒最终发现他的时候，已经来不及阻止，因为他们已经到了村口。

当小哥突然出现在母亲黄太太面前时，因为思子心切，她比以往更热情地欢迎他。他黏着母亲，哭喊着，发誓再也不去学校了。只要能和母亲一起生活，一辈子放水牛他也愿意。黄太太是个温柔心软的女人，她把他抱在怀里，安抚他，给他讲他喜欢的故事。对学校的恐惧逐渐从他脑海里消失了，他的心里充满了幸福。母子俩有说有笑，一切似乎又都风平浪静了。

但是快乐只持续了一会儿，因为有消息说东林也在回村的路上。他们对此大吃一惊，小哥感到惩罚的威胁已经笼罩着他。他的脸在发烧，心在剧烈地跳动。他飞速从母亲身边离开，经过厨房的后门，想要逃进屋后的深山老林中。但是黄太太追着他出来，恳求他回来。就这样，小哥被带回，成了家中暴君父亲的受害者。

正在气头上的东林折断了一根竹棍，狠狠地打他的儿子。小男孩被命令立刻离家回学校，一刻也不能耽搁。六哥哭着求援。向来对东林百依百顺的黄太太，今天也为了小儿子劝东林。她面对着丈夫说："这不是小哥的错，是我让他回来的。"

东林转向他的妻子，吼道："你真丢脸！你难道不明白我送你儿子去上学是为了他好吗？我又不是把他送监狱！"

黄太太不作声了，也不敢再试图阻止父亲打儿子。但是祖母潘氏和伯母林氏一起走出来，也劝东林。可不等她们近身，东林已经拎起了还在哭泣的小男孩走出了家门。女人们在身后叫东林回来在家吃完午饭再走，但是他回绝了。在往回走的西路上，被扛在父亲肩上的小男孩越哭越大声。

那三个女人，祖母潘氏、伯母林氏和黄太太走出屋子，站在大门口看着父子俩。离家不远，东林再次把小哥放在地上，但是小哥躺在路上不肯走。东林抓起一根棍子又打儿子，这一次下手更重，孩子大声哭叫。三个女人，顾不得缠裹的小脚，尽可能快地跑过去。但让她们失望的是，她们一靠近，父亲又背起孩子走远了。

太阳下山了。四哥从田里干活回家，听说了小哥如何逃学和挨打，还被带回学校。黄太太催促四哥去镇上看看小哥。她知道他对小哥好，因为自最小的妹妹珠妹出世以来，他们兄弟俩一直同睡一床。就这样，四哥和六哥在店铺里相见了，小哥给他看因挨打变得红肿的胳膊和腿。哥哥安抚他，让他以后做个听话的好孩子。

四哥准备离开店铺的时候，不敢再次逃跑的小哥，抓着他不让他走。两兄弟一直十分要好，但是东林出来了，把小哥从四哥身边拉走，带回后面的房间。听到卧房里传来的哭声，四哥心情沉重地离开了店铺。再次回到家里，当母亲问起弟弟的时候，他也哭了。

东林在孩子上学一事上如此严厉似乎有些奇怪，但并非难以理解。因为自己经历了许多艰难险阻，东林意识到让孩子接受教育对他以后的生活是多么重要。他培养小儿子的愿望后来被证明是有效的，因为正如我们将要看到的，小哥后来成了一个学者，一个受过高等教育的人。倘若东林放任他的儿子随心所欲，那么小哥可能永远只是一个放牛娃。想着诉讼的沉痛教训，东林坚持按照自己的意思行事。听说小哥逃学的时候，他立即回家把他带回来。他不顾祖母潘氏关于小哥尚年幼、应该在家多待一些日子的请求，他压制小哥和母亲及兄长之间的感情。为了儿子和家人的最高利益，东林利用个人权威，强迫小哥适应新的环境。

实际上，几天之后，小哥就开始喜欢学校生活了。魏成清是第一个和他说话的人，成清比他大，但是不如他聪明伶俐。不久，他们便成了朋友，但有时也是“敌人”。在算术课上，小哥总是表现出他的机敏，比其他人解题快得多，所以同学们都问他答案。其他课程他也学得很快，比如历史、地理、书法和作文。最初因他是乡下孩子而瞧不起他的传教士的儿子，不久也变得友好了。

学校由颂南和老师创办，教会和传教士策划，采用了现代课程，但是村塾的老传统也或多或少有所保留。有一次，成清背诵课文，他像以前的学生一样背对老师。背到一半，他停了下来，因为他不记得后半部分了。坐在他身边的小哥，想小声提醒他，但不幸被老师听到了。老师立刻取了一支白色粉笔，在地上画了两个圈，成清和小哥一人一个圈，罚站了几个小时。这种惩罚，实际上是在孔夫子圣龛前“跪香”的改良版。现在孔夫子没有了，因为教会学校禁止崇拜耶稣基督以外的神，但惩罚却以改良的方式继续存留。所谓“跪香”，指的是受罚的学生双手捧一支香跪在圣龛前，直到香燃尽才能起身。

小哥在学习上勤奋，不时得到奖励。老师用红色的毛笔在小哥的手掌上画一个鸡蛋的形状，意思是他应当得到一个鸡蛋作为奖励。小哥于是把手掌上的鸡蛋给姑父芬洲或者账房凯团看，他们之中的一个会在当晚给他买一个鸡蛋。小哥从不把鸡蛋给父亲看，他很怕他。然而东林越发喜欢这个小儿子六哥。他的学业在进步，尤其是每次期末考试总是全校第一。

除了学业，小哥也积极参与其他活动。学校里有一门体育课，每个学生有一把按照真枪仿制的木头枪。老师像指挥官一样向学生发号施令，前进、立定，就像军队一样，还教他们唱军歌。夜间放学后，学生们就自己操练体育课上所学的东西。此外，他们还模仿驻扎在湖口镇上的一支部队士兵的组织模式，用一个本子记录每名组员的职责。有一段时间，成清试图和小哥竞争指挥官的位子，学生们建议进行匿名投票。两个候选人的名字被写在了一张纸上，支持小哥的人就将他们的名字写在小哥名字的下面。公布选票的时候，成清的名下没有名字，他落选了。但是，成清为了赢回同学们对他的支持，试图通过努力学习来弥补。但这被证明只是徒劳，因为即便他用功学习，他也从未赢得支持。

一天晚上，作为指挥官，小哥命令他的队伍进驻父亲东林和姑父芬洲合开的店铺。店中的所有人都大吃一惊，邻近店铺的人也纷纷赶来参观这支“军队”。在观众的包围中，小哥发号施令，队伍就操演在学校学过的操。而且，他们还演练了从真正的部队那儿学来的操，每天清晨都有军人在村里操练。学生们的表演在人群中引起了阵阵笑声。东林坐在柜台边，非常满足地看着小儿子的“军队”，为他感到自豪。

学校里有个女孩名叫张月英，坐在小哥后面一排。她是茂德结婚时的媒人茂恒的大女儿。茂恒是湖口镇上一家杂货铺的店主。他的生意如此兴隆以至于他将全家都从陈洋村接来住在店铺的后面。作为一个受过教育的“现代”人，茂恒将女儿送到小学和男孩们一起学习。事实上，月英是个品行端正的小女孩，不大与男孩来往。她有着像满月一样的圆脸蛋，清澈明亮的眼睛以及新月一样的眉毛，一笑起来，左边脸颊上就出现一个漂亮的酒窝。月英和小哥非常要好，不仅因为两家的关系，也因为两人对学校的功课有共同的兴趣。

有一次，月英去校舍边上的厕所洗手，小哥的对手成清尾随她并试图抱她。她非常愤怒，但是由于胆小，只把这件事告诉了小哥。小哥立即报告了老师。老师异常激动，因为这种事情被认为是最下流的，也是一个受教育的孩子永远不该犯的。他抓起竹棍就打成清的头，说明他非常生气，因为平常竹棍只是打学生手心的。

回到店里，小哥很少花时间学习，而是让人给他讲故事或者自娱自乐地做水车、鸟笼或者草编篮子。有一天，他甚至从药店偷了一个箱子来搞他的发明，因此又被父亲严厉地教训了一顿。这一次，他觉得惩罚有些不公，因为他现在已经开始不像从前那么惧怕父亲，而东林也因为他在学业上成功而有些放纵他。这次新的惩罚，小哥哭了一个下午。在他啜泣的时候，非常喜爱他又恰巧经过的茂恒进来安慰他，然而即便是他也无法让小哥不哭。茂恒厌倦地走了，他告诉店里的人自己花了两个小时也无法让这个固执的孩子停止哭泣。他对这个孩子的喜爱减少了。后来，当三哥提出让茂恒把女儿月英许给小哥的时候，茂恒断然地回绝了他。

与此同时，小哥逐渐适应了店铺和学校两点一线的生活。现在，他已淡忘了村里的生活。渐渐地，父亲取代了母亲成为与他关系最密切的人。在学业之外，小哥与店铺的人交友，组织他的小“军队”，把时间花在其他许多事情上，比如与同学口角、教堂礼拜、球赛、爬山等。父亲东林对他的感情日益深厚。最终，父子之间的关系有了相当大的变化，其他人开始注意到这种变化并以新的眼光看待这个小男孩。

然而，小哥没有全然失去与家庭和村子的联系。端午节的时候，东林让他回了家。能再次见到母亲和兄长，再次享受家庭生活让小哥异常兴奋。到家的时候，他看到大门两边贴上了新对联，门楣上挂着菖蒲，其剑状的叶子有驱邪的作用。他在孩子们的喧闹声中进了家门，他的妹妹珠妹和小侄子少台围在他身边跟他要点心。少台是大哥的长子。

黄太太、伯母林氏和大嫂坐在三层的大厅，准备包粽子。粽子是糯米做的，以肉、豆子为馅，用箬叶包裹，再用草绳捆扎成串。粽子串煮熟之后挂在天花板上，随吃随取，是一种美食。

小哥进来后，向他的母亲展示了一叠手绢和一把题了几行字的纸扇，纸扇是学校老师送给他的。这是一项传统，在端午节的时候，学生邀请老师参加聚会，而老师则以扇子和手绢作为礼物送给学生。已逐渐成为村里年轻人头头的五哥，想要扇子向同伴们炫耀，但小哥不愿意给他。在扭打中，五哥抢到了扇子并把它撕成了碎片。小哥伤心地哭了。和小哥要好的四哥过来帮忙，他抓住了五哥，两兄弟扭打起来。虽然四哥比五哥年长两岁，但是他比弟弟瘦弱，两人势均力敌。他们的母亲黄太太试图分开两人，但是却无法阻止两人打斗。从此以后，两兄弟经常打架。

为了安抚孩子们，黄太太拿出了几个刺绣的香囊，作为节日礼物送给他们。香囊很小，绣着鸟、虎、狼、鱼、鼓、扇子等形象，里面装了香粉，细致地缝合，闻起来非常香。香囊上还系着绸带，可以挂在脖子上。

农历五月初五是端午节，中午全家聚会。虽然东林和三哥不在家，但其他家庭成员还是同往常一样尽情享受。他们喝一种把雄黄粉溶进白酒制成的雄黄酒，还按照传统用雄黄沾了水涂抹小哥、珠妹以及少台三个孩子的额头。四哥甚至做了一个雄黄粉筒，据说点燃之后冒出的烟可以驱邪。等燃尽了，四哥拿着还冒着烟的筒在墙上写上几句话以求好运。在祛除瘟疫或其他疾病以及毒蛇虫害方面，没有什么比得上雄黄粉。

下午，四哥和小哥去湖口镇，在那里，闽江上的龙舟竞赛会持续好几天。传说端午节是为了纪念中国古代一位投河而死的忠臣和诗人屈原，人们向水里扔粽子以祭奠这位忠诚之人的灵魂。每年这个时候，龙舟赛在福州一带非常流行。

端午节后不久，暑假就开始了。三哥从福州带回了他的同学，结拜兄弟陈香凯。香凯二十多岁，身材高大，方脸宽肩，结实且精力充沛。他健谈，喜欢讲故事和开玩笑。黄家所有人从一开始就喜欢和尊敬他。

那年夏天，有一次，与黄家四兄弟一起漫步于后山的时候，香凯看着山脊惊呼：“这就是‘风水’啊，兄弟们！这山的形状很像鸡（得名金鸡山），头和脸偏向一边，但一只金色的翅膀却伸向你们的房子。那必定是你们家兴旺发达的原因。我们就叫它‘金翼之家’吧！”三哥和他的弟弟们对这种风水之说都感到兴奋，一再转告黄家的其他人，大家都重视这种说法，因为香凯是一个有学识的人，他的话比普通乡村的风水师更有分量。这一说法于是从黄家传到村里，又从村里传到镇上，以至于最后东林的房子成了众所周知的“金翼之家”。

学生的假期生活总是令人愉快的。黄家兄弟的生活因为有了结拜兄弟香凯的陪伴而更是如此。他们经常深夜趁着月光去邻村偷桃子和葡萄，然后来到河边，坐在草地上边聊天边分享“战利品”。白天，他们则游泳、爬山、摘野果或者串门。有时，他们去找茂德，然后在被称为“龙吐珠”的房子里吃午饭。从坡地上偷了红薯，他们就到山顶野餐。在乡村，男孩们偷水果和红薯是如此频繁和自然，以至于没有人把它视为犯罪。

美好的时光总是过得飞快，这是香凯和黄家兄弟在假期返校前共同的感触。所有人都舍不得他们走，尤其是香凯，他在黄家受到了亲儿子一样的待遇。他在三哥的陪同下与家里人一一道别。祖母潘氏拿了两个煮鸡蛋和一些蚕豆给他作为临别时的礼物，因为她把他当作孙子一样疼爱。当他到镇上跟东林告别的时候，东林一再说，希望他一定回来。这就是香凯和黄家关系的开端。正如我们将要看到的，这一看上去稀松平常的关系，对黄家未来的生活将变得极为重要。

# 第六章　村里的节日

香凯和三哥离开后不久，大家该去扫墓了，这是黄村所有人家都要参与的盛事。祭奠一世祖的首次墓祭是在阴历八月初一。黄家的一世祖是东林祖父的前五代，他从福建南部沿闽江到黄村落脚。不过他们来的时候，黄村周围的土地早已有主了。然而先祖们辛勤劳作，还是在村里获得了立足之地。他们自然不曾料到，几个世纪以后，村里百分之九十九的人都属于黄氏宗族，只有村里的小客栈是外姓人开的。现在，作为同一祖先的后人，黄村人结成了联盟，彼此忠诚，一致对外，以至于这里被外人叫作“蛮村”。不仅如此，黄氏宗姓人还依然保留着福建南部方言的独特口音，是邻村人听不懂的。实际上，黄村人若想与外界联系，还要说本地话，即古田方言。从先祖至今，无论从他们的内心，还是未改的乡音，都表达了真正属于同一宗族的认同感。

墓祭仪式是长久以来的传统。一世祖是某一块土地名义上的所有者，这块土地通常被称为“祖公田”，由族内不同世系的不同家庭轮流耕种。每年，暂时负责祖公田的佃户有权耕种这块土地，但是这一家也有义务在当年献祭并为全族准备宴会。当然，祖公田永远不许出售，全族集体对此负责。

第一位黄氏先祖的墓位于黄村和湖口镇之间的山顶上。墓祭那天，五哥和小哥被选为家中的代表，早早起来去墓地为全家占好位子和安排中午的宴会。虽然他们晌午之前就到了，但村里的不少孩子已经在那儿了。清扫干净墓座，擦去碑上的尘土，野草也拔了。墓地左右摆了座位，大约 12 个座位围成一个圈，中间既圆又平的地面当桌子用。

因为来得太晚了，五哥和小哥不得不四处为自己家找位置。墓地周围的参天大树下有阴凉，是最好的地方。多年的经验已经教会村里的男孩们如何在墓地找到好位置。

正在小哥继续寻找合适地方的时候，五哥却与村里一个年纪相仿的男孩吵了起来。五哥想要占一个地方，男孩却说那个地方是他的。男孩把他的东西放在那里表示已经占了那个地方，但五哥争辩说他也早把一根绿叶树丫放在座位上。按照惯例，这是先占的标记。争吵越来越厉害，男孩和五哥开始扭打。小哥在家里是五哥的对头，这时却成了他唯一的盟友。他飞奔过去帮五哥，把那个男孩的东西扔了出去，又抓了一根棍子打男孩的腿。因为被两兄弟夹击，男孩觉得打不过，就撤退了。当然他可以打小哥，但是他不会这样做，因为小哥太小了，还不是他的对手。

村民来得更多了。墓祭的人家要带大约 30 个桶和篮子，装满了吃食。在上山前往墓地的人群中，有很多是金翼之家的成员。小哥呼唤骑在四哥肩上的珠妹，还有被大哥背在背上的少台。两个孩子回应着小哥的呼唤，过来与站在墓地入口等他们的小哥会合。

东林和他的店员，东飞的兄弟东志从镇上来。孩子们冲下去迎接他们，并把他们带到为全家预留的地方。东林在村民中引人注目，鹤立鸡群。他健壮富态，神采奕奕，精心修剪的小胡子使他看起来更精神。他简单地穿了一身衣服，短上衣，宽大的裤子，均由亮面黑丝绸制成。这种穿着比村里的其他男人更讲究，因为他们多数穿的是女人们自制的粗布衣服。东林的与众不同不止在于外表。他的遣词造句，他的能言善辩，他的敏捷思维，他在村外世界中的阅历以及他处理各种事件的策略，赋予他权威性和领导地位。他是先祖之后村里最成功、最有能力的人。在这个场合，东林得到了所有人的尊敬和问候。

不久，鞭炮齐鸣，声音在山间回响。孩子们呼喊着、尖叫着、奔跑着。长辈们相互问候，谈笑风生。每一张面孔上都洋溢着喜悦和幸福。突然，领头人敲响了大锣，示意所有的后人们向长眠于面前墓座中的祖先致敬。现在，山顶静悄悄地变成了肃穆的舞台，伴随着庄严的音乐。

墓前，村里的男女老幼纷纷跪下叩头三次。由于地方小，不能同时行礼，所以人们像流水般轮流上前，后来者迅速填补之前行礼的人们留下的空缺。墓碑前的大石桌上，摆满了供品，酒杯斟满了美酒，蜡烛和香也点燃了，最后把纸钱和纸元宝堆在一起，燃起熊熊的火堆。

拜祭之后，主持仪式的人家分发食品，人们就座开始野餐。村里的长者相互举杯庆祝，照例都要说几句赞美祖先的话。族中所有的男人都来参加这一虔诚的盛典，其中既有初次出席的，也有迟暮的老者。除了零星几个不到十岁的女孩，其他参与者均为男性。这是黄氏宗族有史以来最隆重的聚会。

黄氏宗族的墓祭持续了十天左右。每一天，只扫一位祖先的墓，从最久远的祖先到最近的祖先，依次安排。一个宗族的不同世系就如同树的枝杈一样，从同一祖先的“主干”分叉。所以到了晚近的祖先，各世系就分开在各自的祖墓前祭奠。东林家自然不能忘记东林祖父的墓，在那个被称为“鼠朝仓”的地方。东林和他的叔父玉衡带着晚辈们到这处风水宝地扫墓时，他们也带来上供的食物。玉衡跪在墓前，大声诵读他亲自写的祭文。他是一个文化人，曾经是村塾的老师。东林没有念过多少书，对祭文不太在意。他爬上墓顶俯瞰，再一次心满意足地看到山下的五谷丰登。墓祭的时候他们只吃一些糕点和糖果，真正的宴席要回家举行，本族的所有人，无论男女老幼皆可参加。

墓祭对村人而言是一个盛大的节日。他们聚在一起享受一段欢乐的时光，对先辈们心怀崇敬，感谢他们找到这个好地方，开荒建房。阴历八月的墓祭刚好是他们夏季田间劳作之后和秋收之前的间歇。同其他村民一样，东林从未缺席过墓祭。他认为参与是尽孝道。同样，他也明白宗族的聚会是可以恢复人际关系的纽带，是乡村凝聚的一个重要力量。他总是关注和敬重族人的生活。

节日过后，生活如常。小哥继续上学，同父亲住在店铺，店铺的生意依旧。在金翼之家，男人在田间劳作，女人料理家务。一般小的年节，庆祝活动是在小家里办。以冬季的节日为例，冬至那天，黄氏宗族的各家分别安排小的仪式。冬至前一天，东林和小哥回家和家人在厨房集合，这是所有家庭成员都必须参加的。大家一起做一种冬至特别的食品——汤团。

黄太太拿出一篮子糯米面，加水揉成一大块，然后再弄成小块分给每个人。金翼之家的所有成员都挤进小厨房，有的坐着，有的站着，也有的倚墙靠着。他们愉快地将小面团压一压，再放在掌心搓成团。听说揉得越圆，家就越幸福圆满。淘气的小哥把他的那块面捏成猫、狗、秤砣、钵、杵等各种形状。所有人都搓完后，就把汤团放进一个敞口的面箩中，每人轮流抓住箩边摇晃，寓意幸福代代传递。

节日当天一大早，大嫂就开始煮汤团，要加些红糖。首先供奉给祖宗和灶神，然后才给上供人吃。他们在房子的各个入口和每个房间的门上都粘了两个汤团。这一做法据说和一个关于孝道的传说有关。据说，从前有一个男人在深山里迷了路，不得不和动物生活在一起。他遇见了一只母猿，就和她住在一起。不久，母猿生下了他们的儿子，这个男人就带着儿子回了家。儿子长大之后成了大官，他想邀他的母亲——母猿同他一起生活。于是他召集族人进入山林，在沿途的每棵树上都粘上汤团，一直到家门口，这里粘了更多的汤团。衰老饥饿的母猿顺着汤团的记号，终于从树林里找到家中，她的儿子出来迎接她并同她住在一起。为了纪念这个孝顺的儿子，粘汤团的习俗一直保留到今天。

春节当然是乡村最盛大的节日，而祭灶是最先进行的仪式，节日食物在几天前就准备好了。金翼之家的人再次聚在一起敬奉灶神。他们献上十杯茶、十种点心、十盘菜和十杯酒。他们还将黄豆撒在厨房房顶上，供灶神的马享用。因为这时旧的灶神会从厨房屋顶骑马上天，由新的灶神来接替。供品是为了贿赂离开的灶神，请他不要把家里不好的事情报告天庭的神仙，这样他们就不会被触怒，从而避免灾祸降临到这一家。

放了寒假的小哥，是第一个从外面返家的。父亲给了他过年用的一袋花生、一袋蚕豆，还有一些糖果，让他带回家。回到家，他惊讶地发现，一切都已收拾一新。他的叔祖玉衡写在红纸上的新对联，已经贴在了大门两边、堂屋的柱子上以及供奉祖先神龛的墙上。

两天之后，东林和三哥一起回来。黄太太和祖母潘氏非常高兴。三哥从福州带回了一种特别的点心，分给每个家庭成员品尝。东林给每个16岁以下的孩子一些压岁钱。

金翼之家真正的庆祝从除夕开始。年夜饭前的黄昏，堂屋里挂起了红色的帐子和灯笼。大厅中央靠墙供奉祖先神龛的桌子上，摆上了美味的供品，点燃了红蜡烛。东林让三哥向祖先神龛敬香和鞠躬。父亲吩咐了，可已经是基督徒并发誓不再拜祖的三哥，随即看了弟弟四哥一眼，四哥心领神会马上敬了香。当四哥把香插在香炉里的时候，东林对孩子们按他的吩咐去做而感到满意，并不在乎是哪个儿子做的。

此时，大哥在堂屋正中摆上了一口平底大锅，锅里的柴火搭成塔状。火从塔底点燃，这时在上面撒些盐，能听到噼噼啪啪的响声。这被称为“烧爆竹”。这一习俗据说源于明朝末年，即 17 世纪，当时福建沿海倭寇肆虐。倭寇极为野蛮，他们烧杀抢掠，奸淫妇女。不久，他们就占领了这片土地，沿海被占领的每家每户被迫供养一名倭寇。后来，人们秘密决定刺杀倭寇，在除夕夜的行动中，以篝火为信号。计划成功实施，倭寇被杀光殆尽。为了纪念这一英勇的事迹，人们至今依然保留着“烧爆竹”的习俗。

在金翼之家，木柴在堂屋祖先神龛前的锅中燃烧。家里的孩子们在小哥的带领下，戴上纸面具，围着火堆蹦蹦跳跳唱歌谣。他们被告诫只有当最后一根柴火燃尽才能摘下面具，不然会生病，最怕染上天花。这时男女老幼欢聚一堂，看着神圣的火堆，不时传出欢声笑语，温暖的气氛在家中洋溢。一家之主东林从燃尽的火堆中取出三块木炭，分放到厨房的灶膛里，仪式才告完结。

随后，祖先神龛前摆放的各种菜肴再拿到厨房里烧熟，全家人聚在一起享用这些之前敬奉给祖先的供品。晚宴之后，他们还要敬奉各路神仙如风神、雨神、天神和土地神。这些都要在堂屋中进行。

灯笼和蜡烛闪烁着明亮的光，黄家从老祖母到年幼的孩童都为了守岁而很晚睡觉。他们要谈论吉利的事情，要尽可能举止得当，确保以良好的状态迎接新年。特别告诫孩子们不能说脏话或者不吉利的话。如果他们说了，大人就要用草纸给他们擦嘴巴，以便消除所说的话可能带来的不好兆头。

午夜前夕，堂屋正中摆上了供奉“春节米”的桌子。桌上摆着一个米盒、一对插着花的花瓶、插在烛台上的蜡烛、香炉，还有酒壶和酒杯。在所有这些东西中，米盒是最重要的。盒子是特制的，圆形，有15英寸高，漆成金色和红色。里面有大半盒蒸熟的米饭，米饭正中放了一个大橘子，周围是“五子”。我们还记得，“五子”指的是花生、红枣、榛子、西瓜子和龙眼，均象征着幸福美满。十双漆过的筷子沿着盒子的内壁插在饭上，同样插在饭上的还有两根松枝，枝上挂满了彩花、纸钱、纸元宝、花穗、小年历以及其他吉祥的物件，琳琅满目。

一切准备就绪，家长东林拿起酒壶往酒杯里斟酒三次。五哥点燃了爆竹，四哥点燃了纸钱。全家挨个从桌子后面向敞开的院子叩头。只有三哥因为新的信仰而没有参加任何仪式，但是同样受过洗的小哥依然像往常一样拜了祖宗和天神。

新年一大早，金翼之家的雇工南明开了三枪。众人都被枪声叫醒，纷纷起床互相拜年。孩子们特别打扮起来，漂亮的新衣服，口袋里装满了花生和蚕豆，开始迎接新年。

早饭过后，一群村民涌进来要看看家里的新娘子。二哥的妻子二嫂在一个多月前嫁过来，现在仍然被视为新娘子。这是村里的传统，每年的新娘子要在新年当天招待访客。因此，二嫂也打扮得漂漂亮亮的。她端着一个漆盘来到堂屋，盘子里放了几杯茶、“五子”、蚕豆和糖果。端给客人的时候，她害羞得不敢抬头，而客人们都有礼貌地从盘中拿了一些东西并向她道谢，称赞她修长结实的体型、漂亮的装束和迷人的举止。

下午，东林请老太太潘氏穿戴打扮好，准备接受儿孙的敬拜。如今她已经70岁了。中国人习惯按照新年而不是实际的生日来计算一个人的年龄。祖母穿上了一件长及脚面的精致绣花长裙，安坐在堂屋中央的大扶手椅上，座位前铺着红毡。伯母林氏第一个跪在红毡上给婆婆磕了三个头。接下来磕头的是东林和黄太太。之后轮到的是大哥和大嫂。然后依次是二哥和二嫂，三哥和他的三个弟弟以及最小的珠妹。没结婚的子女，以长幼为序挨个向祖母行礼。最后行礼的是大哥的儿子小少台，他是祖母潘氏后人中第四代的第一个成员。

这时，有客人敲门，为了确保仪式的私密性，大门是关着的。来人是祖母潘氏的大女儿张太太和她的丈夫芬洲以及他们的儿子茂衡、茂德。吉时到来，祖母很高兴，微笑地接待他们，他们也轮流向祖母潘氏行礼。随后，黄家人用水果、花生、糖果、酒、茶和其他好东西热情款待来客。

可以想见，看到老母亲，这位守寡四十余年、历经磨难的寡妇，现在能够骄傲而满足地坐在堂屋，东林是何等高兴。这是一次至亲的团聚，只有黄家人和姻亲张家的成员。太阳照进堂屋，红毡、绣花衣、新春联以及其他新纸饰物像是镀上了一层明亮鲜艳的色彩。每个人的眼睛都熠熠生辉，家中为幸福笼罩。今天不做生意、不上学、不用干农活，也不用做家务，是享受、休息、聊天和放松的好时光，一切都其乐融融。这是东林自儿时起度过的最快乐的时光。

在乡村，春节的确是一个欢乐的节日，所有人都在享受假日。年轻的男人们得到长辈的允许，拿出宗族所有的乐器组成乐队，昼夜演奏。乐队有时在村中游行，拜访每一家并带去喜庆的乐曲，使人们开心。新年这段时间，各家一次次互访，喜气洋洋。

节日团聚，放松和休息的日子很快过去了，春节过后第四天开始干农活，湖口所有的店铺再次开业。芬洲和东林离开家回到店里，村里和家里的生活又回到常态。

一旦正常生活再次开始，年轻人又沉浸于他们自己的喜好之中。节日期间，许多人会参加村里的赌博活动，这在当时是最流行的。

就连年纪轻轻、仍在上学的小哥，也跟着五哥在一间农舍学会了赌博。在这里，村里的男孩们聚在一起赌博，花生代替金钱成了筹码。幼稚的游戏散场之后，小哥和五哥恰巧在回家时途经村里的茶馆，听到有人在里面吵架。他们被里面的喧闹吸引，进去后发现有好几桌人在赌博。其中，村里的一个老赌徒正和二哥争吵，好像是二哥想要出老千但被发现了。大哥立即冲进去训斥二哥并将他拖回家。他做得很好，但是到家之后，大哥和二哥两兄弟又开始争吵并扭打在一起。

事实上，这并非偶然。一家之主东林不在家的时候，两兄弟经常打架，相互憎恨。不久，除非万不得已，两人已经避免与对方说话。他们之间的仇恨也延伸到了他们的妻子。天呐，东林以为是家里最为和睦欢乐的时刻，实际上，竟也是埋下仇恨的种子和未来冲突隐患的时刻！

阴历正月十五是元宵节，村里的又一盛事。所有的村民聚在黄氏宗族的祠堂里，他们共同祖先的牌位摆放在那里。不同世系的每一家都要准备一桌酒席，花瓶插上花，酒杯斟满酒，点上蜡烛和一排红灯笼，还要焚香。供品分几处摆放，从后厅一直摆到前厅。所有的村民都挤进这个大厅，进进出出。在灯笼明亮的光线下，聚会成了夹杂各种声音的喧嚣，有招呼、有问候，有责骂，也有道歉。

突然，正门前连续三声枪响，厅内立刻一片肃静。在场的所有人都噤声屏息。这种安静要保持十分钟，以免来年灾祸降临村子。但不幸的是，期间有一只狗叫了一会儿，随后又归于宁静。事后，村民们沮丧地相互诉说，预感来年可能不太平。十分钟的肃静结束之后，又听到一声枪响，嘈杂又恢复了。

在摆台结束后，午夜举行了宴会。男人围坐的桌子安排在主厅和开阔的院子里，而女人的桌子则设在后厅和后面的厨房。村里的长辈再次举起杯中酒互祝幸福安康，追述祖先的故事，同春节最后一天的庆祝活动相似。

节庆和劳作在村里交替轮回。劳作时，村民们盼望节日的到来。而在精力恢复之后，他们重又投入劳作。生活对他们而言，是劳作和娱乐的简单循环，但却很充实。

# 第七章　农业系统

春节期间，当金翼之家的年轻人跑去村里赌博的时候，长工南明却默默地把猪粪和牛粪搬到房子右边的空地上，这些农家肥是家里的女人们一天天积攒的。他把粪摊开晾晒，晒干之后，就用一根木棒将粪敲打成片制成细肥。他用竹筛过滤分开细肥和粗肥。细肥留起来做田里的肥料，粗肥则被重新放回原来的粪堆，准备以后再一次晾晒和筛分。

一年的农活从春节期间就开始了。二嫂在家里做饭，她为家里干活的大哥、二哥、四哥和南明准备好早饭。而后，她又进了厨房，取出一个方形竹篮，里面放上 15 碗米饭，上面并排摆着几碟菜，有咸鱼、咸菜、青菜，可能还有一点肉。还有四双筷子和四只空碗。竹篮用一个同样是竹编的盖子盖上。这一篮子食物是田里干活人的午饭。午饭之外，还备有一个装茶水的大竹筒。

除了午饭，四位劳力还各自挑着两篮子晒干的细粪，挂在扁担的两头。他们一早就离开家，来到离村子很远的田里。田一般在高山上，被开垦成梯田，每一级包含一块到数块不等的田。新年期间，在上一年的收割和犁耕之后，土壤变得干燥。四人中的领头者大哥，爬到梯田的顶端，用锄头开辟了一条路以便水能从山涧流入第一级梯田。其他三人也各自在每块田的路边开了水沟，以便水能从顶端的田流向最低的田。

给田浇了水之后，他们抡起锄头，并排着把潮湿的土块尽可能打碎，还是从上面的梯田开始，自上而下作业。

大哥能成为领头者，是由他的年纪和地位决定的。他中等身材、宽脸，又大又扁的鼻子，肤色黝黑。满脸得天花留下的麻子，再加上形状怪异的脑袋，使得他看起来非常难看。但是他有着聪慧精明的头脑。他只在村里学堂读了两年，就能写得一手好字，并认得大约两千个字。因为东林经常不在家，他从小就开始帮着料理家务，家中的法律文书和账目都由他保管。

在田里，大哥干活很认真，对同伴非常严厉，不苟言笑。太阳照到头顶的时候，他放下锄头，简短地招呼同伴停下来。他们一起爬到山田顶上的平台，坐在阴凉处，打开食物篮子，把所有的东西摆出来，享用午餐。饭后，他们轮流喝竹筒里的茶，再懒洋洋地休息一会儿。这时，南明拿出他的竹烟杆，大约有一英尺半长，始终别在他右边的腰带上。他装上烟丝，点着，默默地吸着。烟圈在青山之畔升起，消散在清新的空气中，仿佛劳作的辛苦也随之而去了。

土被打碎以后，他们就要施肥。如果午饭后土还不够碎，他们可能会再来一遍。直到太阳落山，他们才收工。第二天，他们又在另一块田里重复这一过程，直到家里所有十块田都经过松土和施肥这两个步骤。

正月二十九有一个小节日，被称为“拗九节”。东林买了一个大蛋糕，让小哥带回家送给祖母潘氏。农民们虽然不放假，但是早餐要喝“孝子粥”。粥由糯米配上红枣、芝麻、龙眼、红糖和花生做成。张太太让张家的长工培明送了一盒“孝子粥”给祖母潘氏，以示出嫁的女儿对母亲的敬意。这一习俗据说是为了纪念一位佛教徒目连菩萨，他是一出宗教题材的戏中的主人公。他试图把他的母亲——一个受囚禁和饥饿之苦的异教徒——从阴曹地府中解救出来。一开始他试图送粥给她，但是全被那些狱卒鬼吃了。于是，他在粥里放入大量红枣、芝麻、红糖和其他东西，如此一来，那些狱卒鬼就以为这只是烂泥而已。通过这个办法，他的母亲最终吃到了粥，得救了。现在，人们向父母亲献粥就是表达一片孝心。

有时，“孝子粥”也被用于避免厄运带来的灾祸。现在已经九岁的小哥，也要喝这种粥，这是为了度过“不吉利的九”。那些和九相关的18岁、19岁、27岁、29岁等，都被视为不吉利，都要喝这种粥避邪。

早春时节，冬至过后107天是清明节，另一轮农事种早稻开始了。清明节实际上是一个春天的节日，春祭祖先与每年阴历八月丰收时节秋祭祖先同样重要。在村民心里，他们的祖先参与粮食生产，为宗族带来福祉。

在春祭中，大哥和五哥被选为金翼之家的两名代表，在祠堂的祖先牌位前上供。没有墓祭，供品就摆在桌上。各家在祠堂的地上都有一口大锅。因为玉门过世，由新近接替他成为族长的玉衡招呼。族长是宗族中辈分最高、年纪最长的男性，过世之后由族中年龄次之的人继任。当玉衡呼唤一世祖，请他来享用供品时，各家的代表都拿一些纸钱、纸衣服在大锅里烧。然后，族长依次宣读每位祖先的名号，从最久远的到最晚近的，以便所有祖先都能得到供奉和纪念。之后，供品由各家带走，煮熟后大家享用。

东林虽然专注于店铺，但一直惦记家里的土地和耕种。他知道土地是祖传的，是家庭生计的根本，农作的基础。打官司和在商界的经历，使他认识到面对压迫、劫掠或破产，土地是最为安全的。

他坚信安稳在于获得越来越多的土地，而农业是一个家生存的基础和延续的希望。所以，即使他本人经常不在家，他还是把农活托付给大哥，由他安排农事和节日庆典。

就农活而言，金翼之家的女人们丝毫不比专做农活的男人逊色。播种时，负责储藏稻谷和大米的黄太太和伯母林氏，把上一年收成中保留的谷种集中放进温水里。四至五天之后，种子开始发芽，于是南明就将发芽的种子撒遍田里的每一个角落。家中的长工南明，不仅仅是一位农民，还为这个家做各种杂活。他修理农具、篮子、水桶等，也砍柴和种菜。

当稻秧长到约两英尺高时，大哥就安排移秧。他叫来东恒和张家的长工培明一起干活。六个人先拔秧，六至七棵绑成一束，再将它们移植到所有的田里。插秧从最顶上的田开始，六人并肩进行。秧苗插入淤泥中，前后左右间隔约两英尺。每个人负责插五棵秧的空间，从左往右，一步步向后退。插秧结束，要给秧苗施肥，这是新苗的营养，再灌入更多的水。晚上，大哥在他的账簿上记下东恒和培明为家里干活的天数，这些工作以后要以同等的劳动量归还。

早稻种植一结束，大哥和他的伙伴们就要开始播种晚稻。所谓的早稻和晚稻，指的是两季农作物，晚稻套种在早稻的空隙中。

在插秧和收割之间，是漫长的炎炎夏日，这期间，要给秧苗除草、加肥和灌溉。黄家的农民们用长柄铁齿耙除草。耙子顺着稻子的缝隙前后移动，他们依然像插秧时一样站成一排，不同的是，这次不是往后而是往前走。除草后，就要第二次施肥，肥料由人粪加水制成。这是一个冗长的过程，因为在稻子成熟之前，每一块田都要经过多次施肥和灌溉。

暑假，上二年级的小哥回家了。他们让他赶一群鸭子，鸭子在田里觅食，那里的土因为刚翻耕过，为鸭子提供了丰富的食物。有一天，他的那群鸭子遇上了另一群，在稻田里混在了一起。小哥拿起竹竿敲打领头的那只鸭子想把它赶跑，但不幸的是，他用力过猛把它打死了。当发现被打死的不是自己家的鸭子，他就赶着自己家的鸭群回家了。

半个小时以后，田里传来了一个女人的尖叫声。她发现丢了一只鸭子，开始咒骂伤害她鸭子的人。她提高了嗓门，尖声叫骂。当她尖厉的声音传到金翼之家，黄太太质问小哥是不是他对鸭子做了什么。小家伙禁不住这种质问，哭着承认是自己在田里打死了鸭子。母亲带着他走出去，捡起死鸭子交给大嗓门的女人。她代表儿子请求女人的原谅，说这是无心之失并答应赔偿。大嗓门的女人这才满意，黄太太总是这样公道地处理与邻居之间的关系。

庄稼一成熟，黄家的农民们就要在田里树起稻草人防止鸟类啄食。收割之前，大哥去湖口镇上向他的叔叔报告收成年景，由东林通知地主来收租的日子。

金翼之家前面和下面田里的庄稼最先收割。黄家的农民依然是从顶端的田开始，每人用镰刀割下结着穗的稻秸，割下的稻子一束束堆在田埂上。他们并排收割，每人负责五束。为了一天能收割完，大哥请了东恒、茂衡和培明帮工。

二哥和东恒在附近一块坚硬的平地上用尖利的竹片嵌在木条上，做了一个脱粒架。每人拿着一束稻子往脱粒架上抽打。他们并肩站着，共用一个脱粒架。当一个人打完，另一个人跟上。就这样，两人一起打谷，直到所有的稻谷从稻秸上脱落下来，然后摊在脱粒架后面的席子上。打谷的声音，不断在山谷中回响。

小哥和五哥虽然年幼，但在这个农忙时节，也要干活。他们来来回回，将稻束从田埂上搬到打谷场。孩子们虽小，却承担了重要的工作，他们是收割者和打谷者之间的桥梁。

接近中午，出租这些土地的湖口林家，派了一个管家和五个劳力来到黄村。他们一到打谷场，大哥就放下收割的工作去招待他们。谷子就在这里过秤和分配。谷子是用杆秤称的，两个劳力抬着一根扁担，杆秤就放在中点。二哥和东恒将谷子装袋，第三个劳力将装满谷子的袋子挂在杆秤的钩上。管家站在秤旁边，使左边的秤砣和右边的谷子保持平衡。大哥根据管家的报数，在自己的账簿上记下每袋谷子的重量。所有收成四六分成，林家作为地主得百分之四十，黄家作为承租人和佃户得百分之六十。

过完秤后，管家让劳力们带着谷子回去，自己则同大哥及其他人在金翼之家吃午饭。下午，收割、搬移、脱粒和称重的工作继续进行。林家的劳力又回来取走雇主的份额。

当黄家的农民把潮湿的新谷子搬回家，女人们已经准备了一间干净的储藏室暂时储藏谷子。第二天一出太阳，谷子就被搬到房子右边的空地上，在阳光下晒干。20 英尺长、15 英尺宽的竹席铺在地上，谷子就晒在上面。这一工作几乎完全落在女人和男孩子身上。大约每隔半小时，席子上的谷子就要翻动一次。一块装着长柄的木板就是用来翻动的。这项工作由黄太太、伯母林氏、五哥轮流完成，还有小哥，如果他恰好在家的话。谷子要在烈日下晒三至四天才能储存。在晒的最后一天，还要再经过两道工序，先要过竹筛，筛掉杂草和土块，继而要用簸谷机扬谷，把草屑和谷壳吹走。簸谷机放在一个木架上，谷子要经过漏斗、风轮和一个斜槽加工。经过最后一道工序，干净的谷子从簸谷机上落下，被储藏在二层的阁楼上。

在黄家的农事中，男女老幼齐上阵，就像一个整体。家长东林，是家里土地和财产名誉上和法律上的所有人，他只要安排农活，联系同地主的相关事宜就够了。具体的农活可以托付给大哥和其他成年男人。实际上，女人的工作量并不比男人小，要靠她们积肥、储藏、做饭、留种、晒粮食等，可以说，她们承担了家里家外所有的日常事务。

收获季节，农活是女人们的额外任务。在金翼之家，女人的日常任务已经够多了。年轻女人负责做饭，根据村里的传统，最晚过门的二嫂，为全家做饭要满三年。之后，她可以和大嫂轮流做饭，每人一个月。早餐是所有炊事中最辛苦的。黎明，二嫂要在鸡叫头遍时起床，提着灯笼走到楼上的厨房。她先点着灶膛里的枯叶，加上干柴。等到锅里的水热了，就把淘好的米倒进去。大约半个小时后，她用一个竹编的漏勺把煮过的米舀出来滤干水分。然后她把煮过的米放进一个木桶里，放到锅上蒸。蒸饭时，她往灶膛里添柴、洗菜，点上一口小灶烧茶，再摆上碗碟。通常在这个时候，大嫂会来帮着切菜、搬柴和摆餐具。餐桌放在厨房隔壁的餐厅里，四四方方的，大到足够 12 人同时吃饭。桌上，女人们摆上十盘菜：咸鱼、咸菜、蔬菜汤、豆子、青菜、猪肉等，都是在蒸饭的时候准备好的。

早餐时，黄家下地干活的人是最早来吃饭和最早离开的，随后才是女人和孩子们，在同一张桌子上吃同样的饭。午饭和晚饭也是一样，除了有时候下地的人会把他们的午饭带到田里吃。一日三餐吃的米饭都是早上蒸好的。

早饭后，二嫂在同一口锅里，用米糠加上水煮成糊状，这是猪食。家里一共养了两头猪。祖母潘氏把她卧室楼下鸡笼里的鸭子、公鸡和母鸡放出来，喂它们大米和粗粮。家中看门和夜晚守卫的狗，吃的是头天晚上的剩饭，也经常吃婴儿的粪便。

上午，年长的妇人黄太太和伯母林氏，各自提了一篮子衣服到村子下方的小河边，她们会遇到一群村妇跪在石板上洗衣服。在流水声中，她们边洗边聊天，先把衣服泡在水里，然后敲打和搓洗。洗完之后，她们就把干净的衣服带回家晒在一层院子里支着的竹竿上。

除了老祖母，家里的其他女人都要做针线活，主要包括纺纱、织布、裁剪、刺绣和做鞋。每年七月初七是“乞巧节”。据说，这是牛郎和织女一年中唯一能够相见的日子。当天，年轻的女人大嫂和二嫂在堂屋下面的院子里摆供。供品包括香烛、蚕豆、桃仁和鲜花。她们还要尝试在月下穿针引线，如果成功了，她们就是幸运的，表明善针线活。之后，供品分给孩子们，期待他们将来婚姻美满。

女人们用麻纺线。麻生长在比较贫瘠的土地上，先被捶打洗白，然后纺成细线。女人纺线的时候，坐在凳子上，旁边放一个细竹编的篮子。纺到足够多的时候，就在轴上缠成团。然后，线团套在织布机上等待纺织。因为家里只有一架织布机，女人们需要轮流纺织。正是在这架织布机上，她们织出了自己所要的布。

女人们就用布为全家做衣服和裤子。黄太太是有名的裁缝，能裁出各种衣服样式，村里的很多女人来让她剪样子。女人们还是鞋匠，她们用日复一日积攒起来的布头做鞋。除了在福州城里上学的三哥，其他人穿的鞋都是家里做的。

女人在家庭经济中起的作用并不比男人小。没有她们储粮做饭、料理家务、洗衣做衣，男人就不可能无所顾虑地将所有精力投入田间劳动。黄昏，当男人们疲惫地回家，女人们高兴地迎接他们，接过他们从田里摘的青菜，还有从沟渠里捉来的田鸡和小虾。

晚上，金翼之家成了欢乐和休息的场所。除了狗，所有家养的动物都被关了起来。热水可以供农民们洗澡或洗手洗脚。晚饭简单美味，大多有一两道好菜。晚饭后，人们关上大门，点上灯笼。男人们坐在堂屋的长凳上，女人们则坐在矮凳上，一起说笑、叹息、争执。孩子们追逐打闹，间或传来哭声。不到一个小时，人就散了，房子归于黑暗寂静，然而充满安宁。

秋天，收割晚稻，程序和收早稻一样。收割、搬移、脱粒、称重、地主和佃户之间的分配、晒干以及储藏再次循环一遍。稻谷收完，黄家的农民将稻秸连根拔起，铺在田里让它腐烂。他们在家里举行庆丰会，参加的除了全家人，还有宾客，大多是帮助干活的人。庆丰会上有糖果、酒，经过蒸、敲、揉而制成的一种独特的圆形糯米糕和各种各样的点心。他们举杯庆祝劳动一整年换来的丰收。

天气转凉后，农田一片荒凉，到了犁耕的季节。黄家用水牛耕地，家里养了 15 头水牛，雇了一个名叫素华的放牛娃。他每天把牛群赶到山腰的牧场。下午，水牛习惯在小河里浮着休息几个钟头。黄家的农民善待水牛，从不杀掉吃肉，也不喝它们的奶。它们的价值就是干活、犁地。这个犁耕季节，家里大部分牛都被租出去，只留下一两头在家耕地。

耕地是很耗时的工作，大哥常常独自负责。他用绳子穿过牛鼻子牵着牛走，在牛脖子上套上牛轭，一根弯曲的 L 形木头，两端用绳子在牛脖子下面绑在一起，与犁底端的长皮带相连。大哥扶着犁，鞭打牛使之前行。水牛似乎生来就是负重的命，它抬脚前进，犁铧翻卷土块，一波一波，就像天空交叠的云彩。耕地是为来年的播种做准备，以产出更多的粮食，而粮食是黄家人生存和宗族延续的依靠。

# 第八章　大米交易

在冬季和漫长的犁耕季节之前，金翼之家的男男女女齐上阵，把谷子加工成大米。第一道工序是用石磨为谷子脱壳。这需要两人协作，推磨的通常是成年男人，像大哥或者四哥，另一位往磨洞里添谷子的大体是女人，比如黄太太或者伯母林氏。两个男人合作的情况很少。有时南明可以独自一人脱壳。

脱壳之后，他们用簸谷机扬去谷壳，然后大哥把脱壳的谷子搬到水磨坊。水磨坊在河边，是黄氏宗族的先人所建。它的外面看起来像一座两层楼的房子，第一层是磨坊，第二层做过校舍，玉衡以前就在这里教书。磨坊是全村的公有财产。

脱壳的谷子倒入磨坊的石臼后，大哥解下挂在天花板钩子上的大石杵。这些大石杵与水轮相连，流动的水带动水轮，石杵于是有节奏地上下敲打石臼。舂米完成，大哥再把石杵挂起来，然后用铁勺把米舀出来。一旁倚着大木架站着的伯母林氏和黄太太，现在开始用筛子筛谷壳。大米还要再经过一次簸谷机，才能清掉残留的谷壳。经过这一道工序，大米加工就完成了。大米可以吃，也可以卖出去，谷壳则留着喂猪。

留足了口粮，大哥就准备把多余的大米运去湖口店里出售。他让南明和二哥把几筐米搬到堂屋，他在那里放了一个敞口的大筐。

当所有的米都倒进大筐之后，大哥闷了一口水喷洒在米上。同时，他蹲下来用手搅拌大筐里的米。他边喷水边搅拌，如此重复，直到他认为大米已经足够潮湿为止。之后，他用斗量米，喷过水的大米被倒入麻袋，每一袋装十斗米。

现在，大哥、二哥和南明三人，每人用右肩挑着两麻袋米，又用一根齐肩高的木棍，将扁担的重量传递到左肩上。这样，左肩就分担了一部分压在右肩的重量。沿着西路往湖口走的时候，他们遇到了几队挑夫，有的在树荫下休息，有的则匆匆赶路。

三人中南明是最先到达店铺门口的，他看到店里已经挤满了人。东林正蹲在地上检查一袋米，不时与一名陌生人讨价，看到南明，起身表示欢迎。

南明进来的时候，正遇到一次很典型的讨价还价的过程。陌生人站在东林旁边，让他提点价。但东林摇摇头说："兄弟，你的米掺了太多水，不管怎么说，都不能提了。"

于是陌生人一边抓起靠在墙上的扁担，把两袋米系在扁担两头，一边不甘心地对东林说："你隔壁的店铺给我出的价更高，但是我没有把米卖给他们。如果你连这么一点价都不肯加的话，我为什么不回去隔壁那家店呢？"这些话是卖米人在讨价时常说的。

"你能让我看看你另外那袋米吗？"当陌生人似乎真的要离开去隔壁店的时候，东林问道。

"当然可以，"陌生人答道，又把米袋从扁担上解下来，拉过东林还没有看过的那袋米。

当陌生人打开第二袋的时候，东林蹲下去把手插进米中。拨拉了一会儿，他用力抓起一把米捏成一团。他随后伸出手，把结块的米给陌生人看。陌生人一直紧盯着他。东林最后说："兄弟，看看你的米掺了多少水啊！”

“天呐！”陌生人反驳说，“你的手握的像铁钳一样。像你那种握法，就是沙滩上的沙子也会成团的。”

东林起身坚定地对陌生人说：“刚才的价格我再加一毛钱。你知道你的米不可能有比这更高的价了。”

“店家，加三毛怎么样？爽快点，我不想浪费时间。”陌生人诚恳地问道。东林摇摇头，陌生人再次抓起扁担，把米袋系上去。当他挑起担子，慢慢地走到门口的时候，东林在他身后喊道：“兄弟，这样吧。”说着，他伸出两根手指，意思是他会在原价上加两毛。陌生人回头看看东林的手指，站定了一会儿，似乎在思量。“好吧，先生，”他说，“我把米卖给你，不想再浪费时间了。”

这些时日以来，东林是店里唯一的掌柜，因为芬洲越来越多地待在家里的新居中。这位上了年纪的姐夫近来变得懒散和悲伤，尤其是那个在福州贩鱼的长子茂魁死后，更是如此。茂魁在城里染上了疫病，突然亡故。他的遗体入殓后运回家，但是立即下葬了，没有进入家人居住的新居，因为传统上禁止亡故在外之人的遗体进家门。茂魁的妻子是一个木讷、羞怯但忠贞的女人，在他们十年的婚姻中，没有生下一男半女。现在，她的丈夫亡故了，芬洲不知从哪儿收养了一个婴孩，做她的儿子。她很疼爱儿子，准备好好抚养他长大成人，延续茂魁一支的香火。

东林对芬洲的处境深表同情，同意他退休。为此他承担起了店里所有的责任。做了一辈子生意，他成了大米估价的专家。作为店里的掌柜，他指点伙计、账房、店员和学徒，使店铺成为合作且协调运转的整体。

在店里，地位仅次于东林的是曾被绑架过的前账房云生。他接替芬洲成了大夫，负责药店，帮助打理整个店铺，也偶尔出来和卖米的人议价。一个陌生人来卖米，看到东林与第一个人谈拢了买卖，便从云生转向东林，要他看看他的大米。东林照做了，又问了云生他给了什么价。东林顺着他，告诉陌生人云生的价格是合理的。他的米不仅掺了水，而且加工得不好。东林总是认同下属的决定，也赢得了他们的忠诚。

在大厅中央，主管的店员正忙着为大哥、二哥和南明带来的米称重。由于这些米来自金翼之家，为店里的掌柜本人所有，用不着议价。在三人的帮助下，店员把六袋米过了秤，倒入一个敞口的大筐，再装回袋子。每次称重之后，他就把卖米人的姓名、数量和价格报给账房。只是这次不用报价格，因为账房知道卖米的人就是掌柜，也知道应该写上什么价格。

在第一个店员称重的时候，还有一群人站在大厅的远处等着称米，这群人包括另一个店员和三位顾客，他们的米已经定价和过秤了。东林于是到后面取出用绳子挂在天花板上的一杆大秤，横着拿到身前，左手把着秤砣，右手拿着秤钩。当店员把一袋米挂上秤钩的时候，东林沿着左边的秤杆移动秤砣，以使大米和秤砣保持平衡。等秤杆平稳下来，他就把重量报给账房，让他记下来。同一个卖家的米无需逐袋称重，因为称一袋就足以检验米的好坏。米价总是根据验米而不是单凭重量评估的。

过秤之后，店员和卖家就把所有米袋搬到二楼后面的储藏室，把大米倒入谷仓里。然后他们回到大堂，卖家便松了口气，一边喝茶，一边吸水烟袋。而店员则要离开他们接着去招呼其他卖家。

这时凯团已经用算盘算出了要给顾客的米钱。他从钱柜里如数取出银元和零钱，递给站在柜台边的东林。每一块银元都印有铁印模，上面有一个字。这种印汉字的银元是店铺发行的，一旦发现是伪造的，随时可以偿还。

东林把钱交给三位卖家，他们数了一遍后自己分了。随后他们收拾空袋子、扁担，招呼自己人，在同店里的人道别之后便走出了店门。

现在南明和二哥可以回家了，只是大哥悠闲地站在柜台边，想要和叔叔说几句话。没有人得到钱，家长东林把所有的钱存在店里，家里卖米的钱只不过是在家庭所有的资产上又加上了一笔。

小哥放学回店里吃午饭的时候，他看到大门口挤满了卖米的人和他们的米袋，于是转身进了药店。药店里的小学徒正忙着用一杆小秤称不同的草药，顾客在柜台外面等着。店员杨林走到学徒旁边，用算盘计算药价。顾客们依次付钱，杨林把钱扔进一个漏斗，掉进下面的抽屉里。

后厅，一位老妇人带着她的孙子来到云生的诊桌旁，等着他给小男孩把脉。而这会儿云生正在隔壁大厅忙着与卖米人讨价还价。

小哥经两间店铺的隔墙门溜进了大厅。他跟大哥打招呼，大哥只冲他点了点头。大哥对他的堂兄弟们毫无感情，而且对叔叔花家里的钱送三哥和小哥上现代学堂越来越不满。东林过来看到小哥，让他拿把扫帚清扫洒在地上的米。

东杜从楼上的储藏室下来，东林让他摆桌子吃午饭。东杜是东林叔父玉衡的次子，现在是店里的厨师。他尚年幼，但东林答应玉衡要把他培养成商人。这一计划源自打官司的时候，东林想要报答叔父当时的好心帮助。

后厅中间是一张圆桌。菜摆好，小哥就招呼所有人过来吃饭。凯团是第一个到的，他端了一张高脚圆凳，在上位坐了。他的左边是东林，小哥坐在父亲的左边，吃饭的时候，父亲不时夹些猪肉给他。大哥坐在下首，向东林汇报金翼之家的经营状况。叔侄之间的谈话很少为在座的其他人打断，只有云生偶尔问一两个问题。不到20分钟，大家相继吃完饭，又回去工作，主要是议价、验收、称重和装运。

作为店里的掌柜，东林是一切有疑问或者有争端事项的最终拍板者。收大米时，最关键的步骤是定价。这一工作由东林亲自完成，虽然有时在他的授意下，他的老朋友云生也偶尔接手。东林就像军队的总司令一样，全程监督着收米。称重的时候，他是把秤的人，象征着他作为掌柜的统帅地位。他在银元上印字和付钱，这些也是店主的职责。

排在东林之后的是医生云生和账房凯团。云生协助掌柜定价，他有时在药店，有时在大厅。在药店里，他分管杨林和小学徒。老医生芬洲退休之后，他的地位提高了很多。而凯团不同，他所有的注意力都在大厅。他是一个机敏的人，眼睛尖，坐在比大厅地面还高一英尺的柜台边，居高临下，眼观六路耳听八方。一边听着掌柜同卖家商定的价格，一边记下验收和称重的结果。他算钱、记账、取钱，关上钱柜以后，从来不忘上锁。他是敏捷、主动、细心而且忠诚的账房，深受东林喜欢。

店员要做一些繁琐的工作，如验米、帮着称重、汇报、扫地以及其他体力活。厨师，也是学徒，要做饭、担水、洗涮、扫地，还要协助店员工作。

店铺在掌柜的领导下成了一个协调的整体。云生虽然主管店铺生意的重要组成部分——药店，但依然是雇员。东林每天辛勤地收购大米，只不过是店铺组织运行的一个例子。

傍晚，生意清淡起来，来店里卖米的人少了。天黑的时候，只有一两个住在镇上的顾客出现，他们是来买咸鱼做晚饭的。店里的人终于松了一口气，有些去洗脸洗手，有些悠闲地坐在凳子上，也有些在门口消磨时间。

在店铺的灯光下，雇员们聚在一起吃晚饭。只有东林和云生会喝酒，东林酒量比较大。有时他也给小哥倒半杯酒，小哥以自己现在是基督徒为由不肯喝。老父亲现在越来越喜欢小哥这个儿子，嘲笑他不肯喝酒并和他争辩，说："那是洋鬼子的可怜信仰。他们从不知道喝酒是多么痛快。不管怎样，你知道的，小哥，半杯酒能驱除所有的恶灵，也能赶走洋鬼子。"所以他逼迫小儿子喝酒，把酒杯塞到他嘴边。这时的父亲暂时放下架子，通过和儿子开玩笑来自娱自乐。

有些人开始铺床了。小哥和账房凯团一起睡，他们的床就搭在柜台后面的地上。他们在四条凳子上铺上木板，床板上铺上厚厚的草垫、席子，还有毯子，最后挂上蚊帐。很麻烦的是，这天晚上，凯团发现少了一条凳子，就让小哥到大厅里去搬一条。这时大厅里的店员也在搭床，他也缺一条凳子，就去药店找。等他从药店回来，发现原来的三条凳子又少了一条。他于是骂道："你个杂种，偷我的凳子！"咒骂声实际上没有了结这件事，反而生了事端。

柜台后面的房间里，东林躺在自己床上。虽然那天晚上喝得有点多，但他非常清楚大厅里发生了什么事。他听到小哥偷拿了凳子，听到凯团搭床。当听到主管店员污蔑他儿子是杂种时，他非常愤怒，冲出来指责那个店员。店员为自己辩护，说自己完全不知道是小哥干的，还以为是他从小就要好的朋友凯团。但是你来我往，两人吵得越来越凶。现在，店里所有人都起来了，劝他们不要吵了。第二天一大早，这个店员收拾了东西要走。虽然店里的人都建议他留下，尤其是介绍他进店的凯团，然而东林一句话也没说。或许，他昨晚的小错误可以原谅，但是敢公开与掌柜争吵的店员不容留下。

如果不是收到了黄东志的来信，这一事件恐怕还难以平息。黄东志以前是店里的店员，现在接任茂魁，在福州负责咸鱼生意。他报告说城里的大米需求量很大。看了这封信，东林让一个小学徒去请帆船主马五安排运米。马五很快就到了，他被请到柜台里面坐下，喝茶、抽水烟。

商人和船主的关系是微妙的：如果城里需要的米多，船主会拒绝商人超载；而如果运的货不足，船主也不让把船凑满。看起来，商人和船主总是两相牵制。

这一次是东林请马五帮他多运点米。一番长谈，提到了彼此之间的老关系，马五最终答应从店里带走30海袋米。“海袋”是用麻布做的，比一般的袋子大，而且规格统一。

晚饭后，除了记账的凯团，店里所有人都围在米仓边往大米里边掺水。东林站在旁边看着，其他人都光着脚，进到仓里，在米上走来走去。小学徒和东杜各拿一个带喷嘴的水壶，往米上面洒水。店员用铲子把干米和湿米分成两堆。湿米不仅体积会变大，还能增加重量。不干活的小哥，在米堆上嬉戏。

第二天一大早，马五带着码头搬运工来到米仓处，店员们称完湿米便装入海袋，并马上封口，袋外印上店铺的标记。同东林寒暄了几句之后，马五又去了别的店铺。而店员和搬运工仍在继续称米、封装，为船运做准备。

一个搬运工把一海袋米扛在背上，手在后面托着走下楼梯。到了楼下大厅，他把自己的姓名报给账房。账房记下来以后就让小哥给他一根竹签作为凭据。竹签的两面都写着字，一面是店铺的标记，另一面是竹签的编号。这次要运 30 袋，所以店铺要签发 30 根竹签。晚上，搬运工要用竹签换工钱，这是核对搬运量的简单方法。

当时，小镇和福州城之间的水路交通还是很危险的。在激流中船只失事时有发生，土匪劫船也并不罕见。人们无力避免天灾人祸，只能祈求各路神灵的护佑，东林亦不例外。他为掌管水域的龙王爷设了一个神龛，就在店铺二楼的仓库里。马五的帆船起航那天，东林默默地在这个神龛前点烛烧香，为运输途中的大米祈祷，求龙王爷的神灵力保船只，让它安抵福州。

然而这一天，不知道是龙王爷生了东林的气还是玩忽职守，马五的船开了 15 分钟就出了意外。装载过重的船在江上撞上了礁石，船尾损坏，所有大米都沉入江中。

这一不幸的消息对东林的打击颇为沉重。他立即回到龙王爷的神龛前再次祈祷，来回踱步，凄然等待派去打探的杨林带回更确切的消息。

杨林终于回来了，他非常激动，高声悲怆地讲述着意外，店里所有的人都围在他身边，迫切地想要知道每一个细节。帆船撞上了礁石，所幸只是部分损坏。三分之一的大米落水，其余的都没事。帆船最终被解救，抛锚停在岸边。

其他四家店铺也有大米在马五船上，店主们来找东林商量。他们一致同意立即修复船只，将剩余的大米运到福州。至于失踪的大米，决定每家出两个人，组成一支打捞队，试着找回大米，议定无论找回多少，都由五家均分。

帆船修复后安全抵达福州，马五向东志解释了货船晚到的原因。实际上，东志已经从掌柜那里获悉这一事故。他责备了马五，马五争辩说这不是他的过错。

这些大米在福州出售，是东志的任务。他去拜访经常有生意往来的米商，米商跟随他到船上看货议价。大米售出后，东志就把货款存入本地的钱庄。现在他已经和城里的五家本地钱庄建立了联系，这种联系越紧密，生意就越兴隆。

就这样，东林在更大范围的人群中树立了权威。作为黄家的一家之长，店铺的掌柜和生意上的总管，他的影响力一直在扩大。他还是土地及其物产的所有者，他将农作的运营托付给他的侄子——大哥和家里的其他农民。他们的劳动产出部分养家，部分出售。那些卖米的收入又投资到店铺里，赚取了更多的财富。这个店铺，成了几个小村子和一个大城市之间的枢纽，是整个区域经济活动的中心。东林经营的生意完美地保持了平衡与协调。他的合作伙伴芬洲退休了，于是他成了主要的所有者。他的影响力也扩展到帮他运送货物的船主马五那里。他的代理人在福州贩鱼，也在他的指示下涉足其他货源。即使在这个很小的商业圈里，这个城市和村庄的经纪人的世界中，领导者也注定会出现，他的同伴们围绕着他本人，结成了一个灵活的组织。

# 第九章　店铺的生意

船只失事的消息不久就在村民中传开。传到金翼之家时，祖母潘氏和黄太太忧心如焚，立即让四哥去湖口看看究竟发生了什么事。

进到店里，四哥发现父亲的精力不如往常了，然而他依然忙碌。午饭后，他对儿子说："回去告诉你祖母和你母亲不用担心。只损失了一小部分米，而且说不定还能找回来。"停顿了一下，他又继续说道："你也去看看芬洲姑父，告诉他船只遇到事故，损失了一些米。"

当四哥来到芬洲家的时候，老姑父正一脸怒容。他佯装镇定，招呼了四哥，请他到书房聊聊。但这里依然能听到从后厅传来的年轻女人的哭声。一会儿，姑姑张太太出来，看到侄子，开始告诉他儿媳妇惠兰是怎样的一个泼妇！

事实上，惠兰原本是一个快乐的女人和一个好儿媳。只是在两个月前，丈夫茂德死于心脏病之后，她才成了泼妇。惠兰的公公婆婆想让她终身守寡。虽然婚姻生活只持续了不到两年，但惠兰与初次见面就为自己的美貌和魅力所倾倒的丈夫茂德，一起度过了非常愉快的时光。她不是一个墨守成规的女孩，常常与茂德在公开场合嬉闹玩笑，而传统上，这种行为在夫妻之间是不被允许的。茂德是一个受过良好教育、开朗、举止得体的年轻人，惠兰对这样的丈夫十分满意。她乐于操持家务：做饭、洗衣、扫地、纺纱、织布、剪裁等。她勤奋、能干、聪慧，不久便赢得了尽职能干的好儿媳的美名。

然而茂德临终的那天，惠兰躺在地上满地打滚，口吐白沫。从那天之后，她日夜哭泣，几天不吃东西。她不再梳洗打扮，披头散发，而且常常不做家务。每天不是躺在床上就是坐在地上，或者发脾气、摔东西。她的婆婆张太太，起初还劝她，后来便失去了耐心，责备她的坏脾气。而责备却刺激了这个年轻的姑娘，她要求婆婆送她回娘家。这一要求自然被拒绝了。芬洲提出为她收养一个小男孩，但这让她更为不满，因为从茂魁妻子的寡居生活中，她已经看到了生活之艰难和未来之黯淡。

惠兰觉得因为公婆的阻挠，自己无望地过着没有未来的生活，因此与婆婆冲突不断，两人吵得很厉害。芬洲因为失去了最疼爱的儿子而极度伤心，儿媳妇这样失控的反应更是雪上加霜。家里吵闹不断。芬洲无心打理镇上的生意。听闻四哥带来的消息，他只对四哥说，他已经把做买卖的事全权交给东林了。

实际上，东林已经在店里建立起自己理想的运营组织，店铺生意的两条主线——咸鱼和大米——依然在流动，一条逆流而上，一条顺流而下。实际上，这一组织最近渐渐集中到东林手里，芬洲一系也转而受东林的支配，所以芬洲的放权只是确认了一个既成的事实。

现在，东志住在东林年轻时住过的货栈里。货栈分三部分，前面是用石头建的天井，中间是大厅连带着厢房，后面是一个小院子，有厢房环绕。除了两个管家的房间，所有其他房间住的都是湖口镇上来的鱼商和代理人。

东志已经把马五的船运来的所有大米都卖出去了。保持大米和咸鱼生意不间歇是他的义务。一大早，他冒着严寒来到中亭街，买了几种咸鱼：三桶墨鱼、七筐鲤鱼，还有鲨鱼和比目鱼。桶和筐都很大，有五英尺深，五英尺宽。

东志回到货栈，与其他代理人一起在大厅吃早饭，搬运工把东志在中亭街定购的咸鱼搬到前面的院子暂存。桶和筐如此之重，以至于需要两个搬运工用扁担抬。每个桶和筐上都系着一条白布，上面标着湖口店铺的标记和重量。

同马五安排妥当，东志让搬运工把他买的咸鱼装上船，准备运往上游的湖口。

逆水行舟非常艰难，虽然福州和湖口之间只有80英里，帆船却要花上七八天。帆船经常在浅滩上搁浅，水手们就要在岸上拉动牢牢系在船桅上的粗纤绳，马五和他的妻子用长长的竹篙撑船，用力推礁石来使船只移动。到了深水区，马五在船尾掌舵，水手们在左右船舷划船，一边划，一边唱起有节奏的船歌以保持匀速。

一到湖口码头，马五就上岸通知那些有货在船的店主。东林马上让刚放假回来的店员去查看货物。店员在马五的船舱里寻找店里的货物，查看白布条。等找齐了货物，就让岸上的搬运工把货搬到店里。

一共20个搬运工开始卸货。每两人搬一个筐或者桶。货物挂在扁担中间，受力点则在两头的肩膀上。为了方便中途撑着扁担休息，他们还带着拄棍。就这样，搬运工们把货从岸边翻过湖口山运到位于内陆、远离岸边的镇上。到了山顶，他们就开始往下进入主街，一路哼着小调走到店铺。

到了店里，又是一阵新的忙乱。每一只装着新货的筐或桶一进门就要立即称重。东林自然是掌秤的人。他们把秤上显示的重量与写在白布条上的重量以及东志来信中的记录相对照，常常会发现有出入，如果缺斤少两人们会说是因为咸鱼变干缩水了，而实际上，水手们在途中也常常偷一些鱼来吃。

集市上有鲜鱼，也有陈货。谁都可以到这个集市来，镇上的居民、村里的农民、米商、过路人，还有从古田县城来的生意人。就店铺而言，生意人是最受欢迎的顾客，他们买的量大，把货带回古田，又摆在当地的集市上。

一天，古田商人王汉康来了。他是古田商店的代理人，身份好比在福州贩鱼的东志。店里的人热情招呼他，他二话不说径直朝鲜鱼走去。这是鲤鱼，他把手伸进筐里，从底部翻出几条鱼，凑上去闻一闻。墨鱼和比目鱼也要这样查验一次。鲨鱼因为太大无法轻易移动，但是他会用指甲掐一掐硬度。仔细检查之后，他们开始谈价钱。

咸鱼的价格不是一成不变的，因时因人而异。零售时，店员就有权决定价格，但是到了大宗批发时，通常是东林或者云生与买主讲价。

这一次，鲤鱼由东林议价，汉康嘲弄地用中指指着他。在这个地方，比划中指被认为是极其粗鲁的，因为人们认为那是阴茎的象征。通常这一手势会引发激烈的争吵，但也取决于侮辱施加的情形或情境。熟悉的朋友之间有时会伸中指相互戏弄或开下流的玩笑，东林和汉康之间就是如此。然而，东林是彬彬有礼的人，他从不以相同的手势“回敬”对方，但是在讨价时也会放肆地说些脏话。

议价的过程有时很长。店主和买家讨价还价，开对方的玩笑。他们既套交情也像仇人一样相互咒骂。他们嚷着，笑着，又刻薄又讽刺。账房凯团，是汉康的朋友，也出来加入议价。他自然是站在掌柜一边，拿汉康打趣。最后，当双方几乎快要达成协议的时候，汉康仍在犹豫，但凯团已经让助手和店员备好了货，以此逼迫汉康接受正在讨论中的价钱。汉康耸耸肩，默默地接受了。

现在是店员的任务了。他们从阁楼拿出竹筐，装上不同种类的鱼。这些竹筐和前面提到的竹筐相似，但是小得多，装满货之后每个人可以用扁担前后挑两筐。每个筐都要称重，数量和价钱随之确定。最后，汉康雇搬运工把这些货送到古田的店里。

晚上，东林邀请汉康在店里吃饭，他们聊着天，喝了很多酒。汉康喝醉了，只能留在店里过夜。实际上他可能在这里住上好几天，然后再去其他店，因为在湖口他没有常住的地方，总是往返于湖口镇和雇主所在的县城。

除了汉康，还有七八位商人也从古田县城来。他们都是从湖口的店里为古田的雇主买咸鱼，长年批发。交易中，所有货物的转手都可以赊账。湖口店铺认为这是盈利的买卖，所以买主们受到款待并可以赊账。每个季度，店里至少派一名店员去古田收账。

快到春节了，也是结账的时候。同往常一样，店员被派去古田县城收钱，那里的店铺有欠账的。不过这一次，情况有所不同。

返回湖口的路上，店员背着两个装银元和纸币的黑布口袋，在一个拐弯处，突然蹿出两个陌生人，喝令他交出口袋。店员是个高大健壮的人，于是进行反抗。他们打斗了一会儿，店员终为身上背的东西所累，被一个陌生人用石头打中头部，倒下了。陌生人随后抓起口袋跑进树林。店员挣扎着起身追强盗。一路跟在他们身后大喊，求他们网开一面。好几次，他跪在地上给往前跑的人磕头求情。他不过是一个店员，钱不是属于他的。不知道是为他的恳求所感动，还是为他的穷追不舍而烦恼，强盗还是丢还了一个口袋。店员无奈只能带着一个口袋回家报信。

遭抢的消息使东林深为不安，但经验已将他磨炼得能忍受各种逆境。他的心里始终存着“人算天定”的想法，有了这种哲学，他从来不会太过失望，无论是日常工作还是忙碌的生活都不灰心。在商海沉浮中，他已经形成了坚强沉稳的个性，现在，他的坚定依然没有动摇。

就像他的生活一样，在为财富奋斗的过程中，当一位村民或镇上的居民发家致富时，其他人总会犯“红眼病”。东林和芬洲开创的成功商铺自然成了艳羡的对象。这可以解释为什么强盗们会埋伏在路上抢收账人的钱。打官司、遇强盗、洗劫店铺、绑架账房，这些还不是打击黄家繁荣的全部，东林一次又一次地受他们的骚扰。

无论是店铺还是家庭，人祸还不是唯一的麻烦。在东林看来，不受控制的天灾也时常降临。频繁的旱涝毁掉黄家用汗水换来的庄稼。面对这般景况，东林总是督促家里的晚辈们要不停顿地继续耕田。虽然诸如船只失事的损失时有发生，但他从未想过放弃生意。相反，他认为这些灾难的发生是生活和事业的正常轨迹。他努力谋划、准备，在灾难降临的时候直面它们。

店铺稳固地处于他生活的中心，商品源源不断向上游和下游流动。日复一日，年复一年，店铺从未间断过从村民那里收购大米再卖到城市，也从未间断过从城里往内陆带回咸鱼并销售给地方社区。一年一年过去，店铺继续与社会生活中的复杂事务相调适。

又是一年春节。同黄村一样，在湖口镇这也是一个盛大的节日。人们从四面八方来到这里买年货，街上人山人海。店员们被派往各个村子收账。除夕，账目结算，从此时开始直到最后一刻，店员们点着灯笼奔赴镇上和村里的每个角落，寻找那些试图躲避债务的顾客。

店铺歇业三天，这是一年中仅有的假期。东林回家去了，店里的人为了消遣和娱乐，组织了赌会。在店里，除了总是向龙王爷神龛上供之外，没有其他特殊的仪式。但在镇庙里有盛大的祭祀活动，镇上的大部分人家都会参加。

账房凯团为过去一年的生意拟了一张收支表，结算了资产、债务和盈亏。

以前，所有的利润都归两位合作者芬洲和东林，他们是店铺的掌柜也是最初的出资者。如果店铺盈利了，利润平分；如果亏了，他们同样分担，并投入同样多的资金以维持生意。

为了鼓励对生意的积极性，现在采纳了分红制，发放“红股”。店铺共有 12 股，8 份普通股和 4 份“红股”。普通股由芬洲和东林均分，4 份红股分别由药店的医生和主管云生、在福州的鱼商和代理人东志、总管东林以及账房凯团持有。眼下所有的利润都均分成 12 份，新的 4 份归 4 位新股东所有。

持“红股”的人只有有限的责任，他们有权获得利润而无需投资或者在股份之外填补亏空。也就是说，一旦亏损，赤字将完全由普通股的股东而非红股的股东承担。“红股”只是作为工作激励发给那些为店铺积极工作的人。这些不持普通股的红股股东，当然依然只是雇员，可以随时解雇。

店里的人由店铺提供食宿，但这只是总体开支的一项。此外，每人还领取一份年薪，从三元到百元不等，学徒最低，总管最高。

春节过后，店铺再度开门营业。正月的前半个月，生意非常冷清。商会召集春季会议，所有湖口店铺的店主都是商会会员。商会没有总部，主席是轮值的。每一位成员都有机会成为某一年的商会主席，而他所在的店铺就是当年的会场。

一天，一个男孩来到店里，送来一份红信封装着的请柬，东林打开看了。然后换上了一件干净的长衫，掸去瓜皮帽上的灰尘，在镜前端详了一会儿，修了修胡子。他出了店铺来到商会的会场，那里已经聚集了大约20人。每个人都起身向东林问好，东林也为自己的迟到致歉。人们给他让了座，他就在人群中坐下来，于是讨论继续进行。他们正在商量元宵节庆典的事情。以往，庆祝活动有不同的方式，在镇庙里摆供、提灯游行、戏班子唱戏和一场接一场的宴会。摆供是无论如何都要有的，宴会也不能少，唯一的问题在于是否要游行。有些店主提议取消游行，不仅因为资金困难，还因为村四周出现了匪患。

店主们讨论问题平静而和谐，不投票表决，也不争吵或辩论，只需要罗列出取消惯常游行的理由。因为没有人强烈支持保留这一古老习俗，问题简单而自然地解决了。

商会没有固定的会议时间，每当有关系到镇子或者生意的事情发生，主席就召集一次会议。然而商会的作用是广泛而多样的。它能调控商品价格、租金、船运的费用乃至日程安排。商会是镇上所有公共事务的信息中心。区政府与商会直接联系，让它协助镇上各个店铺家庭的核税、征税。甚至驻扎在镇上的士兵小分队也部分地仰赖商会资助。除了节日和地方宗教活动，商会也处理修桥铺路以及庙宇维修等事务，甚至教会学校和教堂都属于会议讨论的范围。若发生了紧急事件，商会也要出来应对。

开完会回来，东林惊讶地看见合伙人芬洲在店里。芬洲变老了，也消瘦了，看上去苍白且忧心忡忡。他告诉东林他在家里待不下去了，要回来再次上岗，与他一同经营店铺。自从儿子茂德死后，他的确想要躲开家中的阴郁气氛，张太太和惠兰婆媳间的冲突不断，使芬洲心烦意乱。芬洲再也无法忍受这种永无宁日的家庭生活，他大发脾气，在堂屋里大声训斥惠兰。不久，这位不幸的儿媳在自己的房间里上吊，所幸她被及时救了下来。当然，惠兰带来的所有麻烦均源自回娘家的愿望。芬洲对此一清二楚，但是他固执的骄傲不允许她回去，以这样的方式失去一个儿媳，会使家族蒙上巨大的耻辱。如此一来便有了更多的难题，而这些麻烦最终迫使芬洲离开了那个曾经安宁的家。

回到店里，芬洲不久就发现，现在和他之前离开时的情形完全不同了。很少有病人让他号脉，他的多数老主顾现在都去找云生。店里的人敬重他，亲切地同他说话，但是他发现自己大部分时间都闲着。顾客们很少向他问价格，有时被问到了，他也答不出，只能求助东林。总之，他在这里待的时间越长，越觉得孤独。他向东林诉苦说自己老了，身体不好，懒得动换，记忆力也不行了。

这两位老合伙人，也是姻兄弟之间第一次显现出了真正的差别。在家过了这么久闲日子之后，芬洲对生意已经不适应了。自他初次退休之后，店铺经过了改组，东林已经建立起自己的一套制度。少了几年前还是总管的芬洲，店铺的运转依然顺畅。店里的两位主力凯团和东志也由东林训练和任命。有时芬洲自己可能会想，倘若儿子茂魁还活着，而且成了账房或者鱼商，那么状况会有多么不同。现在，他不得不意识到这里已经没有自己的位置。他不再是一位积极主动的总管，而成了累赘。

现在在店里，芬洲也过得不愉快。镇上的生活并不比家里好。他心烦意乱，不得安宁，几乎快疯了。正在这个时候，次子茂衡冲进店里，上气不接下气地说母亲张太太病得很重，要芬洲立刻赶回家。

# 第十章　芬洲的命运

芬洲的妻子张太太，身体不好已经多年了。茂德一死，还有茂德的遗孀惠兰造成的麻烦，使她忧虑，健康状况进一步恶化。她躺在床上知道自己快要死了，但一直等着丈夫回家。当芬洲来到她的房间时，她清醒了几分钟，哀伤地对他说，自己不行了，建议他把惠兰送走，好让家里恢复安宁，这就是她的遗嘱。

妻子弥留之际，芬洲叫来了所有家人。除了他自己，还有儿子茂衡、包括惠兰在内的三位儿媳、两个侄子茂月和茂桥以及收养的小孙子。当一个人临终时，所有家人都应在场参加临终仪式，这一直是这里的传统。

张太太一过世，三位儿媳立即号啕大哭。惠兰虽然对婆婆并没有什么怜悯之心，但是在她临终之际也泪流不止。茂衡和他的两个堂兄弟放下了帐幔和窗帘，把所有的家具移到其他房间并打开门窗透气。

茂衡，现在是逝者唯一尚在人世的儿子，担任主祭人。他用一张白纸蒙在亡母的脸上，用红毯盖住她全身。然后在其他人的帮助下，在床前设了一张“灵桌”，上面摆着一个香炉、一盏灯和一对陶罐。悼念的人在长明灯下轮流守候着遗体。灯架是铁做的，用黑色的灯油，被称为“长明灯”，据说它的灯光会照着逝者的灵魂一路到达阴曹地府。茂衡还用这盏灯点着纸钱在陶罐里焚烧，人们相信灵魂依然萦绕在遗体周围并享受这些供品。

茂衡是中等身材的年轻人，肤色黝黑，浓眉，前额往后倾斜。他是一位生活在村里的农民，与外界鲜有联系。他有些迟钝，每次说话的时候都眨眼睛。父母不那么器重他，认为他不如他的两个兄弟茂魁和茂德聪慧。但是在现在这样的仪式场合，他却是个忠实的治丧人。

为了向亡灵祈祷和占卜未来，茂衡拿出一枚被称为“灵钱”的铜钱，投掷在“灵桌”上。铜钱上系着一条线，他投掷的时候拽着这条线。第一掷是最重要的，如果正面朝上，就说明灵魂对所提的问题给出了肯定的回答，如果反面朝上，则是否定的回答。

芬洲为妻子的亡故深切哀悼，他派人通知亲属。逝者的母亲祖母潘氏是第一个到达的，带着她的两个儿媳妇伯母林氏和黄太太。当她们径直来到逝者的房间开始哭丧的时候，茂衡下跪迎接她们。哭丧是所有亲属的一种仪式性习俗，无论它是否意味着个人的悲痛。她们掀开白纸看逝者最后一眼。芬洲最后进入房间恳请岳母不要再哭了，他们随后谈起他妻子死前最后的病症。

道士被请来在堂屋举行一个仪式。他支起一棵“药师树”，树干插在地上，树枝朝四面八方伸展，上面装饰着点燃的蜡烛。在诵读祷文的时候，道士带着茂衡绕树一周。除了芬洲，其他家人同样被带着绕树一周。一个人绕树的时候，其他人就站在后面恸哭。传说这一仪式和烛光能够帮助灵魂到达阴间而不至于迷路。

堂屋里的装饰与平日截然不同。平常所有红色的窗帘、灯、卷轴和对联都被换成白色，一丁点儿红色都不允许保留。红色意寓喜庆，白色则是哀悼的颜色。

第二天，三位儿媳为逝者净身、穿衣，为葬礼做准备。准备的衣服必须是单数，有七件上衣和五条裙子。最外面是一件绣花长袍和一条漂亮的裙子。穿戴完毕，遗体被移到后厅，“灵桌”也一块儿移过去。

更多的亲属和邻居，男男女女，对失去了亲人的家庭表示慰问。他们都会掀开盖着的白纸，看逝者最后一眼。女人们总是失声恸哭，男人们则配合仪式忙忙碌碌。

事先预备好的棺材被搬到后厅。棺材内壁要涂上青油防潮，底部要垫上棉纸，再铺上褥子。棺材的四个角上放上各种纸钱，所谓的“棺纸”。入殓时间由风水先生确定，他能测算吉凶。

在张太太入殓之前，她已经出嫁的侄女——茂月的姐姐——特地回来完成另外一个重要的仪式。她从张家门前流过的小溪里取了一小杯水，然后用一些蘸了水的纸钱三次掠过遗体。这是一种仪式性的净身，通常是女儿完成，可张太太膝下无女，就由侄女代替。

入殓的时候，芬洲安排所有的家人聚在后厅，其他亲属也在场，女人们又一次哭起来。

黄昏时的气氛很阴郁，烟气弥漫。后厅在场的所有人都举着几支一直点燃的香，这种香很特别，比普通的线香更粗更长。这不仅是仪式所需，也是因为天气热，可以盖住停放了两天的遗体的气味。后厅昏暗且烟气缭绕，人们几乎看不清彼此。

芬洲指点着入殓的顺序。他让茂衡抱着头，三个儿媳抱着脚，他自己则抱着身子，抬起来放入棺材。张太太现在躺在了一个做成公鸡形状的枕头上。

茂衡请来了一位木匠盖棺盖，还要钉上钉子。钉钉子的时候，所有人都跪在地上，道士一直在念经，并一路将圣水从堂屋洒到后厅以避邪。

逝者的亲属都穿上孝服。根据与逝者关系的远近，戴孝分为五个等级，要穿的孝服不同，穿的时间长短也不等。茂衡是儿子和主祭人，要戴孝三年，孝服不得缝边，代表最近的关系。他的装束包括：长衫、裤子、帽子、鞋，均用白色麻布制成。此外，他戴的帽子上有三股麻绳编成的辫子，长衫也是麻布做的，白鞋上缝着几块方方正正的麻布。所有衣服都是不缝边的。他的腰上也系着麻绳，还要手执孝杖。若逝者是父亲，孝杖是用竹子做的；眼下孝杖则是普通木头做的，漆成红白相间，顶上拴着三层白纸做的幡。

收养的孙子穿同样的孝服，在一般情况下，孙子只戴孝一年，孝服缝边，表示第二等级的关系，但是这个孙子戴的孝是第一等级的，这是代替他的养父茂魁，后者是家中的长子，若尚在人世，应是主祭人。

三个儿媳也穿一等孝服，麻布上衣和裙子，但是不持孝杖。旁系的男女亲属和其他宗族的亲属穿另外三个等级的孝服。这三个等级也要穿白色麻布衣，但是分别只穿九个月、五个月和三个月。

奇怪的是，失去妻子而最悲伤的芬洲却不戴孝。这与从最早记载传下来又经各代重新诠释的古代礼仪是相悖的。古代礼仪作为一种制度，提供了父子、夫妻和其他亲属间古老的哀悼义务。但是现今的实践似乎强化了哀悼只是年轻者对年长者、晚辈对长辈或者地位低的人对地位高的人的义务，就像儿子对父母或者妻子对丈夫的义务。由于上述原因，芬洲本人除了悲痛之外没有其他仪式上的哀悼义务。

悲痛已经够多了。“风水”似乎轮到芬洲受苦了。他的不幸始于长子茂魁之死，自那以后，他从店铺退休了。茂魁收养的儿子给他带来过片刻的慰藉，然而幼子茂德却又突然亡故，紧跟着是他的遗孀惠兰带来的麻烦。悲伤和麻烦丛生，迫使他离家回到店铺，但在店里，芬洲发现自己孤独且格格不入。他如此忧心几乎到了发狂的地步，他变得悲观，害怕与任何人为伍。现在妻子的离世又带给了他更多的悲痛，他一生的纽带被摧毁了，现在他孑然一身，日渐消瘦。

强颜欢笑和无所事事不能解决他的问题。如果他参与为亡妻举行的所有仪式，跟上人们的节拍的话，或许会觉得好一些，但他却把所有要张罗的事都留给了忠心做仪式的儿子茂衡，自己则与家人愈发疏离了。

茂衡每天在“灵桌”前拜祭灵魂两次，晨祭在日出之时，暮祭在下午三点左右。棺材放在后厅的两条长凳上，“灵桌”之后设了“灵龛”。龛是用纸糊在竹支架上做成的，里面正中挂着黄太太的遗像，挨着纸墙。“灵龛”下面放着一个小竹凳，上面摆着她的一双鞋。竹枝插在竹凳上，绿色的叶子伸到“灵龛”里面。竹枝顶端的白绢打了结垂成两股。白绢如灵魂化身，是特别圣洁的物品。“灵龛”前的“灵桌”上摆上了更多的东西，除了原有的“长明灯”和“灵钱”，还有一个碗、一双筷子、一面小镜子和一把梳子。

拜祭的时候，茂衡跪在“灵龛”前投掷“灵钱”，询问灵魂的意愿。三位儿媳和孙子跪在他后面，每人手持三炷点燃的香。作为一种仪式，他们哭了一会儿。这种拜祭要持续 100 天，在这段时间里，茂衡和孙子不能理发。

这时，堂屋和后厅之间的隔板被取下，换成一块白色的幔帐，这被称为孝帘，上面挂着亲朋好友表示悼念的卷轴和对联，关系最近的亲属送的挂在中间，关系较远的则在两边。

黄太太和大哥几乎每天都从金翼之家过来，帮着安排家事和仪式。大哥被委任为文书和记账人，前院有一张桌子，用作收礼和发布通知。

人死后第六天要举行的仪式是向阎罗王报亡。村民相信，逝者在第六天之后将不再回来，所以要向阎罗王报告。道士又来了，带了两个助手将堂屋布置成阎罗十殿的样子，到处摆放着鬼怪。地府的中央有一座纸房子，里面住着一个模拟张太太的纸人，以及她的一对金童玉女。两边还放着一些奇特的东西，都是一些纸糊的竹架，一个是“牛头”，一个是“马面”，都是兽首人身。披麻戴孝的茂衡，手持长幡象征性地跟着道士穿过地府。锣鼓手始终为仪式伴奏。

第二天，超度的仪式开始。每七天一期，直到第七期“断七”共49天，都是由道士主持，往来吊唁的人们参与其中。

接下来，张家给亲朋、邻居和熟人印发讣告，讣告上确定了公开吊唁的日子，这样收到的人就可以来与悲痛的家庭一起吊唁。

公开吊唁的这一天，张家房子办了有史以来最大的一次聚会。东林，作为逝者的弟弟也必须来参加，他带着家人在张家门口受到了亲切的接待。哀悼的人由茂衡领着，均披麻戴孝，跪下迎接宾客。

当祖母潘氏和其他人进去的时候，东林停下来看张贴着的用大号字体写就的讣告。讣告上说：

> 不孝子孙们罪孽深重，自身未招来杀身之祸，却使灾难降临在敬爱的祖母身上。呜呼，中华民国九年（1920），五月初二日下午四点，她因病亡故于后室。祖母生于前清同治四年（1865）九月初十日凌晨一点。享年56岁。不孝子孙们为至爱的祖母伺候穿衣，无奈捶胸顿足，恸哭流涕。依训自她仙逝之日起披麻戴孝，特此含泪告知家人、亲朋好友和乡亲。

讣告的结尾是其亲属及各辈致哀人叩首署名。

东林走进大门时看到两边各挂了一盏白色的圆灯笼。这是给外人的信号，说明这家正在办丧事。三个纸宝塔挂在房门上，这是三个儿媳的父母，逝者的亲家送的。

东林迈过门槛的时候，张家的长工培明出来问候他，给他一套白色丧服，他立即穿上了。随后，他穿过搭着白色天蓬的庭院，蓬内摆放着前来吊唁的亲友们送来的礼物，香、爆竹、纸钱和纸元宝。墙上挂上了更多悼念的卷轴和挽联。地上摆着纸糊的房子、马、牛、轿子、箱子等，撒满了各种纸钱。这些都是献祭用的，通过祭火转换成阴间的用物和钱币，是以烟的形式送给逝者灵魂的物质援助。

东林来到堂屋，看到了仪式的主持人云生。按照要求行礼、跪拜磕头之后，东林随后转身进了芬洲的房间，这两位姻兄弟终于再次相见。他们谈论家事和店铺的生意，直到茂魁的遗孀送来一碗面条和荷包蛋。

不久，门口有人报告另一位尊贵的客人到了。这次来的是王立阳，惠兰的父亲，芬洲的亲家。他也换上了白色的丧服，茂月出去迎接他并陪他走进堂屋。在云生的招呼下，立阳在垫子上跪下磕头，茂月出于礼仪，也在他旁边跪着作陪。他们所跪的垫子排成三排，第一排是白色的，第二排是蓝色的，第三排是红色的，代表着三种等级的关系。吊唁的亲家应跪在白色的垫子上，离孝帘较远的蓝色和红色垫子，是给关系较远的亲戚朋友用的。

当立阳起身时，孝帘的右角被掀开。在孝帘后面，由茂衡带领的哀悼者跪下磕头回礼，感谢他的吊唁。

礼毕，立阳也被请到芬洲的房间，三位老朋友亲切地互致问候。芬洲憔悴而又哀伤，立阳和东林诚挚地奉劝他节哀和保重身体。

下午，更多的宾客到达，挨个在堂屋里行礼。傍晚时分，桌子摆开了，开始宴请包括朋友、姻亲、族人在内的所有来宾。

无论参与者的感受如何，这种聚在一起吊唁的仪式都要举办，来宾们也享受这种宴会，不再哭了。相聚能使人们更新社会联系，仪式既是生者对逝者的责任，也是相关的人们对丧亲之家的义务。传统就是这样世代传递，而社会群体的整合也就此得到了更新。

在“六七”，即张太太死后第42天的祭日，要举行一个叫作“送六七饭”的仪式。供品包括一甑饭、一壶酒、一碗羊肉，再烧一堆纸钱。据说直到这天摆米供之后，逝者才会意识到自己已死。

当晚，道士要举行“鸭母渡江”的仪式。纸糊的母鸭浮在盛满水的盆里，边上是一盏蛋壳灯——蛋壳内装满灯油，周围是竹叶。在鼓乐声中，道士念念有词，缓缓地推着鸭子游过去。仪式与当地的一个传说有关，据说有一个女人的灵魂在过江时因得到鸭子的帮助而被救赎。

第49天，是道教仪式的最后一天，张家要举行一系列仪式。第一项仪式称为“破地狱”。人们搭起了一个“阎罗十殿”，从堂屋一直延伸到前院。在堂屋中央，道士设了一个祭坛，装饰着彩色的绣花绸缎，并备有诸如灯、烛台、木头的和金属像等。他本人身着仪式盛装，头戴莲花形帽子，坐在祭坛中央。两位助手，分立两侧，一手持木鱼，一手拿铜铃。他们不停地念经，据说这拥有一种特殊的力量，能够把灵魂救出地狱并送上天。念经之时，也间或敲打乐器。祭坛前面还有几张桌子，上面摆着一整套供品，都是珍馐佳肴。披麻戴孝的主祭人茂衡，一次次向前进香、哭丧和磕头，祈求逝者的灵魂能够享用这些供品。在仪式结束的时候，道士起身一刀打碎了地上一个盖着纸人的瓷碗，这象征着地狱之墙被打破，灵魂得到了救赎。

第二项仪式是“过桥”，要在午夜举行。事先在庭院内搭起一座木头的“奈何桥”，大体上有十英尺长，宽和高各三英尺半。桥面及两侧盖着白布，桥上有白布蓬。道士举着布幡，领着茂衡按音乐的节奏一步一步地过桥，茂衡则捧着象征逝者的纸人。其他哀悼者，三位儿媳妇和孙子成春，举着象征逝者的金童玉女、牛头马面或其他财富的纸模型，跟着茂衡过桥。仪式过程中的音乐震耳欲聋，颇为振奋人心，用以抵抗所有想拉灵魂下水的恶鬼，帮助灵魂过桥进入另一个世界。

第三项仪式是“收箱”，是向亡灵敬献财物的仪式。在大门口，纸做的房子、粮仓、家畜、工具、纸币、银元以及其他贵重物品被付之一炬，作为寄送给亡灵的礼物。

在所有这些仪式结束后，张家的生活逐渐回归常态。张太太死后的一长串仪式，逐渐减少，这是为生者度过这一阶段和适应新的生活、新的角色和职责安排的。她的遗体仍然躺在棺材里，在后厅等待下葬，然而家人对她在场的关注渐渐减少了。芬洲有时经过后厅，会对着棺材看上一会儿，然后总是悲伤地转身离去。他回忆起新居落成，他和妻子带着三个儿子乔迁新居的兴旺景象。现在他却形单影只，只有一个儿子茂衡尚在人世。他曾憧憬“龙吐珠”的风水会如何带给他好运！但是事与愿违，他开始怀疑他的“风水”是不是被某些恶神诅咒了。

一开始，芬洲和东林的生活格局近乎相同，但两人的结局却大相径庭。

# 第十一章　求学雄心

三哥现在是英华中学毕业班的学生了。虽然父亲催促他结婚，但他拒绝了，因为他不想让父亲为他选择未来的妻子，自由婚姻是他的第一个志向。而东林，因为经常进城，对新近出现的所谓自由婚姻颇有了解，所以也并不横加干涉。

在福州，三哥钟情于陈素珍，她是一所教会女子学校华南学院的学生。三哥曾两次写信给素珍，想要同她交朋友，却没有回音。她并不只是矜持，因为如果回信就意味着同他订婚了，这就是当时所谓“自由”婚姻的普遍风气。在写第三封信的时候，三哥给他的把兄弟香凯捎了口信，香凯是素珍的姑丈林祝同的好友。得到这位姑丈的建议和指点，素珍回了信，接受了他的友情。不久又收到了三哥的来信，三哥在信中向她求婚，他们还相互交换了照片。香凯和祝同开始分头联络两家的家长，商量这件事。

两家人很快做出了安排，两个年轻人订婚了。第一个仪式就是交换订婚戒指，这是村里的新风尚。

当年冬天，三哥和素珍都毕业了，双方父母就为他们安排婚礼。素珍坐着新娘花轿，由鼓乐班护送而来。按礼仪共坐一张床的时刻，新人第一次面对面，新娘还戴着头冠和盖头。但新郎没有沉默，而是打破传统同未婚妻说话，而且整个仪式过程中两人一直在交谈。

这令伴娘以及其他观礼的人颇为惊诧，他们从未见过新婚夫妇初次见面就当着外人侃侃而谈的。

在新人向家里长辈们行礼时，叔祖玉衡被请来做司仪。祖母潘氏是第一位接受行礼的对象，她穿着礼服长袍，坐在一把铺着红毡的扶手椅上。司仪一声令下，新郎和新娘就在她面前跪下行礼。三跪九叩之后，老祖母微笑着离席。接下来受礼的是黄东林和黄太太夫妇，他们并肩坐着，骄傲地接受长子和他的新娘的行礼。再接下来是伯母林氏、玉衡、东千、大哥等。这项仪式很重要，持续了好一会儿。

向那些年纪和辈分比新郎大的亲属磕头是新婚夫妇的义务。这些亲属包括所有直系亲属，族内族外的近亲以及族内同世系的长辈。行礼按照由长及幼、由近亲至远亲的顺序。

然而在这一仪式中，三哥并未向二哥行礼，尽管二哥比他年长，是他的堂兄也是家中的一员。事出有因。二哥的婚礼东林没有出席，这让宾客们大为吃惊。作为一家之长，东林本应是第一位接受行礼的人。他的缺席对二哥而言当然是莫大的侮辱。

后来，二哥发现叔叔缺席是有意让他难堪，这缘于以往的一件事，当时二哥的行为被认为很恶劣而受到叔叔的责备，二哥却认为这种责备是不公平的，他于是愤而抓起一把砍柴刀追打叔叔。幸好东林没有受伤，但这种用刀攻击的行为当然是极大的不孝，无法原谅。

东林和他的侄子之间这种紧张的关系，也影响了二哥和他的堂兄弟们，也就是与东林儿子之间的关系。随后在四哥和五哥的婚礼上，二哥都被略过了。几乎过了 20 年，直到二哥的长子少培结婚的时候，裂痕才得以弥合。当时东林和他的儿子们均应邀接受行礼并愉快地接受了年轻侄子的磕头。大家最终尽弃前嫌，关系又恢复正常。

三哥的婚礼是家里所办过的最大的聚会，摆了24桌酒席，宾客们依序就座。东林那位很早以前在诉讼案中帮过他的母舅来参加婚礼，被安排在第一贵宾席，即堂屋左侧最里面的那一桌就座。第二贵宾席，在堂屋右侧最里面的那桌，留给了黄太太的养弟郑安齐。伯母林氏的一个兄弟应邀坐在中间一桌第三贵宾席的位子。如芬洲、一阳、立阳、卢国以及其他湖口商店的店主们也都坐在上宾席。

黄村各家至少派一男一女参加，他们作为男主人或女主人款待族外的亲朋好友。男人和女人分开用餐，男人的桌子设在堂屋、天井和前院，女人则占了后厅以及最后一层的餐厅。

宴会上，贵宾席总是留给外族的亲戚朋友，尽管婚礼上新婚夫妇只向本宗族的人，尤其是家庭成员行礼。

三哥就这样顺利结婚了，没有什么事情扰乱平静的乡村生活，直到第二年夏天发生了一个意外。

婚礼是在冬天举行的，到了夏天，新娘子被她的母亲叫回家了，在妻子离去后觉得孤单的三哥，同五哥一起去邻村赌博。到了晚上，黄太太派四哥去叫他们回来。赌徒们正玩得兴起，所以四哥就留下来观战。当第二个捎信的小哥来到赌场时，他也被哥哥们留住了。

天黑了，派出去的两个人都没有回来，黄太太越来越担心他的儿子们。于是，她带着小女儿珠妹出了门，沿西路走着。路上，她们遇到了叔祖玉衡，第二天在湖口店铺里叔祖把这件事告诉了东林。

次日，东林一脸怒容回到家。刚到堂屋他就抄起一根大木棍向正坐在凳子上问候他的三哥打去。沉重的棍子落在三哥肩头，但是他没有动，只是默默地流泪。

东林边打三哥边愤怒地说：“你这个不孝的儿子！你已经是二十

多岁的人了，英华中学的毕业生，刚刚完婚的男子汉！和村里的混混一起赌博，你就不觉得羞耻吗？我们管教你有什么用？你的责任感哪儿去了？你难道不在意你母亲的感受吗？你难道不在意她几次三番派人去叫你吗？你竟敢让她在天黑后出去找你！你竟敢在全村人面前丢脸！你为什么不能给弟弟妹妹们树立一个好榜样呢？你愧为家中的一员！你愧为全村唯一受过教育的人！”

东林咆哮个不停，但三哥一言不发。黄太太跑进来试图把大木棍夺走，并劝阻东林：“用这么粗的棍子，打得这么狠！”黄太太现在年纪大了，更有地位了，敢于干涉丈夫对儿子们的惩罚。

东林正在气头上，他转身责备妻子，喊道：“都是你的错！是你把你的儿子一个一个惯坏了。”

“怎么是我的错呢？”黄太太答道，“孩子们长大了，应该跟他们谈谈，给个建议。用大棍子打他们有什么好处？”

但是父亲仍然不满意，长篇大论个不停。然后，他突然问起“贼头”哪儿去了，他指的是五哥。五哥是一个无法无天的孩子，很少为家里干活。他的时间都花在同村里的混混们玩乐、赌博和撒野上了。东林常常责罚他，叫他“贼头”。听说哥哥被打了，五哥逃到了床上，用毯子把头蒙起来。但父亲找到了他，用拳头狠狠地揍了他一顿。黄太太又冲进来阻止这边的乱子。

当东林回到堂屋的时候，三哥已经擦干眼泪，但依然沉默着。四哥和小哥没有参加赌博，所以没有受罚。他们静静地看着这一幕，一句话都不敢说。紧张的氛围开始有所缓和，但是小哥依然害怕。四哥指着他开玩笑说：“现在该轮到这个小赌徒了。”小哥吓得大哭。四哥只是想打破沉默缓和一下气氛，但小哥没理解。他的哭声引得小妹妹珠妹也跟着哭。这一情形变化惹得大人们都笑了，东林过来安慰小哥。父亲又变得温和了，其他人也渐渐松了一口气。家里的生活又回到正常的轨道。

因为在现代学校受了教育，三哥不会回到田里和店铺。他的志向是觅得一份教职。很幸运，延平市的一所高中为他提供了这样一份工作。这个城市在湖口镇上游55英里的地方。这次机会就在赌博插曲过后不久，三哥带着妻子去那里生活了两年。他们在那里生了个男孩，取名少扬。但是这个小家庭依然只是大家庭的一部分，尽管在地理上是分开的。三哥所赚的钱不足以养活自己和妻儿，还得仰赖东林接济。

东林第一个孙子少扬出生的消息，让黄村的全家人快乐兴奋。尽管小家伙在延平，黄家还是摆了盛大的满月酒。族人、邻居和好友均受邀赴宴。他们将此次宴席和小哥出生时的那次相比较，当时只有家人和为数不多的几位亲戚聚在一起，每人吃了一碗面条。时过境迁，现在家里已经能够负担得起盛大的宴会了。

在延平的第二年，三哥请小哥和素珍的弟弟陈溪湖加入他的小家庭，两个男孩都成了那个学校的学生。

转年的夏天，三哥把妻子和儿子送回老家，而将小哥和溪湖留在了延平。随后，他独自前往福州的一所大学深造。这次出行成了家庭生活中一个重大事件的契机。

他先从湖口坐帆船，然后在水口换乘汽船，这条航线的终点是下游的省会福州。当船经过距水口约20英里的一条狭窄水道时，天黑了。突然传来的枪声划破了夜空，乘客大为惊恐，四散逃窜。随后两岸都枪声大作，子弹开始像雨点一般落下。

当时，三哥正在船舱里睡觉，警报和枪声使他惊醒。刚睁开眼睛，他就听到呼啸声扫过右耳，一颗子弹射进了他垫作枕头的手提箱，偏离他的头仅一英寸。后来，他把这个弹孔给他的母亲和妻子看，她们惊恐地张大了嘴巴。

汽船停了下来，几条小船载着穿黑衣戴草帽的男人靠拢过来。他们每人拿一把枪，腰上别着子弹带。他们是土匪。

这伙人登上了汽船，他们的头头拿枪抵着舵手的脑袋，命令他开往左岸。部分土匪占据了船上的各处要道，其他人则开始搜寻钱财和值钱的东西，戒指、手表、耳环、手镯和衣服都是他们的目标。乘客们在搜身之后被命令站在两边。

席卷了所有金钱和贵重物品之后，土匪们根据外貌和穿着判断，挑出了他们认为有钱的乘客。三哥不幸成了被挑中的十人之一。这些人被带走以获取赎金。随后，强盗头子一声哨响，土匪们便撤离了，身后留下一群无助的乘客和几具尸首。

三哥被命令向前走并被强迫着摸黑爬山。当队伍到达一处陡峭的地方，他们停下来，和躺在树林里等候的另一伙人交换暗号。在回答声中，三哥认为他听到了一个熟悉的声音。他于是大喊，求他们放了他，分辩说自己只是一个穷学生。等候的那伙人的头领发出了命令，说："抓一个学生来有什么用？立刻放了他。"

三哥听到这个指令，鼓起勇气请求这位头领归还他在船上被抢走的婚戒、手表和毛皮大衣。但头领简短地建议他赶紧回去不要再多事，并温和地解释说天太黑这些东西不好找。

设法回到岸边，三哥十分确定刚刚被绑架时救他的那个头领，也就是声音被他辨别出来的那个人，是他的把兄弟陈香凯。他很奇怪香凯会成为土匪头子，因为以前他有很大的志向呀。当初，香凯不想继续接受普通的教育，退出了英华中学，进入了在华北的军事学院。毕业后，他回到福州，试图在军队里谋得职务，但是没有找到。三哥跌跌撞撞地回到岸边，他还是不能确信，只好记住此事以备将来验证。

终于抵达福州，三哥在福州协和大学上学，再次成了学生。在那里他又待了两年，每个寒暑假都回村里，他的妻子和儿子现在生活在大家庭里。素珍来的时候是新娘子，头三年应当为全家人做饭，之后再与大嫂二嫂轮流做。但是她从未学过做饭，她的柔弱和受过教育免除了她的这一责任。因此还是大嫂和二嫂为全家烧饭，为这事两人都有些怨言。最后，她们的丈夫把这件事告诉了东林。为了了结这个问题，东林马上为四哥买了个媳妇。四嫂是个完美的乡下主妇，擅长做饭和其他家务。

素珍成了家里的三嫂，她发现自己很难适应黄家的生活。最初东林对她十分垂爱，骄傲地告诉别人他的这个儿媳写的东西比他那受过教育的儿子三哥还要有文采，而且他发现她对长辈的态度尤其热情有礼。但是当其他女人纷纷开始抱怨她的时候，东林的喜爱也难以持久。

黄家的日常生活开始得很早，农民们通常黎明就起床，一吃完早饭就准备下地了。但是素珍从来起不了这么早，当她终于带着儿子下来吃早饭的时候，农民们已经在地里干了好几个小时了，女人们已经做了很多家务，刷盘洗碗、喂猪喂鸡、洗衣晾衣，祖母潘氏早就出去拾猪粪了。每天晚起让所有人都不喜欢她，她自己也觉得尴尬。

她从来不像其他人那样去河边洗衣服，对她而言，这样做有失体面。相反，她在家里洗衣服，用农民担回来的水，他们也抱怨她水用得太多。而且，素珍对食物也不习惯，嫌蒸的米饭太硬。人们开始讨厌她，嘟囔说老祖母每天吃这种米饭都可以，她年纪轻轻的却如此挑剔。

素珍在她自己的环境里是个非常有能力的年轻女人，受过良好的教育，举止得体，却难以适应黄家的生活，不同的背景和训练成了她的阻碍。同丈夫在延平的小家里曾让她十分快乐，但是在村里，身体柔弱、受过教育的女人却没有立足之地。村民们只认可身体健壮的女人，她们可以辛勤劳作、烧饭、顺应传统生活，而且能生养很多孩子。

有一年夏天，三哥带着妻子和儿子去拜访岳父岳母，他们家在古田县的东路一带。素珍的父亲是个基督徒兼牧师，和另一个基督教牧师林祝同是姻兄弟。这个林祝同是三哥婚事的媒人，所以两人关系很好。在妻子的娘家，三哥遇到了其他牧师和教会的人，他们是热衷于基督教活动的群体的一部分。

素珍的父亲曾经建议女婿三哥争取成为教会派去美国的代表，并在那里接受高等教育。三哥对这个提议非常有兴趣，因为出国留学是他的志向。所以他开始拜访牧师及重要的教会成员以获得他们的支持。

当年秋天，美以美会在省城福州开会，各地区来的牧师和普通信众代表在这里相聚一堂。他们的主要任务之一是推选两位牧师和两位教会成员作为代表出席在美国美以美会总部举办的一个会议，代表们的费用由教会预算支付。

牧师代表由所有牧师推选，而成员代表则由所有的普通信众代表选出，他们由地方教会派来，每个教会各两名。会上，两名票数最高的成员将成为出国的代表。

大会召开的时候，小哥是英华中学预科班的学生。作为哥哥的候补人，他被选为湖口教会的代表。实际上，因为不足年龄，他没有资格投票，甚至没有资格参加大会，教会规定至少要满 21 岁。因此，当小哥入场时，一个蓝眼睛的传教士问他的年纪。他微笑着回答说自己刚好 21 岁，还有一个六岁的儿子。传教士怀疑地笑了，但是并没有阻止小哥进去，因为小哥拿着地方教会的证明。会上，三哥幸运地被选为两名代表之一。那些投他票的人被请到一个饭店，那里有一个盛大的答谢宴会。

这次选举对黄家来说当然是一件大事。东林再次发出请柬，邀请他的族人、邻居和朋友来金翼之家参加这个盛大的宴会。宾客来了并献上钱和其他礼物。黄氏宗族也从族田的租金中献出一部分，作为对族内兄弟深造的奖助金。

金翼之家现在正处在财富和名望的顶峰。三哥的成功为他赢得了西路人中受教育程度最高之人的名声，成了学术成就的象征。通过妻子的家庭，他与教会的关系得到强化，这使他得以实现最高的求学理想。他的成功为他的家庭和整个黄氏宗族带来了荣耀。在乡村社会，留洋是一个莫大的机会，回国的学生构成一个特殊的特权阶层。当三哥从外面的世界回来时，他也必将成为一个重要的人物。黄家和村民们都热切地等待着他衣锦还乡。

# 第十二章　分家

自诉讼案之后，大哥逐渐出面管理家事，尤其是农业事务。东林总是在店里忙生意，多数时间不在家。他乐于培养侄子，让他在家里担当更大的责任。年复一年，大哥越来越被认可为农事上的领导，只有他有记录换工、工钱和租金的账本。

然而大哥不是一个成功的管理者。与他的叔叔不同，他对同伴们总是持一种古板的态度。很少与他们闲聊，而满足于粗暴地发号施令。面对他的霸道，反抗最激烈的是他的弟弟二哥。二哥是一个安静但愣头愣脑的人，也是拿着刀追打叔叔的那个人。大哥和二哥之间的矛盾通常始于恶语相向，不久就变成拳打脚踢。他们之间的争吵，反过来也造成了大嫂和二嫂之间的失和。

大哥和四哥之间虽然没有公开的冲突，但关系也不融洽。大哥不停地催促四哥干更多的农活。他的理由是既然三哥花了家里的钱读书，四哥就有义务干双倍的活来弥补。大哥常常抱怨三哥没完没了地读书，成了全家的负担。

五哥也到了能干农活的年纪。他在家境好转的时候长大，没有马上被强迫干农活，而是常常和村里的一伙年轻人一起虚度光阴。东林回家的时候，五哥被叫去干活，但是等父亲离开家，他立即甩手不干了。看到五哥不干活，大哥也不干，以示抗议。

金翼之家的堂兄弟们与老长工南明之间的关系都很好，南明是一个勤劳、经验丰富的农民。一次，看到四哥和五哥在地里扭打，他试图分开他们，劝他们别再打了。然而当时在场的大哥却说："南明叔祖，他们打架你会少什么吗？让他们打吧，咱们看好戏。"作为兄长，大哥对堂兄弟的这种态度是不妥当的。他非但不劝架，反而嘲笑他们，鼓励他们打斗。不过他不久就遭到了报复。当大哥和他唯一的弟弟二哥打架时，南明再次出来劝架。但四哥拦住他，说着和大哥同样的话："南明叔祖，他们打架你会少什么吗？让他们打吧，咱们看好戏。"为了不被人再次嘲弄，四哥也打算不同五哥打架了，但他们之间的关系并没有改善。

兄弟和堂兄弟之间的不和，东林知之甚少。但他经常听大哥抱怨，说他不喜欢干农活，请求叔叔在店中给他一个店员的职位。前几年，大哥在店里勤勤恳恳地工作，也乐于听从叔叔的指令。他成了一名令人满意的店员，有时也帮着写信和记账，得到了很好的训练。但东林觉得他在家管理农事更有用，就一直让他做这个。

大哥已经完全能够自立了。他没有遵从叔叔的愿望，建立一个更大、更有实力的家庭，而是要求分家，以便获得一大份财产建立自己的家业。大哥是东明的长子，而东明也是他那一代的长子。在分家的时候，长子有权获得共同财产中的额外部分，以示对长子继承权的认可。而且，三哥和六哥的教育费用被证明是家庭收入的大开支，这让大哥担心并不时向叔叔抱怨。除此之外，大哥变得越来越依恋他的妻子和三个孩子，希望能生活在一个更小、更清静的家庭中。

大哥的要求最终变得如此强烈，以至于大家无法再忽视。他找来了伯母林氏的一个远房侄子林天蓝作为分家的中人。根据习惯，严格来说，天蓝不是仲裁人的合适人选。在任何兄弟分家时，母舅通常是最合适的人。大哥提出的分家，理论上发生在东林和他已经去世多年的兄长东明之间。任何像天蓝这样从东明妻子的族人中选择的中人，都被视为是有失偏颇的，因为他同两兄弟之间的关系不是同等的。但由于天蓝是大哥的好友，大哥坚持选他。

在讨论分家的时候，东林试图公平，但大哥要求得太多，以致分歧不少。首先是用于纪念东林父母的那块地。东林希望金翼之家大房子坡下的这块地，作为公共的祭田，但大哥想将这块地据为己有。他辩称这块地是他父亲东明买的，因此根据长子继承权应当归他所有。因为双方各执己见，天蓝觉得非常难办。东林据理解释说，如此靠近家宅的地应该公有，以便两房人都能用它种平常吃的稻米、蔬菜、甘蔗、豆子、芋头等。若这块地分给其中一房，势必会给另外一房人造成不便，因为其他的田地距离都太远，尤其是菜地。天蓝认为这个理由有说服力，劝大哥提别的要求替换。于是大哥最终要一千块钱以补偿他的长子继承权，东林只好答应下来。这块地终于被单列出来作为公共用地或祭田，但直到祖母潘氏过世，这块地也没有举行过什么祭祀，只是由两房人轮流耕种。

第二个争执同五哥与六哥相关，他们是晚辈中仅有的尚未娶妻的男性。根据传统，应该保留两份钱或者其他形式的财产，以备他们日后结婚之用。大哥坚持说如果要为他的两位堂弟预留财产的话，那么也应该给他的儿子少台结婚留一份。但是这一要求毫无道理。后来，他又争辩说六哥那份早已花在读书上了，所以他不能再要一份。经过中人的不断调解，叔侄两人才达成一致，只为五哥娶妻留一份。

第三点矛盾是关于家里的存款。东林同意分家，两房各起炉灶，以便减少大家庭内部的摩擦。但他希望存款能原封不动，这样处理家务事更顺手。而大哥怕三哥和六哥要花更多的钱念书，坚持分钱。最终大家还是同意把所有的钱都分掉，只保留一千块作为公用资金，用于房屋修缮、共同的赋税以及将来祖母潘氏的丧葬费用等。

第四点冲突是湖口店铺的股份分配。我们还记得黄家在店里持有四份普通股，大哥要求均分这些股份。但东林作为店铺的创立者和店主，坚持为自己保留更多的股份。很早以前，当家里穷困潦倒时，他把毕生经营所得的一半钱和财产花在救济侄子上，以使他们免受饥饿之苦。他因此坚持自己保留两份半股份，只让侄子们持有一份半。大哥对此安排极为不满，老人的拒绝埋下了未来冲突的种子。

当所有的分歧得以解决，黄家选择了一个吉日举行分家仪式。中人林天蓝必须在场。东林的叔叔玉衡，现在已经成了整个黄氏宗族的族长，也是东林这一支尚健在的年纪最大的人，他也必须在场。除了玉衡，还有几位族内各个分支的长者被邀请参加分家仪式和宴席。

长者和中人聚在金翼之家的堂屋里，玉衡为分家拟了一份契约，为了区分两个新的家庭，从东明传下的一支称为“文房”，东林这一支称为“武房”。玉衡写下了这种传统法律文书的开头第一段，描绘分家是像同源之水分流或者大树开枝散叶一样自然的事情，然后再写分家的历史背景。

在契约的第二段，玉衡记录了祖田和其他财产的分配，他们的价值和位置。紧跟着他界定了分别归“文房”和“武房”所有的土地。土地被均分成两份，然后由东林和大哥当着中人和长者的面抽签。山地、林木、池塘和道路也类似地被一分为二，再进行抽签。接下来是一长串关于房屋、建筑及房间的记录。居住位置和居室在黄家搬入新居时已分配好。现在为了分灶，又盖了一间厨房。厨房、餐厅、粮仓、储藏室和农舍都是均分。但契约中没有提及家具和手头持有的现金。

结尾一段是订立契约的日期和双方的签名，还有中人和长者的签名，他们是分家契约的担保人。

后面的一些个别事务也要中人和长者在场。人们把所有的家具搬到堂屋，在那里抽签分配，但是个人财产如各家妻子们的嫁妆不包括在内。

仪式的最后一项是向祖先圣龛前供上两口木制甑子。甑子里盛满了米饭，这象征着富裕。东林和大哥，现在分别是两房的家长，在祖宗面前鞠躬。然后每人抱一口甑子回到各自的厨房。就这样，黄家最终分家了，从此异爨而食。当晚办了宴席，中人和担保人被奉为上宾。

第二天早上，两个新灶各自蒸米饭。老祖母在两家轮流吃饭，前三天在“文房”吃，接下来三天就在“武房”吃。在大哥当家的那边，大嫂二嫂轮流做饭，一个月轮换一次；而东林这边，四嫂成了唯一做饭的人。祖母潘氏现在已经年迈，不再干活，但她依然享受生活。通常在午后，她会拄着拐杖走到旧居，与那里的老妇人们聊天，喝着年轻主妇们端给她的茶水，享受下午几个钟头的美好时光。

然而大哥对这次分家仍不满意，开始酝酿同二哥的分家。大哥的好友天蓝，再次被请来做中人。当他们征询东林意见的时候，东林浏览了要分给两兄弟的财物清单，发现这计划书太不公平了。根据计划书，四分之三的财产将归大哥所有，只有四分之一留给二哥，依据长子继承权索要的尤多。而且，清单还列出了为大哥的长子少台保留的一份结婚费用。仔细看了清单，东林愤怒了，责骂大哥，称他是没良心的人。于是他把清单丢到一旁，再也不想考虑这件事情了。

不久，大哥回到黄村想自己张罗与二哥之间的分家，但两人很快出现了严重的冲突。向来沉默寡言的二哥开始大声倾诉一直隐忍着的对兄长的愤恨。大哥拒绝做任何让步，两人很快从争吵变成大打出手。

就在他们在金翼之家的堂屋里斗殴的时候，他们的妻子也开始争吵。看到两人越打越凶，大嫂就让儿子少台去帮助丈夫。二哥虽然比大哥矮，却比大哥健壮结实得多。拳击和扭打持续了很久，直到双方都精疲力竭为止。

从那以后，大哥和二哥之间的争吵愈加频繁，双方妻子之间的矛盾也在持续，她们的婆婆已经不知道该如何劝阻她们，实际上，有时伯母林氏发现自己就是争吵的原因。如果她帮大嫂，二嫂肯定会抱怨，反之亦然。对她而言，任何干预，无论是针对两个儿子抑或是两个儿媳妇之间的冲突，带给她的都只有漠视。她是一位可怜的老母亲，忍受着来自两个儿子的争吵和冷漠。就这样，随着兄弟间的冲突愈演愈烈，分家变得越来越必要，但是面对两人对共同财产不肯妥协的要求，想要调解异常困难。

此时，三哥还没有出国，正值冬季，他刚好回到家里。二哥立即来找他，告诉他大哥的自私，并让他做调解人。作为两兄弟的堂弟，他开通，受过教育，被认为是好的仲裁人。他的不偏不倚正是二哥可以倚赖的。但即使是三哥也发现大哥很难应付，他显然想多占且无休止地变换条件。三哥与两兄弟的讨论无果而终。第二年春天，他什么都没有解决便出国了。

终于，大哥和二哥极不容易地将一项分配财产的计划付诸实施，仍是请了天蓝。他们终于在第二年秋天分了家，但还是留下了一些问题有待解决。他们分了土地、房间、家具以及除了店里的股份之外的其他所有东西。股份是最主要的问题，后来拖了很久。在仪式上，天蓝、玉衡和东林作为担保人在契约上签了字。就这样两兄弟之间也分了灶，各过各的。只有他们的母亲，伯母林氏仍是他们之间联系的纽带。“文房”一分为二了。

前面说，村民们认为分家分房就如同大树分枝分杈一样，但分家的原因在各个时期和各个家庭有所不同。黄家现在已经分了三次家，但东林和大哥参与的这两次分家实际上同很久以前的第一次分家很不一样。当时东明仍在世，家庭构成简单而且清贫。

从那时起，东林奋斗了很长时间，辛苦地经营店铺并成了当时当地社会的成功人士。他曾希冀维持大家庭的完整合一，这种愿望在当地社会被视为值得称颂和有德行的目标。但是兄弟之间、堂兄弟之间以及年轻一代妯娌之间的矛盾，使得家庭生活难以如愿以偿。最主要的反对来自大哥，他是另一房的家长。大哥对妻子和孩子的依恋超过了父母和兄弟，他想要一个属于自己的亲密小家庭，嫉妒和生怕大家庭的钱会费在堂兄弟的教育之上。也许，大哥觊觎财产是为了自己，为了发展自己一房的名望。无论原因是什么，东林的希望之船是建立在个人志向和欲望这块基石上的，但争吵和抱怨已经多到让他无法忍受，他只能听任分家。

黄家最近的这次分家也是按照惯例进行的，契约以及担保人的签字既是各房财产权的证据，也是防止日后晚辈纷争的措施。担保人总是由与立约双方关系等同的族中长老出任，主要是作为一种稳定力量，用他们的权威和名望来维持一种制度，以及对抗任何纠纷或变故。

东林应该早就预见到“文房”的这次分裂，他也是担保人之一。他暗自思忖，家庭的历史是轮回的。回想当年，他和兄长也同他们的叔父分了家。而那次分家的一方——他的兄长——早已亡故，留下了分裂衰败的一支。而他的叔父玉衡尚在人世，与东林一家共处，却从未能摆脱贫困，常常要仰赖东林救济。现在如果他的两个侄子关系恶化，那么或许东林自己的家庭也将同样分裂为两支，一贫一富。

虽然分家了，人们或许还希望亲属纽带可以把不同的支系联结起来。东林希望黄家新的支系能像老支系一样凝聚。老叔父玉衡，作为父辈家族赤贫的那一支，虽然贫困，却对东林的帮助甚大。打官司的时候，他坚定地站在东林一边；也是他，愉快地出席金翼之家的各个庆典和仪式，为他们增光。只有一次，叔侄俩有些失和。那是有一次，玉衡在湖口店里的时候，东林当着老人的面责备他的次子——厨师东杜。玉衡恼了，命令儿子回家，不干了。不过即使是这件事也最终被原谅和淡忘了。多年以后，当玉衡的长子东恒突然亡故，三子又被土匪杀害，心力交瘁的老玉衡，在临终之时费力地提出了最后的请求：让东林照顾他唯一活下来的次子东杜。

就这样，东林看到了自己一家兴盛起来，而叔父家却渐渐衰微了。“文房”的分家和大哥咄咄逼人的态度让东林为二哥的未来担忧。同样担忧的还有祖母潘氏，对于代际兴衰，她看得甚至比东林还要清楚。

祖母潘氏现在已经八十多岁了。本来她最喜欢大哥，因为他是长孙，也是她带大的。但是近来她转而同情二哥，他的无能使祖母为他的未来忧心。伯母林氏的态度恰恰相反，一开始她在两个儿子的不断冲突中不偏不倚。有时，长子欺人太甚，她的同情的确倒向小儿子。但是大家庭分家之后，伯母林氏开始偏向大哥，尤其是在他证明自己有能力为自己一支争得更多份额的财产时。大哥使得伯母林氏相信若没有他，二哥从东林手里争不到一分钱。实际上，祖母潘氏的这一偏向在家庭生活接下来的一件大事中得以显露。

祖母病了，她非常确定自己将不久于人世。她私下叫来二哥，让他把自己积攒的一点私房钱拿走。不幸的是，正当他在祖母藏钱的黑暗角落里摸索的时候，被恰好给祖母送茶的珠妹发现了，如此一来，二哥的秘密遗产就被发现了。

与给二哥的特殊遗产一事相比，祖母潘氏的病情更为重要。东林回家时发现他的老母亲病得很严重。东林和她说话的时候，她不停地、痛苦地咳嗽，东林需要帮她擦去嘴角的痰。祖母病情恶化的时候，除了在外念书的三哥和小哥，东林把所有家人叫到她的房间。等到大家聚在一起，大哥嫉妒二哥得到了祖母的钱，在病床前挑起争端，和二哥争吵起来。东林加以制止，但是盛怒之下的大哥用力推翻了一个木箱子，箱子倒在地上发出巨响。就在这一刻，老祖母停止了呼吸。在深深的悲痛中，东林低下了头。他原本希望母亲能够走得安详，但是当时他的内心已经无暇去责怪两个侄子。

伴随着祖母潘氏去世的消息，女人们开始哭丧，男人们则开始奔忙。金翼之家再次准备办丧事。第二天，家中所有嫁出去的女儿们都陆续回来了，远近的亲戚邻居也前来吊唁。

祖母潘氏有两个女儿，长女是张芬洲的太太，已经过世。只有嫁给王家的小女儿，回来奔丧。但是她到家之后的第一件事却是询问分家和家族财产。她直截了当地质问东林，为什么她没能分得一份。东林提醒她当初她离家时的境况，父亲刚刚过世，母亲则是一个可怜的年轻寡妇。她跺着缠过的小脚说她也是父母的传人，她坚称应当分得一份家产。东林问她当自己在监狱里受苦的时候她为什么不来索要她的那份家产。这个问题勾起了一段旧恨，东林一直认为姐姐在他打官司的时候自私得不近人情，她从未回过家也从未给他捎过任何口信，而她的儿子们也都退避三舍，唯恐受牵连。

正当东林和他的姐姐就她的无理要求争执时，有人报告说潘家吊丧的人来了，家里所有人都跑出去迎接他们。以主祭人东林为首，全家人披麻戴孝，一字排开，跪在通往金翼之家的路边。

潘家共来了十一人，七女四男，都是祖母潘氏父亲的后裔，每人代表一个现在潘家的支系。其中的六人从未见过祖母潘氏，与黄家也没有什么联系，但是他们依然要来履行丧仪中的角色，这是血亲关系的要求。当这些新来的人见到磕头的主家时，他们也纷纷跪下。两边的人都这样跪着，一起哭了一会儿。随后客人起身，过去扶起主家的人。值得注意的是，即使是三哥的妻子，在三哥出国后执教于古田一所女子学院的陈素珍，也被叫回来和大家一起吊丧。身为牧师的女儿而且本身也是虔诚的基督徒，她从未敬过其他神。但是这次，她严格遵守所有吊丧的规则，否则她会被嘲笑甚至被惩罚。她试图通过遵从他们来使自己适应家中的生活。

进屋后，潘家人发现东林的二姐痛哭流涕，非常孝顺，从她的这一表现中，他们永远无法得知刚才有过一场关于家产的激烈争吵。

同东林的二姐一样，东明的大女儿回家后也在伯母林氏面前抱怨，说自己在两个弟弟大哥和二哥分家时什么都没有分到。大哥夫妇恨透了她，因为在他们很久以前的婚礼上，她的丈夫曾让他们出丑。然而她也在祖母潘氏的灵柩前哭得很伤心，一副孝顺孙女的样子。

在所有回来吊丧的女儿中，东明的二女儿最让人欣慰，她一无所求。她从未忘记很久以前自己如何被送到徐家做童养媳，在那里忍饥挨饿，而她的叔叔东林又如何救了她。她按照习俗在灵前恸哭，并非毫无诚意。

在祖母潘氏的丧礼期间，金翼之家的生活与平日截然不同。仪式持续了很长一段时间，举丧的人和宾客之间重新加强了已有的关系纽带。仪式再次起到了整合的作用，在死亡带来的波澜之后，重新建立起团结一心的感觉。

虽说金翼之家的丧事使得家人之间暂时休战，争执和分裂却难以全然掩盖，甚至在仪式过程中都能发现。两兄弟在祖母临终时的争吵，嫁出去的女儿的要求和抱怨，这一切都表明这一家远不是团结的。

# 第十三章　店铺的分裂

在张家，芬洲这几年郁郁寡欢。他得到了钱和财富，但这些却没有给他带来益处。无论是在店里还是在家里，他都觉得孤单和不得其所。在三哥出国前的饯行宴会上，他再次想起了自己最钟爱的儿子。茂德不比三哥逊色，他也有可能走到这一步，但是他过早地夭折了。老人的脑海中浮现出往日繁荣的日子，当掌柜，建新居，同妻儿欢聚一堂。现在家里冷清了，唯有年轻的寡妇惠兰还在哀叹她的命不好。日复一日，芬洲每况愈下，直到最后直挺挺地躺在床上，忧心和苦闷最后带走了他的性命。

芬洲的逝世是张家命运的转折点。唯一剩下的儿子茂衡继承了父业，成了一家之长。血气方刚的茂衡希望能够追随父亲的足迹，让张家兴旺发达起来。丧礼一结束，他便着手实施他的愿景。

与父亲不同，茂衡并不想留住寡妇惠兰。老人死后，惠兰更加肆无忌惮，并要挟不让她回家就自杀。于是茂衡请来她的父亲把她带回了王家。漂亮的惠兰在守寡多年之后开始憧憬新的生活，她变得快乐了，她的父母商量着让她再婚。

芬洲的两个侄子茂月和茂桥，可不如东林的两个侄子大哥和二哥那么幸运。他们要干活，却没有从叔叔那里继承任何财产的可能。茂月和五哥同龄，是五哥最亲近的朋友。他们俩在村里的混混、赌棍和地痞之间长大，都想去当兵。但传统观念是好男不当兵，所以两家的家长都反对他们入伍。叔叔死后，茂月坚持要离家，他的堂兄弟也不强留。更小的堂弟茂桥留在家里，同长工培明一起务农。

不久，茂衡对农事的兴趣减弱，却更为关注湖口镇。作为店里的大股东，他经常去镇上与舅舅东林讨论店里的事。在那里，他碰到了以前的伙伴和亲密朋友大哥。大哥现在总算是当了店里的职员，但对分给他的股份不满，就开始游说茂衡与他合伙另开新店，摆脱东林的控制。他挑起东林和茂衡之间的矛盾，要茂衡退出店里的资金作为新的投资。两个年轻人不时在一起秘密筹划，为迈出新的一步相互鼓励。

他们最终找到了一位叫朱方扬的干练年轻人加入他们的计划。三人决定一起开一爿新店，效仿东林的老店做咸鱼和大米生意。所以表兄弟俩从老店里撤资，方扬再加入他的那份。

新店铺就这样成立了。三个合伙人分配了工作，大哥和方扬是实际的经营者，茂衡更乐于做名义上的监管人，方扬同时兼任账房，他们还雇了一些店员和学徒。新店开门大吉。

对于这种新生活，茂衡乐在其中。他成了一位有事业的重要人物，往来于村镇之间，有时也去福州。一段时间以后，他的妻子去世了，没有给他留下任何子嗣，他立即思考续弦的事。他现在的外号叫“张百万”，很多人认为他是一个好的对象，所以媒人不断来给他提亲。因为族外婚中同姓不婚的规定，有一位想要嫁给他的迷人姑娘甚至改掉了张姓。但是茂衡发现了她的真实姓氏，不敢打破族外婚的传统规定，即使他非常迷恋她的美貌。

茂衡最终娶到了一个年轻的妻子，他的婚礼非常隆重，镇上的邻居、亲戚、族人和朋友都来参加。但是新婚也未能让他在家中久留，随着关系的扩展，他不时离家，大量时间在外面度过。

张家再次兴盛。芬洲的过世使得年轻的茂衡有机会解决家中悬而未决的麻烦，送走寡妇惠兰并允许暴躁的茂月去当兵。虽然在芬洲建的这所大房子里住的人不如以前多了，但张家再次过上了欢乐和安宁的生活。

解决了家里的问题，茂衡对镇上的兴趣有了时间和精力，也有了在那里发展的机会。他与大哥的关系给他带来了生意，前景看好。他在镇上的突然成功，很快在村里有了展现，尤其是他的第二次婚礼。现在机会已经向他敞开，如果能善加利用，他的成功将比东林在他兄长东明死后的成功要容易很多。

湖口店铺的生意已经发展到了一个不同以往的新阶段。汽船引进码头影响了镇上的生活。以前，帆船顺流而下，从湖口到福州至少需要三至四天，回程逆流而上更需要整整一周。现在，汽船无论往返，单程只需一天或者两天不到。新技术缩短了交通和通讯的时间，这不仅意味着更迅速的商品流通，也意味着新闻和商业信息能够更快地传播。

不过汽船很昂贵，一个店铺想要独力购买使用是不可能的，店主们于是组织起来合股购用一条汽船。

入股汽船的店铺在货物运输方面的优势立竿见影，因为汽船的速度是帆船的五至六倍！那些没有入股汽船的店铺很快就发现自己的劣势。湖口的两家老店就因汽船引进之后的激烈竞争而被迫关张。他们非常突然地宣布破产，一如既往，债主和本地钱庄都来不及索要付款。

茂衡、方扬以及大哥合伙的新店得以运转，得益于入股了东林当店主的老店，买了汽船，办起了船运事业。借助于汽船运输，老店和新店都能照常营业，跟上了激烈竞争的步伐。

茂衡是一个迟钝和温和的人，对经营店铺毫无经验且兴致索然。作为名义上的监管人，他把经营权完全交给了方扬和大哥，而自己把时间用在从村里到镇上再到市里的旅行，来来往往。他是汽船的重要股东之一，所以无需支付任何费用。

有一次，在汽船上，茂衡看到了那个在他再婚时试图改姓嫁给他的张姓女人，与他同船前往福州。他喜欢这个女人，却因为族外婚的规定而没敢娶她。后来，她嫁给了他母亲的堂兄弟东清——一个住在东林旧居里的贫穷瘦小的农民，成了他的“舅母”。因为茂衡是黄家的外甥，所以经常拜访他们，他与张姓女人逐渐变得熟识，直到现在总是眉来眼去。听说她要乘汽船前往福州，茂衡抓住了这次机会跟着她。

在福州，茂衡陪着张姓女人。他们游览了市里的公园、黑塔和白塔、长寿桥和南台岛，岛上现在耸立着许多现代建筑：银行、学校、教堂和其他高楼大厦。他们一同去看演出，茂衡给她买了许多礼物。城市生活中人们对别人的事情漠不关心，而熟人则理所当然地认为他们仅仅是“舅母”和“外甥”。

假期结束，茂衡和张姓女人不得不回家了。他们再次同乘那条汽船。同帆船一样，汽船的行程也有些受闽江潮汐的影响。退潮时，江中的有些航线简直无法航行。涨潮和退潮的时间各六个小时，通常，涨潮时往上游走，而退潮则有助于下行。潮汐变换的时间每天都不同，以 15 天为一个周期。每个阴历月份包含两个周期，阴历计时制度因而在商人和水手之中得以保留，同样使用的还有农民，他们依靠阴历一年中的二十四节气安排农事活动。这一制度反映出潮汐在民俗生活和习惯中的重要性，它决定了装货卸货的时间、运输行程，并用于估算航行和交易的速度。

茂衡和张姓女人坐船往上游航行的那天，潮水中午才到，所以汽船晚上才出发。当船行至通往内陆城镇和乡村的洪三桥时，需要停下来报关。船长递交了乘客和货物登记的清单，向海关支付通行税。海关官员慢腾腾地看清单，他非常傲慢、贪婪而且易怒。船长不得不低声下气地同他说话，就像奴隶对主人一样。官员从头至尾查看了清单，命令船长安静地等着。等到他终于准备上船检查的时候，船长已经在办公室待了一个小时。汽船和船货的检查有时要花上几个小时，从沿海的福州城到内陆的湖口镇，一路上在各处关卡停留，一共要经过三到四次这样的检查。所以船实际航行的时间和在各个码头被关卡滞留时间的总和相当。

当船长终于带着洪三桥码头的海关官员上船时，天已经全黑了。在两名武装护卫的陪同下，官员从一个船舱到另一个船舱，一件行李到另一件行李，一个乘客到另一个乘客，细致地搜寻违禁品。检查乘客的时候，他用手电照进一个舱位，发现一对夫妇紧紧地相拥而眠。他叫醒了他们并没收了一个照相机，因为这是军事违禁品。

但是这对男女并非如官员所想的是一对可敬的已婚夫妇，而是茂衡和那个张姓女人，即“外甥”和“舅母”，他们族内乱伦被抓住了。消息很快成了公开的秘密并迅速传播。东清也听说了，但是因为贫穷而无计可施。人们私下叫他“活乌龟”，这是对戴绿帽子男人的蔑称。张姓女人丢了脸，并落了一个淫妇的名声。

“张百万”却完全没有丢脸，只是被朋友和同伴们淡淡地嘲笑了一番，并无损于他的名声。但是鬼混使他忽视了家人和生意，所以此事对他也并非毫无损害。

的确，他对店铺的忽视来得不是时候。店里的另外两个合伙人大哥和方扬之间已经出现了裂痕，茂衡不知道应该站在哪边。大哥和方扬是同等的合伙人，对店铺的管理有同等的权利，但方扬是账房，他利用了这一优势。在核对账目的时候，大哥发现有些猫儿腻，他要求方扬按照老店的方式记账，但方扬拒绝这样做。两人开始争吵，因为双方都很极端，所以似乎不可能调和。刚刚从外面风流韵事中脱身回来的茂衡，还没有立即觉察到这种争执的严重性。

作为茂衡的密友和表兄弟，大哥首先试图说服他在店里作新的安排。他建议要么把方扬赶出去，要么两人都退出，让方扬独自经营。他们深知方扬资金不足，若两人联手，他最终会被赶出去。大哥警告茂衡，方扬一定会继续挪用款项，是个不可靠的人。另一方面，方扬则试图把三人中最有钱的茂衡拉拢到他那一边。他把茂衡请到家中吃饭，准备了一桌美味，两人边吃边聊直到深夜，对彼此间的友谊和信任信誓旦旦，然后两人在同一张床上就寝。方扬很聪明，能言善辩，他令人信服地解释自己会如何忠诚以及没有大哥他们的生意会经营得更好。

茂衡就这样被方扬拉拢过去了。当三个合伙人再次聚在一起的时候，大哥宣布要撤出，而茂衡决定继续与方扬合作。大哥以老朋友的身份问他为什么改变主意，茂衡只能答复说他信任方扬是一个可靠的人，并且曾立誓不会背叛合伙人。

于是大哥撤出了他所有的本钱，重新投到老店，再次成了其中的店员。由于新店资金短缺，茂衡不得不从老店撤出更多的钱。东林对他的这一做法提出警告，让他三思，但是无济于事。茂衡坚持，大哥则派人到村里把这件事告诉茂衡兄长茂魁的遗孀。因为此事关系到她的儿子成春，他对张家的财产也有权利。

茂魁的遗孀现在是一位中年妇女，老实、沉默寡言，她不同意小叔子茂衡的做法。她觉得自从公公芬洲死后，茂衡挥霍无度。听大哥捎回的消息说茂衡将从老店中撤出更多的资金补给新店，她赶到镇上请求东林不要允许茂衡这样做。但茂衡是股东，他有权撤资。东林建议她直接同她的小叔子谈谈，请求他考虑一下成春的未来。

如果茂魁的遗孀是一个更强硬、更能干的女人，或许能阻止这次撤资。她的儿子也拥有股份的部分所有权，她可以借此反对这一行动。但是她温顺服从，使得一家之长茂衡压制了她的不满。茂衡因此得以随心所欲，他完全信赖现在唯一的合伙人方扬。新店在缺少了大哥之后继续运营着。

这次撤资行动极大地影响了茂衡以前建立的一切关系，使他的生活迅速转向。到目前为止，他同家人、合伙人以及老店和东林的关系一直非常密切，但这一变故立刻影响了他的整个关系网。只有一段时间新店是幸运的，因为变故的影响还没有立即显现。

回到家中，笃信风水的茂衡现在正为双亲寻找吉祥的墓地。因为家中发生了一连串不幸，他的“龙吐珠”住宅现在有了不同的说法。风水先生解释说这个原本看似吉祥的地方被穿过龙头山的西路破坏了。对他们家来说，西路就像一把利剑，斩断了龙尾，龙因而死了，这里也就成了不祥之地。

经过一番寻找，茂衡最终找到了一块好的墓地。可惜的是，这块地不是本宗族的，而属于另一个相当强大的宗族。为了占用这块地，他必须秘密下葬。但是，当他们半夜在雨雾中秘密埋葬时，被土地的主人发现了，他们派族人来阻止下葬。在纷争中，茂衡父母的灵柩就摆在山边，任凭风吹雨打、电闪雷鸣。乡亲们严厉斥责茂衡败事和愚蠢，鄙视他是一个不孝的儿子，在乱伦的不道德行为之上，又多了亵渎双亲遗体一条。

失败后返回湖口镇，茂衡发现新店已经破产。他的合伙人方扬偷偷地卷走了店里所有的钱。茂衡此前已经从老店撤资，再也无法填补空缺。方扬逃进山里当了土匪，留下茂衡独自承担所有的债务。面对这个烂摊子，茂衡只得卖地卖林还债。很快，剩下的只有房子以及供奉祖先的一小块祭田了。如果再失去这些，他就将一无所有，他不得不设法止步，他是多么后悔自己的决定啊！

茂衡终被失望击倒，赋闲在家，但是发现已经很难再拾起农活，他不觉哀叹自己的厄运。渐渐地，他沉溺于抽鸦片的恶习，变得颓丧。

老店的人，尤其是东林曾经对茂衡与方扬倒霉的合作表示担心，但完全未曾料到茂衡的下场会如此悲惨。当茂衡撤出所有资金时，老店也经历了巨变。因为在老店没有了投资，茂衡不再被视为股东，店里的股份重新进行了分配。这些年来，在经历了一段繁荣期后，生意又再度陷于萧条，即使是老店也遭受了亏损。为了让股东们共享利益，共担风险，东林决定取消普通股和“红股”之间的界分，以后只有均等的十股，东林自己持五股，给侄子大哥两股，其他三股分给了大夫云生、鱼商东志和账房凯团。大哥一如既往，对重新分配不满，声称分给自己的太少了。因此这一安排不是非常稳妥，将来有可能带来麻烦。

建立和经营一家店铺并非易事，但是这种努力可以很大程度地反映当事人的个性。村民们从成功或失败的个人记录中可以很快了解他们的人品。茂衡失败了，人们有充分的证据证明他软弱无能；同样，也会反衬出东林富于经验和具有良好的判断力。人们也能很容易拿他们两个人加以对比，因为他们两家不仅在血缘和生意上关系密切，而且曾经同时发迹又同样显赫过。

黄家渐趋发达和张家的迅速衰败被认为是活生生的事例，证明了有关人类调适的古训的真谛。从经过不断摸索和努力而获得的毕生经验中，东林已经学会了使自己适应命运的潮流和维持好所有的关系，所以他仍然十分成功地做着生意。相反，茂衡年轻而没有经验，他本来也有可能顺应世事功成名就，然而却失败了。

# 第十四章　土匪

有一年暑假，已经是英华中学学生的小哥，同他的七个同学一起从福州城出发回家。他们先乘汽船到水口码头停下，再从那里换乘专门雇来的小船继续往上游行进。

离开码头不到两英里，突如其来的来福枪声迫使小船停了下来。在头顶陡峭的岸上，三四十发子弹从灌木的掩护中飞来，打穿了船帆。学生们吓得面面相觑，不知所措。

又一阵枪响，射来了更多的子弹。这一次，在离他们座位仅一英尺的地方打穿了一个洞。水涌进来，有沉船的危险，上面的 11 个人也可能落水。

因为惊恐而有些晕头转向的小哥，用手堵住漏洞，但止不住水，另一个学生将手帕揉成一团，他们一起拼命地设法堵漏。但是船已经不受控制，惊恐的船夫无助地让小船听凭风的摆布，而风却偏向了岸上的伏击者，将船吹向他们那边。

过了一会儿，土匪上了船，共有五六个人。他们头戴斗笠，身穿黑色短褂、灰色长裤，而且都带着枪。他们把学生赶下船，命令他们爬到岸上土匪们藏身的灌木丛中，在那里还有三十多个土匪，穿着和装备都一样。

在土匪的推搡下，学生们跌跌撞撞地前行。他们被迫快速前进，走了 5 英里、10 英里、15 英里，甚至 20 英里，中间不能停歇。最后，他们到了离劫船地点很远的一座老房子。

在这里，土匪们脱掉了他们的草鞋，在门口堆成一堆。不久，他们就四散走了，留下四个人看守这群可怜的学生。学生们走了九个小时，一整天没吃东西，又饿又累又沮丧，昏昏沉沉地倒下休息。

刚休息了一会儿，只喝了一点茶提神后，学生们再次被催促前进。四个看守两人在前，两人在后。他们端着上了膛的枪，寸步不离地跟着学生，似乎担着极大的责任。

学生们一直爬到陡峭的高山顶上才停下来，那里的灌木丛中有一间小屋，这就是他们的监狱。他们的双手被绳子捆着，双脚被紧紧地绑在树干上，以使他们无法站起来或者转动身体。无数的蚊子叮咬他们，手脚和脸上没有一处不是红肿的。守卫也不太在意他们，都睡着了。

第二天一大早，看守的土匪发现有一个学生不见了。他们非常紧张，其中两人背上枪四处搜寻，但不久便空手而归。然而，这一逃跑事件的后果，是剩下的六个学生被逼着走到另一间小屋，因为土匪害怕那个逃跑的学生会把士兵引来。

小哥和他的五个朋友被土匪囚禁了很长时间。起初，他们彼此之间交流只用国语，这是为了蒙骗土匪，使他们相信这些学生不是福建本地人。结果土匪并没有上当，因为学生们说话带着本省的口音，而且他们不久就查到了每个学生的家和住址。土匪中的一个小头目，曾经是往来湖口和福州的船员，一天晚上，他来查看这些俘虏，认出了他们并说出了他们的家世。他知道六人之中有四人是湖口店主的儿子，还有一个是在东林诉讼案中露面的古田县参议雷吾云的儿子，但小头目不认识最后那个最高大、最年长的学生。这个学生名叫林楚宪，是古田东路人，说一口流利的国语。因此，他是唯一骗过了土匪的人，其他学生则假装充当他和土匪之间的翻译。

吾云的儿子西文，当时是小哥最亲密的朋友，两人在学校拜过把子。听说儿子被抓，吾云立刻写信给东林。他称东林为兄弟，因为他们的儿子现在是结拜兄弟。我们还记得大哥曾经在诉讼案中贿赂过吾云，他并没有把东林放在眼里。而现在，因为儿子之间的关系，两人开始频繁交往。得知了儿子的下落，吾云派人去同土匪头子谈判，他们下令立即释放西文，因为他们怕吾云。吾云是地方衙门中有影响的人物，完全可能找他们的麻烦。他们释放了吾云的儿子，还带回话来表示歉意。

消息是由一个老头带到囚禁学生的小屋的。在数月前学生们被抓的当天，他们在那个歇脚的茅屋中见过这个老头。当时，他凶神恶煞，而现在他对着西文笑，问他第一天为什么不说自己是雷参议的儿子，如果他说了，他就不会被当成囚犯对待了。

几天以后，另外两个学生也被他们的父母赎回去了。其中就有魏成清，他是小哥在湖口镇小学时就认识的朋友。眼下，小屋中只剩下三个人，楚宪、郑生和小哥。

看守不时更换，这样他们与俘虏之间就来不及相互熟识。最后来了一个新看守，正是金翼之家以前的放牛娃素华。而且，来之前，他刚好碰到了五哥，五哥把他请到家里，私下允诺若他能放出小哥，就给他重谢。但素华只是一个小喽啰，他不敢按照五哥所说的做，也没有告诉小哥自己见过五哥。但是他非常善待俘虏，给他们讲土匪生涯的各种经历。言谈中，他表露出自己最大的志向便是成为土匪头目。

土匪的大本营经常派出一些小头目来检查看守和俘虏。每当轮到素华看守的时候，俘虏们就能享受相当的自由，除去双手双脚的束缚，但是他们也被提醒时刻防范检查。如果头目们发现俘虏如此自由，那看守就会受到惩罚。

一天，突然传来土匪头目要来的消息，小屋里的日常生活立即一片忙乱。三个俘虏跳上各自的木床，用绳子紧紧捆住双手，又把双脚绑在树桩上。看守们匆匆忙忙地将一切归位，再把小屋加以布置，使它看起来更像牢房。

由守卫陪同的土匪头目一踏进小屋，整个气氛就变得紧张起来。头目沉着脸，一脸怒容，看守们小心翼翼地立定在他面前。俘虏一动不动地躺在床上，心却在剧烈跳动。头目特别审问了楚宪，楚宪装作听不懂，所以小哥就充当他们之间的翻译。在命令楚宪联系家人否则就枪毙他的时候，一脸凶相的头目显得更加凶狠，可楚宪装得太好了，连头目都被他蒙骗了。看得出来，土匪并未查出楚宪是谁，也不清楚他的家在哪里。

土匪们不断转移关押地点，他们从不把俘虏关押在同一个小屋超过一周，以免被俘虏的家人和军队派来的探子发现。在土匪们活动的崇山峻岭中，有大约70间被当作监狱的小屋。

当素华被召回大本营后，接替他的是一个名叫光明的小伙子。在交谈中，小哥发现他曾经是自己在湖口上小学时的好友刘凤万家的长工。凤万和光明这对主人和雇工之间的关系很好，以至于两人结拜成了兄弟。为此，光明把小哥的口信带给了凤万，他们家离囚禁的小屋不远。端午节那天，光明安排凤万来看小哥，他带来了很多礼物，有三角粽、花生和家里做的菜。俘虏和看守一起会餐，喝酒聊天，度过了他们最快乐的一天。

过了些日子，另一个名叫村清的人也加入了看守的行列。此时，看守三个俘虏的守卫已经减少到三人。除了光明和村清，另外那个看守是一个不到20岁的年轻人，他新近才入伙，还在考察期，所以没有枪或其他武器。

小哥花了两天时间与村清攀谈，发现他是母亲过继的弟弟也就是自己的舅舅郑安齐的邻居。有了这层关系，小哥和村清开始像老朋友一样聊起来。村清特别提及了三哥的婚礼，郑家所有人都参加了。小哥告诉他自己的长兄三哥现在正在美国留学。

小哥和村清的谈话越来越深，最终，村清告诉小哥当土匪的生活是如何不易，而自己又如何后悔把田地抛荒，小哥建议他回家改邪归正。最后，这两个新结识的朋友谋划逃离小屋。小哥悄悄地将计划告诉楚宪和郑生，他们自然非常高兴。村清拉拢了光明，他对小哥很友好，立即接受了村清的提议。这样就只剩下第三个土匪了，但是他没有武器，所以他们并不怎么怕他。

雨已经下了多天，大本营和小屋之间的联系被山洪冲出的沟壑阻断，正是行动的大好时机。当晚，他们急切地等待第三个土匪睡着。当听到他的鼾声时，他们悄悄起身准备出发。光明和村清带上了他们的枪和子弹，小哥带着一支蜡烛和火柴。他们往山下走，楚宪和郑生在后面跟着。

这是学生们被抓后的第35天，长期关押使他们走起路来有些困难，尤其是在这样的雨夜。狂风大作，雨水淋湿了他们的衣服，伸手不见五指。小哥试图点上蜡烛，但是火柴全被淋湿了。有一回，他掉进了一个坑里，好几分钟都动弹不得。黑暗吞噬了道路，他们只能听着山涧的声音下山。偶尔出现的萤火虫的微光，风雨和山涧以及低沉的脚步混杂在一起的声音，对回家的希望和害怕惊醒第三个看守的恐惧，都交织在一起，刺激着他们的心神。

在陡峭不平的山路上走了大约四个小时之后，他们来到了山下的柳成村，从这里沿闽江往上游走三英里就是湖口镇。一条山涧流经村子汇入闽江，人们在山涧上建了一座桥，他们的主街就从桥上通过。当山涧无水或少水的时候，人们可以从桥底下通过。当这些逃命的人来到桥边时，他们想从桥下通过以免引起村民的注意，但是在洪水时节，他们真怀疑能不能过去。光明说自己先去探探路，让其他人等着。5 分钟，10 分钟，15 分钟，甚至 20 分钟过去了，光明没有回来，村清开始担心和怀疑。他清楚地知道有一个土匪小头目正是这个村里的人，经常同他的属下待在这里的一所房子里。他怀疑光明可能去向小头目报告他们逃跑的消息了。若是这样，村清无疑会被枪毙，而俘虏们不是被杀就是被再抓回去。村清和其他三个俘虏又冷又害怕，窃窃私语，不知所措。最终，村清决定不进村，而沿着闽江的岸边往下游走。俘虏们跟着他，乞求他不要抛下他们。在黑夜中又奔袭了半个多小时，他们停了下来。直到此时，村清才敢开口说话。他告诉小哥他们要去朝天村，他自己家和小哥舅舅家都在那里。

他们在黑暗中冒雨又继续走了很久，费力地在灌木丛中辟出一条道来。在迷雾中，年龄最小而且从未吃过这种苦的郑生一度因为太累而躺在地上。他说宁愿死在这里也不想再走了，但是小哥和楚宪把他拉起来让他慢慢走。村清走在这支小队伍的最前面，用枪开路。小哥紧随其后，抬着一副临时担架的一端，楚宪抬着另一端，郑生在中间。后半夜他们又走了十英里，直到黎明才到达朝天村，叫醒了老舅父安齐。在喝了一些茶和粥之后，这些人依然无法休息，而是被送到山上的一座庙里藏了起来，以免他们逃跑的秘密泄露。

土匪们在逃跑时相互怀疑很正常，他们对彼此的不信任甚至在柳成村边光明和村清的分开中也能得到证明。但是，他们的势力很大。虽然他们的大本营在建有小屋的深山之中，但他们的影响不仅波及山区的村子，而且延伸到那些有军队驻防的村子和城镇。他们以偷袭抢劫为生，时不时神出鬼没，给人们带来麻烦和惊恐。

土匪并非没有组织。山区的农民们像往常一样过着日子，并没有受到他们的侵扰。农民们可能会看到土匪经过，还跟他们正常交易。但土匪在整个区域内的所有周边镇子上都有“耳目”。比如，位于河边的柳成村，也就是俘虏们逃跑时战战兢兢地躲在桥边的那个村子，有个土匪小头目的家就在村里，被作为商路上的重要据点。正是由于土匪中的这种组织，村清开始怀疑光明可能会对他们不利。如果没有出现这种怀疑，而且光明和村清相互信任，那么他们就能轻易地把俘虏们直接带到距柳成村仅三英里的湖口。

自小哥被土匪绑架的那天起，东林就把自己关在店铺楼上的里间，与外界隔绝。他全身心投入制订营救或赎回的计划，为此茶饭不思辗转难眠，却无法想出一个能让儿子回到身边的办法。他越谋划越觉困惑，以至于有时沉溺于吸食鸦片。

困难实在很多。最早，东林派了一个中间人询问赎回小哥的条件。土匪头目狮子大开口，中间人没敢应承。湖口教堂的牧师曾做过成清家和土匪之间的中间人，他自愿再接手小哥的事情。他许了土匪 1000 元的赎金赎回小哥，但他事先并未同东林商量。东林刚分家不久，无法筹集到这么大的一笔钱。后来，东林又找来原来的那个中人，苦苦周旋，让绑架者降低赎金。这就是小哥日复一日等待被赎回却毫无结果的原因。

小哥被抓后第 36 天的黎明，东林还躺在床上，有人敲店铺的大门。一会儿凯团开了门，惊讶地发现一个陌生人提到小哥，立即带进来见东林。这个陌生人是光明，从小牢房逃跑他也有份。那天，当他探查完水势回到原地时，发现一个人也没有了。他自然地想到他们已经回到店里，所以他来这里同他们汇合。听到这一消息，东林十分震动。他不知道自己的儿子获救了没有，他们可能依然被土匪追捕，或者已经被抓了。

日子一天天过去，依然没有小哥的消息，东林变得愈发担忧。整个上午，形迹可疑的陌生人来到店里或者在门口经过，似乎在找人。比如，五哥从家来到店里，为了打听小哥的消息，就遇到一个常常在镇上闲逛并被怀疑是土匪眼线的人的盘问。镇上的人由于害怕被报复，从未敢向军队告发他。土匪的势力可见一斑！

土匪的探子们急切地想知道小哥是否已经回来，若没有，他们仍可以派人搜寻。后来得知土匪一直搜查到朝天村，因为他们知道那是村清的老家。幸运的是他们并没有找到他，因为他和学生们正安全地躲在一个山庙里。

中午，店里来了一个小男孩要见店主东林。小男孩说他是受两个初来乍到镇上的女人所托，她们现在就站在桥上，不愿进镇里来，要求店主立即去那里见她们。东林派大哥代替自己去了。大哥一到那就认出了她们，年轻的那位是自己的“舅母”，东林妻舅安齐的太太，但她没有认出大哥，犹豫了一下。大哥作了自我介绍，告诉她们是叔叔东林派自己来接她们去店里的。年轻女人指着那个年长的女人解释说，这是她的邻居，带小哥回来的村清的母亲。她说逃回来的人现在藏身在她的村里，请大哥让东林尽快派人去接他们。两个女人拒绝去店里，而是匆匆折回她们的村子去了。

第二天，东林和郑生的父亲派了几个人到朝天村去找村清和那三个学生，先带他们到水口镇，在那里雇了一队士兵护送他们回湖口。当小哥终于回到父亲身边的时候，他惊讶地发现老人发生了巨大的变化：他原本灰白的头发和胡子几乎全白了。现在他微笑着，但脸色苍白，眼窝深陷，额头添上了许多新的皱纹。当大家都聚在一起时，光明也从躲藏了两天的楼上下来，高兴地看到同伴们安然无恙。村清和光明十分惊讶地第一次得知楚宪也说本地方言。

此后，曾经与土匪有过联系的一个店员李宽，对光明产生了极大的兴趣。一个漆黑的夜晚，李宽说服光明挖出了来敲店门之前埋起来的枪支和子弹，藏在他认识的一个无照妓女的家中。但东林施压让他放弃这支枪，所以这支枪连同村清从朝天村家里带出来的那支枪一起被交给了湖口的军队，在那里，这两个改过自新的土匪又登记成了良民，还获得了证书和奖金。

然而，一段时间以后，一条帆船从福州往上游行驶时，在柳成村附近被劫，两名船员被杀。这一案件到了湖口军队的手里，李宽被指控为罪犯。他们半夜从无照妓女家逮捕了他，带到镇上军队驻扎的庙里，严刑逼供，要求他承认写下的罪状。那个喜欢他的妓女跟着他来到了庙里，乞求他无论如何受苦都不要“认罪”，因为她知道他什么罪都没有犯。在那个年代，即使是最无辜的人在严刑拷打下被迫认罪，也会立即枪决。

为了营救她的男友，妓女拜访了军队长官的姨太太，两人是密友。姨太太告诉了她这个案子的内情。控诉是成清的父亲提出的，他也是一个店主，目的是加害东林。实际上，这件事源于绑架事件，赎回成清花了一大笔赎金，而小哥没花一分钱就回来了。成清的父亲因此怀疑东林或他的店铺与土匪有某种关联。很明显，店员李宽是土匪。当然，作为竞争店铺的店主，他提出的控告并非大公无私，而是有着自己的目的。

当东林听说他生意上的竞争对手对自己有意攻击时，十分气愤，但是他能应对这一挑战。他立即派五哥去见军官香凯，他很久以前就是三哥的结拜兄弟。香凯现在是军队里的中校长官，驻扎在古田县城。香凯写信给他的同僚兼朋友，即水口的中校长官，也是湖口驻军长官的直接上司。水口来了命令，立即释放李宽。地方军长官和成清父亲都被震惊了，对东林所能发挥的影响力感到吃惊，东林因此长了“脸”。这一事件非但没有伤害到他，反而大大提升了他的声望。

为了在这个世界生存，一个人需要同各种圈子的人建立不同的关系。以黄家为例，东林不仅有自己的亲属、生意上的朋友，还要培植同诸如吾云的官员、香凯一样的士兵，甚至素华这种土匪之间的关系。虽然绑架事件几乎摧毁了东林和他的家庭，但是一旦逃过一劫，他会因对各种关系的把握而变得比以往更强大。这次转危为安，使东林和他的家族的影响和势力都大为提升。

# 第十五章　兄弟纷争

黄家的发迹并非没有内部和外部的危险。一天，湖口驻军的首领突然造访东林，不过只是社交性的拜访。然而第二天，这位首领派士兵到黄村，以抓土匪为名对几户人家进行了搜查。士兵们带走了村里的四位老人，他们都住在东林旧居附近。这位首领狡猾地展示了一种假象，即东林告密说村里的这些人家有土匪。这使得除了最近的族人之外，黄村人开始怀疑东林这位村中最有势力的人正在出卖自己的村民。驻军首领就这样轻而易举地挑起了村里两个主要家族之间的矛盾。

其中一方是东林的远亲，他们的老人被军队带走了，所以他们立即招呼身强力壮的人，几人结成一队，带着长刀攻击东林的旧居，并威胁住在那里的人说这事没完。但是他们没敢袭击金翼之家，因为那里有两个防御性的角楼。他们的敌意越来越明显，为了自卫，东林的近亲也开始采取保护措施。

事实上是军队首领使了一个诡计。他因为店员李宽的事情对东林怀恨在心，因此设法以公务之名搜查了村子，既报了私仇，又能同时嫁祸于东林，因为他十分清楚被抓的四人中的确有一个人的儿子是土匪。这位首领还别有用心，即他指望通过抓四个人，即使不能得到全部的赎金，也至少能捞到一些贿赂。

首领的阴谋一经实施，其影响是一连串的。那个在土匪营里的儿子乞求他的上级为他报仇，他也怪罪他的远房叔叔东林。之后的一天晚上，趁着一扇边门未关，土匪们闯入金翼之家，抓了两个人，并劫走了枪支和其他能找到的贵重东西。他们非常匆忙，劫掠了几分钟之后就离开了村子，因为军队就驻扎在两英里之外，他们害怕被士兵发现。

但是，那两个被土匪抓走的人并非黄家的真正成员，因此这次抓捕一无所获。一个俘虏马上被放了，因为他说邻近地区的方言，并发誓自己只是一个做工的。另一个的确是本地人，但他只是一个放牛娃，甚至比那个做工的还穷。土匪没有放掉他，但是几天之后他从他们的监狱中逃走了，土匪们倒也乐意看到他逃掉。

就是在被打家劫舍之后，东林还是渴望与村民和睦相处。他努力让他们相信自己，他甚至对几位老人发誓说，他已经准备好在祖先牌位前接受神判来证明自己是清白的。慢慢地，剩下的老人们信了，他们又聚在东林身边商议营救村民。最终，全族的人募集了一笔钱，行了贿，老人们被释放了。

那个年代，土匪和军队的差异实在不大。军队实际上是从土匪之中招募的，二者的区别仅在于后者明显不合法，而前者则是暗中搜刮人民。除此之外，人们只能根据这样的事实区分他们，即士兵们穿制服且生活在城镇，而土匪衣衫褴褛且藏身深山。

村里的麻烦并未了结。在尝到了军队腐败和土匪的滋味之后，村庄又经受了一场灾难。水牛瘟疫来袭，这在该地区的历史上还是第一次。最初的征兆是牧童发现一头母牛的脖子上长了一个瘤子。瘤子越长越大，病牛虚弱得无法动弹，过了几天就死在牛棚里了。这一发现吓坏了本地所有养牛的人，他们试图将自己的水牛赶到尽可能远的地方以躲避瘟疫，但是病症还是在牲畜身上不断被发现。最后，东林家的15头水牛只剩了一头。村里的其他三群牛也被感染了，几乎无一存活。

由于瘟疫的传播，病牛同仍然健康的牛要隔离开。当时，小哥正放暑假在家。这一紧急情况之下，他被安排到山坡上照看两头公牛。谁知毫无防范的小哥被突如其来的暴雨浇得湿透，染上了重感冒，发烧下不了床，一天比一天严重。

不幸又传来五嫂得了重病的消息。她嫁过来还不到一年，前不久刚刚回娘家看望她母亲。五哥正帮着兄弟和堂兄弟们一头接一头地埋葬死牛，疲惫不堪，却又不能不抽身去岳母家探望妻子。但并非疾病本身而是其衍生出的事情再一次考验了黄家。

在去丈人家的路上，五哥追忆起婚前的生活，尤其是想起自己对一个名叫红花的女孩的情愫。她是东清长女的女儿，所以是五哥的外甥女。当她的母亲到黄村探望自己的双亲时，红花也跟着来了。她比五哥小三岁，当时只有16岁，但她早熟，已经出落成活泼机灵的姑娘。她很迷人，眼睛又大又亮，缠过的小脚使得她的一举一动极为优雅。村里人承认从未见过这么漂亮的女孩，很多年轻小伙子都倾心于她。

五哥就是其中一个。他每天都去东清和他的孩子们住的旧居，为的就是能有机会看到红花。但是红花还不习惯见生人，每次他们一出现，她就躲起来。但她越是躲藏，五哥就越是渴望见她。

五哥的机会来了，红花的母亲被叫回家，红花与外祖父母一起住。一天，五哥带来了一封红花哥哥写给母亲的信，因为村里没有邮局，信是经湖口店铺转来的。五哥揣着信，进了旧居。他把信交给东清，老人收下了，但是他不识字，就带着五哥到厢房，红花正独自坐在木楼梯的最下面一级纺麻线。东清让五哥打开信读给红花听，因为她也不识字。五哥喜不自禁，尽量拖长读信的时间。整个过程中，他的心狂跳不止。东清听完信的内容就满意地离开了，留下两个年轻人。他们就这样开始了第一次交谈，谈话很规矩，就是舅舅和外甥女这种亲戚间的谈话。

接下来的日子，五哥更频繁地光顾旧居。红花不再躲着他了，实际上，两人相谈甚欢，乐于见到彼此。五哥英俊且穿着新潮，自然是一位非常有魅力的小伙子。在这个古老贫困的乡村里，五哥和红花看起来就像一对王子和公主。

在旧居和金翼之家中间有一座小房子，是东清的三个弟弟盖的。红花常常去那儿拜访她祖父的侄女、她的姑姑英妹，英妹也是五哥的妹妹珠妹的朋友。五哥跟着他妹妹到这个小房子，在这里也能见到红花。近一个月的时间，每天下午，英妹、珠妹和红花三个女孩，聚在小房子后面的厨房里纺线，以躲避外面的炎热。几乎每个下午，五哥也会出现，以极大的兴致与女孩们聊天。

红花和五哥就这样陷入了热恋。频繁的相会增进了他们之间的感情，却没有提供任何亲密接触的机会，因为这是传统所禁止的。但是，乡村社会没有秘密可言，即使是五哥和红花之间这些无伤大雅的相会也引起了恋爱的传闻。其他小伙子们嫉妒五哥，开始嘲笑他，说他得了“博士”。这是一个新术语，他们并不了解它的含义，用它来开玩笑，暗指五哥得到了红花这位他们小世界中的美人。

因为畏惧这种闲言碎语，五哥刻意保持距离，虽然红花依旧在老地方日复一日地等他。后来有一天，当五哥正经过小屋厨房后面的山坡时，红花看到了他并叫他：“舅舅，舅舅。”五哥站在山顶俯视着美丽的“外甥女”，她圆圆的脸蛋像月亮一样熠熠生辉，看得五哥入了迷。她纤细的身躯倚着栏杆，急切地向上看着五哥。“舅舅，你怎么不来了？”她温柔地轻声问道，一脸柔情和爱意。面对此情此景，这位“舅舅”的心几乎被融化了，只恨自己不是个诗人，无法将这一情景变成美丽的诗句。

但是关于五哥和红花恋爱的闲话还是传了开来。红花的外婆，也就是东清的太太，警告了她。黄太太逢人就询问此事，同时否认谣言，发誓自己的儿子五哥从未在金翼之家以外的地方过夜。这件事闹得沸沸扬扬，最终东林听说了。因为害怕儿子会破坏同辈内婚的传统，他决定杜绝这场恶作剧继续发展的可能。他请一位媒人商讨五哥与另一个女孩订婚的事情，这个女孩就是后来的五嫂。就这样五哥违背自己的意愿结了婚，永远失去了自己的初恋红花。在去探访病妻的路上，占据他脑海的就是这些回忆，而他身后的家里则牛瘟横行。

当五哥进入岳母家的卧室时，他的妻子只剩下一口气，不能说话了。他来只是为了操办简单的后事。在与父亲商议之后，他雇了一些人在几天后将妻子的灵柩抬回家乡，几乎没有举行任何仪式就下葬了。一个年轻儿媳妇的生命几乎同一头水牛一样廉价。

东林一直相信“祸不单行”的古训。一连串的灾难向这个家袭来。小哥被绑架，李宽被捕，四位老人被抓和土匪抢劫，给他带来一次又一次冲击。在东林看来，不同形式的不幸之间没有差别。牛瘟和五嫂的死只不过是在这一系列不幸上面又增加了两件。现在他最担心的是，他喜爱的儿子小哥依然高烧躺在床上，可能会成为下一个牺牲者。这个孩子神志不清，胡言乱语而且不停地抽搐。东林丢下店里的生意不管，坚守在儿子的病床边。

相信“运气”并不意味着让一个病人自生自灭。远近各处的医生都被请来，也用了各种不同的疗法。四哥认为小哥可能是在放牛的地方受了惊，丢了魂。因此，他跑到山上祈祷。他跪在那个地方，口中念念有词。他捡起一块圆圆的石头，叫着患病的弟弟的名字，让他的魂回来。回家的路上，他不断叫着弟弟的名字，手里紧紧攥着那块石头，因为他坚信丢失的魂就附在上面。回到家，他把这块石头放在小哥躺着的病床上。幸运的是，小哥最终恢复过来了，但因为在床上躺了两个月而非常虚弱。他的恢复似乎终结了降临在黄家的不幸。

不久，家里收到了三哥的电报，他在美国待了四年，现在要回来了。这一消息震动了乡亲，他们想象着他的荣光应该不亚于旧时科举考试后的衣锦还乡。

让乡亲们大失所望的是，三哥是独自回家的，并非像古代官员那样有随从和乐队前呼后拥。他甚至都不如当地的驻军长官，他们至少还有护卫陪同。这个留学归来的学生，的确没有带回什么东西，除了一架留声机，为夜晚聚在一起的人群带来了欢乐。在这个世界上偏僻的一隅，头一次听到美国歌曲和乐队的演奏声，有些像乌鸦叫，逗得乡亲们大笑。

三哥在家待了不久，又出现了新的争端。一次小小的口角使得小哥开始诉说三嫂素珍的不是。她的反驳使得小哥当着她丈夫和黄太太的面，把对她的所有怨恨一股脑儿倾诉出来。他心酸地回忆起和素珍以及三哥在延平时的生活，指责素珍自私，把他当成厨子、苦力和孩子的保姆。一次，他不小心打碎了一个瓶子，素珍打了他一巴掌，以至于他到现在都觉得她不公而且冷酷无情。

小哥还举了一个例子说明她的不公。有一次，素珍发现桌上放着一把湿雨伞，就开始责备小哥。但她的弟弟，当时和他们一起生活的溪湖承认这是他放的，素珍的语气立即变了，换上了一张笑脸，亲切地问他什么时候买了一把这么漂亮的雨伞。这种态度的突然转变深深地伤了小哥的心，他做梦都不曾想过自己所谓受过教育的嫂子竟会如此刻薄。听到小哥当着丈夫和婆婆的面指责自己，素珍大受刺激，哭着跑回后面自己的房间，拒绝吃饭。黄太太抚摸着刚哭诉完的小哥的头发，三哥则一言不发。

因为这次争吵，小哥去了店铺。他想见见父亲和最近变得同他亲密的五哥。得知素珍和小哥之间发生了公开冲突，五哥立即站到了小哥一边，因为他曾经同情自己和红花之间的恋爱。弟弟陪父亲继续留在店里，五哥则返回金翼之家。

小哥离开之后，家中鸡犬不宁。三哥成了麻烦的中心，汇聚了对小哥的所有不满。那些不喜欢小哥的人现在可以随意向这位留学归来的学生抱怨，因为他现在已经成了家中举足轻重的人物。抱怨小哥的有三人，素珍、伯母林氏和四哥。素珍被指责，自然有怨恨。伯母林氏控诉说她也曾被顶撞，她的二儿媳妇被骂而且她的长孙少台曾被小哥打过一巴掌。曾经对小哥很好的四哥已经彻底转变了态度，因为小哥竟敢在东林面前批评四嫂。

就这样，兄弟间的分歧开始形成了。虽然小哥现在已经被视为家中所有祸端的制造者，但五哥回家后依然极力为他的弟弟辩护。幸运的是，黄太太是一位息事宁人且善良的母亲，在兄弟纷争中，她不偏袒任何一方，而她的态度极大地影响了东林，东林还是第一次得知兄弟间的矛盾。东林有些溺爱幼子，将此事看得很淡，没有处罚任何人。不久，小哥离开村子去求学，事情也就被淡忘了。后来，小哥证明自己是一个好兄弟，对长辈们的疼爱也更懂得感激。

随着年纪的增长，东林在家中的权威变成了另一种形式。以前他对儿子们非常严格和严厉，但现在变得更温和，再也不会用打骂或者其他方式惩罚他们。他的经历使他养成了自持和圆滑的个性。小哥被绑架和随之而来的一系列不幸极大地打击了东林和他的家庭。虽然麻烦的根源一个一个被排除，但是东林确实已经筋疲力尽了。他现在越来越将希望寄托在儿子们身上，他尤其喜爱小哥，他还处在可以在父母面前调皮的年纪。

然而，东林从未能完全建立起在两个侄子大哥和二哥面前的权威。他无法解决两人之间持续多年的财产分配问题。现在，三哥回家了，他是一个学者，也是在家庭事务中说话有分量的人，二哥抓住了机会获取他的权威的支持，请求三哥为自己和大哥之间悬而未决的钱财和店铺股份问题做仲裁。但大哥不愿面对这个问题，这再次引发了激烈争吵，两兄弟变得水火不容。

大哥和二哥之间的公开争执造成了他们的妻子和孩子之间无休止的敌对。兄弟俩从此再也不和对方说话，伯母林氏曾有过一段两难的日子，在儿子和儿媳妇之间周旋调解。但兄弟分家之后，她本人也完全被争取到了大哥那一边。

一次，二哥地里需要一些粪肥。他从大哥的桶里掏了一些，但这一举动被少台的妹妹发现了。小女孩已经被她的母亲训练出来会盯梢这种事情，她跑回家告诉了她母亲大嫂，大嫂叫来了少台对抗二哥。当少台来到事发地的时候，他可怜的叔叔还在掏。侄子立即大喊一声“贼”，并冲过去粗暴地将他叔叔推到一边，二哥因而直挺挺地倒在了地上，摔伤了一只手。后来，二哥把受伤的手给叔叔东林看，东林告诉了大哥，但少台没有受到惩罚。

少台的不孝行为在金翼之家引起了许多批评，但如果大哥无意惩罚他的儿子，那么其他人也不能越俎代庖。二嫂尤其不满，她去见店里的掌柜凯团，让他出主意。因为她清楚凯团和大哥在店里是对头，会有所偏向。凯团私下告诉她，可以打大嫂作为报复，因为大嫂比她更瘦弱多病。但她不知道这种行为是否合适，然而凯团坚持这样，他信誓旦旦地说打嫂子不及打叔叔那么恶劣。

二嫂回到家，暗自想着复仇的计划。不久，机会就来了。一天，她发现自己的女儿和少台的妹妹在木楼梯上打架，这时大嫂从楼上下来，打了自己的女儿一耳光。二嫂冲上去抓住大嫂用拳头打她。妯娌两个原本就相互痛恨，因此拼了全力打对方。两人一直扭打着，直到年纪更大更瘦弱的大嫂被推搡滚下了楼梯。二嫂暗自满足，也报了仇。大嫂则因羞辱和疼痛抹眼泪。妯娌两个同她们的丈夫一样，原本就水火不容，现在敌对更加严重。

东林听说了大嫂和二嫂打架的事情，但如果他无法阻止两个侄子大哥和二哥之间的冲突，那么这件事情当然他也无力干涉。他长期不在金翼之家，也是兄弟纷争的部分原因。而他脾气秉性的变化，比如年老后的温和，也是原因之一。所以家里成了上演愤恨、抱怨和咒骂的场所。虽然家内的混乱外人很难看到，但在两次分家之后，这个家庭本身的裂痕不久就众人皆知了。

即使大哥那从主干家庭中分出来的小家庭，也满是矛盾和混乱。当然，这里的矛盾和大家庭是有关系的。问题缘于少台的妻子齐妹。这位新过门的儿媳妇，是大哥好友天蓝的独女。因为在自己家被宠坏了，齐妹发现婚后很难改变自己的脾气和习惯。她的婆婆，也就是大嫂试图施加自己的权威，却招来了齐妹的不服和反抗。然而大哥却对这个年轻的儿媳妇疼爱有加，因此少台的母亲不断怂恿儿子打他的太太，而大哥也因为维护儿媳妇而被自己的太太数落。

清妈在这种情况下出现了，她的介入引发了一场危机。清妈是大嫂的嫂子，是来金翼之家做客的。因为上了年纪，人人都敬重她。一天，她听到少台和他太太在房间吵架，就冲进去劝解。一进门，她就看到齐妹正挥舞着一把刀追打丈夫。清妈大为惊恐，叫了一声“少台”并把他推出了房间，然后自己站在门槛上，伸开双臂拦着齐妹不让她追出去。因为被拦着无法抓住丈夫，齐妹被激怒了。她猛然举起刀，砍在了清妈的右手腕上。清妈受了伤，倒在地上，血流不止。事情立刻变得异常严重，家里所有的女人和孩子都围过来，被清妈面色苍白奄奄一息的情景吓坏了。因为事情是在自己家里发生的，大嫂不得不通知她的娘家人。第二天，清妈的儿子，即大嫂的一个侄子，带着两个陌生人来到了金翼之家。齐妹从房间里往外窥探，发现她婆婆正在堂屋里款待三个生人，大家还窃窃私语。得知陌生人是来处理自己的事情时，齐妹悄悄地溜了出去，边走边发出咯咯的声音，装作找小鸡来到了边门。出了门，她拼命往外祖父玉泉家跑去，玉泉现在是黄氏宗族的族长，也是东林的远房叔父。当陌生人和大嫂意识到齐妹已经从家里逃出时，为时已晚。

陌生人同大嫂商量此事。他们想将此事告到地方衙门，指控少台和齐妹这对年轻夫妇的不孝行为，让地方官员惩罚他们。在进一步商议时，清妈的儿子还去征询了四哥和东林的意见，因为一旦开始打官司，东林和四哥需要出庭作证。

四哥的意见让清妈的儿子有些灰心。四哥虽然一直对大哥怀有敌意，但是他看到了打官司的危险，建议清妈的儿子不要白白浪费两家的钱。清妈的儿子并没有被说服，他还是去了湖口，这次是去征求东林的意见。东林比四哥更反对打官司，他强烈指出诉讼的不明智。而且，他还告诉清妈的儿子关于大嫂和其他家庭成员之间的日常矛盾，尤其提到了她指使自己的儿子殴打二哥的事情。他总结说像大嫂这样唆使自己的儿子对叔叔做出不孝之举的妇人，并不比像齐妹这样忤逆自己婆婆的人好多少。面对这些反对意见，清妈的儿子觉得没有打赢官司的可能，因为所有可能的证人都不赞成。结果，他不情愿地放弃了起诉的想法。

四哥和东林反对起诉，间接帮助大哥和少台逃过了他们引起的麻烦。之前藏在外祖父家的齐妹，经过商谈和作了保证之后，才又被叫回家来。虽然大嫂命令少台将齐妹绑起来鞭打了一顿，但大嫂和她的娘家人还是丢了面子。他们考虑欠周的计划，会给家里带来危险，甚至可能导致家庭的最终毁灭。现在被压制下去了，而关于他们决断力的名声也随之失去了。金翼之家被再一次从不断的危机中解救出来，外人依然没有看到公开的争端。

然而，现在家中的情形与往日黄家人事业初创期的处境已经截然不同。当时，在穷困的鞭策下，家庭成员相互协作，使家庭成为一个高效的生产单位，大家在其中各司其职，没有争端。但此后，因为分家，形成了三家并存、毗邻而居的状况，矛盾激怒了各群体内部的个体，也使不同群体的个体之间相互对立。现在，所有人都已经摆脱了贫困，无需再为基本的生计而挣扎，但是也因而有了时间和精力争吵打架。

就这些内部矛盾而言，作为一家之长的东林持续缺席或许是其中的重要原因，但每个小家庭各起炉灶，开始相对独立的经济生活，则最大程度地造成了区隔。现在，各个小家自己的关系网的影响也开始显现，矛盾冲突很少再仅限于小家的内部生活或者整个大家庭。当二嫂找店里的账房凯团出主意，当清妈和她儿子介入，这种各自的外部纽带已经显而易见。这意味着金翼之家仅存的共同阵线日益出现了裂缝。

然而年迈体弱的东林，依然代表着家里的权威。他的控制，现在或许已经减弱，但依然存在。在齐妹的事情上，正是他一锤定音。若没有他，诉讼可能已经被提起，外界就会掌控这个家。只要他尚在人世，黄家就永远不可能完全分崩离析。

# 第十六章　店铺的扩展

湖口店铺与金翼之家的命运紧密关联，相互依存。在茂衡撤资、店铺重组之后，又经历了土匪袭击和兄弟纷争，这一切都影响了事业的发展。而且大哥一直对那次重新分配不满，一再要求获得更多的股份。但危机和生意萧条只能让他暂时相对沉默。

现在终于又有了复苏的迹象，大哥再次渴望赚钱。因为在店铺里分得更多利润的欲望受阻，他开始考虑另开新店。虽然他和茂衡、方扬合开的店铺破产倒闭，但他本人的资金并未受损，因为他早已中途撤资，所以他希望再试一把。

他故技重演，在店里挑拨离间。他开始私下与现在店里仅次于东林的重要人物凯团商议，他想让凯团经营筹划中的新店铺。但两人未能达成共识，因为他们一直是死对头，要实现这样的合作是很困难的。凯团的确不信任他的这位伙伴，认为他是一个善变的人。而且，凯团不想背叛待自己如同父亲一般的东林。同样，与三哥自小就建立的亲密友谊，使得他无法做出任何有害于三哥父亲的店铺的事情。

大哥又尝试下一个目标。他开始凑近杨林，他是店里新提拔的账房，以前是药店的店员。杨林虽然聪明、狡猾，却不诚实。他以前从钱柜里偷过 20 块银元，藏在自己的行李箱中，被东林发现了。虽然东林从未声张，但杨林却吓坏了。他害怕掌柜不再信任自己，账房的职位保不住。因为这个原因，他答应与大哥合作开新店。

杨林还是一个年轻人，在生意方面的经验尚浅，大哥进而想再说服云生。云生是东林的老伙伴，现在是药店的掌柜。他是一位忠诚的朋友，但他在店里的地位一天不如一天，卖药不过是大米和咸鱼生意的附带。这些年来，他也没得到过额外的优待。想着新店铺或许能别开生面，云生遂听从了大哥。

一经决定，三人一起把这个想法告诉了东林，东林对同时失去三个人感到担忧。正在东林犹豫不决的时候，负责咸鱼生意的东志从福州城里回来。大哥趁此机会将他的计划告诉了东志，并承诺把新店的咸鱼代理位置留给他，如此一来，他就能获得双份薪水。受利益的吸引，东志向东林推荐这个计划并建议他投资。

东林被东志的论点打动了，最终同意三人开设新店，自己也入了股。他并不担心撤资的问题，因为当时店里有充足的资金，尤其是在三哥的结拜兄弟香凯中校把他的钱投入店里之后。

在大哥、云生和杨林退出后，东林找来了一直想做生意的四哥。作为一个聪明、勤奋和节俭的年轻人，四哥很快证明了自己是一个好商人。之前，他是一位勤劳的农民，每天和其他农民一起下地，但不同的是，他每天晚上至少要花两个钟头读书。他读过很多书，写得一手好字。除了典籍史料，他也经常拾起兄弟们留在家里的现代教科书阅读。就这样，他开始对科学、算术、地理乃至整个外面的世界感兴趣。

白天干活、晚上学习让四哥很忙碌。他又高又瘦，以至于黄太太担心他的身体，总是让他不要学了早点睡觉。黄太太说，念书是三哥和小哥的事，不理解为什么四哥要自找麻烦地读书写字。但四哥不理会母亲的劝告，继续学习。他当然是对的，现在他已经为成为一个精明能干的生意人做好了准备。

由于资金充足和人员调整，店铺始终有效运营。老掌柜东林仍是总管。他的助手忠心耿耿：能干的账房凯团，精明的鱼商东志以及聪慧的店员四哥和五哥。店主和助手们齐力同心，生意再次兴隆起来。

这时，从广东发起的革命势力正成功北上，已经推翻了北京的政府，在南京建立了新的国民政府。伴随着中央政府的更迭，福建的地方政府也经历了重大改组。因为盐税是重要的税收来源，省政府设立了专门机构——盐务局——处理盐务贸易。

但盐务局并未完全垄断盐业，而是建立了严格的规章并公告周知，以便人们遵守新规。当时，三哥同时执教于华南女子学院和英华中学。有一天，与他在盐务局做秘书长的朋友谈到盐务贸易的事情。商谈的结果是三哥成了批发商，从政府购入盐再运送到湖口，分配给不同的店铺零售。

三哥是代表父亲的店铺来做这件事，因此店铺现在完全掌控了全镇的盐务贸易。湖口山顶有一个储盐的仓库，镇子的主街就从那里依山而下。作为三哥的亲密好友，凯团被任命为盐仓的主管。他因此一半时间在店里，一半时间在仓库，拿双份薪水。

盐是老百姓的必需品，因此贩盐是赚钱的买卖。东林和凯团掌管着盐仓，其他店铺的商人要从他们这里进货，所以他们两人成了湖口镇最重要的人物。东林的店铺具有完全压倒镇上其他店铺的优势。

一件偶然的事情，足以确立店铺的新地位。三哥的老同学，一位名叫洪衡的新地方官来到镇上。通常官员来了都由商会招待，但这一次盐仓被选为迎接的场所。凯团和四哥准备了一桌美味为这位地方官设宴。在这件事中，盐仓取代了商会的职能。

东林现在年事已高，但很幸福，他高兴地看到生意兴隆，手下的人能干，儿子们也都成了成功人士。而家庭事务交给妻子打理，他没有后顾之忧。东林的生活格局再次呈现稳定平衡的状态，大哥的退出被证明于老人有利，因为他无需再为这个执拗的侄子伤脑筋。现在，身处忠诚的雇员和孝顺的儿子之间，东林不再拼命干活，而是越来越依赖这些年轻人。

人的生活轨迹就如同海潮一样，时而平静，时而汹涌，没有人能始终平稳顺利地度过一生。生活一直在改变，而且也必须改变，在新的刺激或者环境下，即便是再平衡的生活也会改变。危机来了又过，可能短暂也可能持续很长时间，但每一次危机都必须被克服并再次建立一个相对稳定的状态。东林的生活就如同潮起潮落，安宁与艰辛继替。

盐仓的垄断并未持续多久，政府改变了盐业政策，很快让盐仓组织失去了职能。每个店铺都有权从盐务局直接购盐。在盐的买卖中，各店铺再次成了平等的竞争对手。

不久，出现了新的商机。一天，东林手下负责伐木的工头东飞来到了店里。他试图说服东林购入一片松树林，盘算着采伐这片林子，制成原木，再运到福州城里作为木材卖掉。这种木材生意是很赚钱的。

因手头资金充足，东林答应东飞会试着做做木材生意，并任命他为总代理，处理木材的买卖和砍伐事宜。

木材生意是一个很长的过程。在买下林子之后，东飞组织了一群工人去山上伐木。这些人多数是农民，农闲时从事砍伐，以得到农活之外的收入。有几个人则完全不务农而专门伐木。

首先是砍倒树木。工人们用斧子深深地砍进树干，两侧同时对着砍。当树干几乎被砍穿、摇摇欲坠时，就开始拽事先绑在树顶的绳子，把树往想要的方向拉倒。

砍下的树被锯成原木，每段长约一英尺半，被堆成中空的塔形，这种塔可能高达二三十英尺。天气晴好的时候，人们可以看到这些矗立在和缓山坡上的木材塔，仿佛中世纪城堡里的瞭望塔。

这些木塔是为了风干，一直要等到雨季来临时再运走。当雨水终于降临，河水上涨到足够浮起原木的时候，工人们就将木塔拆开，把原木推入溪流中。水流将原木漂运到下游的湖口，工人们在东飞的带领下，全程在岸边跟着这些漂流的原木。他们拿着钉在长竹竿上的铁钩，用铁钩疏导那些停滞或阻塞在河道中的原木。

在湖口镇外，河流汇入闽江的入口，工人们在水面上架起密集的绳索，以拦截顺水而下的原木。绳索就像一道堤坝一样，防止原木漂到更远的闽江。原木就在这里被收集起来，然后装上帆船，或等待下一拨装船。

如果连续暴雨或者上游突然涨水撕扯绳子，“绳堤”崩溃的危险时有发生。一旦“溃坝”，原木会流到江里四散开来，就不可能再收回来了。因此，东林让他的人时刻盯住“绳堤”和堆积在那里的原木的状况。

装上帆船的原木被运往福州城，由东志卖给木材厂。所得的钱用于购买更多的咸鱼和盐运回内陆。

现在，木材和盐还是用帆船运输，而大米和咸鱼的运输已经完全依靠汽船了。当时，店铺已经和其他人合伙购入一条自己的汽船。三哥现在是这条船的最大股东，因为他接管了方扬和茂衡破产之后留下的所有股份。最早，五哥是船长，后来因镇上商业活动和店里工作的需要，他任命自己的朋友卫国代表自己，当上了汽船的船长。

这一切给东林的生活，也给他的家庭和店铺带来了新的变化，进入了一个新的发展阶段。这个诱因就是有了新的生意，而生意的发展有赖于他广泛的交际。这一新的状态对他有着相当大的影响。由于那留过学并执教于名牌大学的儿子三哥的努力，东林一度成功垄断了盐务，并因此获得了更高的地位。镇上越来越多的人在需要帮助或参谋的时候来找他。木材生意需要雇用更多人员和劳工，再次提升了东林在地方上的地位。

东林担任湖口镇商会会长的这一年的确非比寻常。商会实际上很早以前就成立了，会长由各店铺的店主轮流担任。为了帮助处理事关全镇——既包括生意人，也包括普通百姓——的各种事务，商会邀请了地方绅士参加会议。除了一般的公益事务，商会还有其特殊的任务：管理地方物价，调控地方货币和信贷体系，提供运输与护卫，招待民事和军事官员以及为过境部队提供食宿。

商会会议由会长召集，会址就在会长的店铺。东林年事已高，厌倦了会议，轮到他当主席的那一年，他常常让凯团代替他主持会议。

在他的任期内，出现了一个对村镇影响很大的问题，东林不得不召集一次会议，讨论如何组织一支自卫队保卫全镇的问题。这里的土匪越来越多，政府鼓励人们组织自卫队。现在已退休的官员王齐祥首先响应这一号召，在他所在的王家村设立了自卫队的大本营，并写信给其他城镇和村子，敦促他们组织自己的小分队。好几个地方已经有了回应并加以效仿。

在东林召集的这次商会会议上，一致通过决议组建一支地方小分队。每个店铺贡献一个人和一条枪，因此小分队拥有大约 20 人。五哥被任命为分队长，过去他曾是村里的孩子王，又在地方无赖和赌场里混大，所以是一位合适的人选。

不久，又发生了一件需要商会讨论的事情，即指派一名镇上的代表加入本区的请愿团，以营救当时关押在延平的香凯。东林四处物色合适的代表人选。正在这个节骨眼上，已经长大成人并从英华中学毕业的小哥从省城回来了。他走进店铺的时候，东林微笑着看着自己的小儿子，立即让他前往位于上游两英里处的黄口镇参加请愿团。小哥对父亲的命令感到惊讶，因为他对此事一无所知。但是他还是听从了父亲的指令，马上从店铺出发。

香凯是被延平驻军总司令吴安邦关进监狱的。安邦过去是土匪头子，后来参军并晋升为一支部队的首领。他的队伍驻扎在好几个地区，涵盖了整个闽江上游谷地，也包括古田县。当香凯将自己的部队并入安邦麾下时，他本人也被提拔为陆军上校，奉命驻扎在延平北面的边界一带。

最近安邦派人镇压了香凯的势力并逮捕了他，这一举动是因为有谣言说香凯准备谋反。但是后来，安邦发现传言并无实据。香凯的朋友赵孟上校，深得安邦的喜爱，他调查了此事并向司令作了解释。香凯并无叛乱的计划，只是在很多场合抱怨过司令。得知了事情的真相之后，安邦无意杀香凯，他暗示如果古田的士绅愿意前来为香凯作保，就可以释放香凯。

赵孟将安邦的暗示传达给了古田驻军上校齐亚魁，他曾是香凯的部下。在亚魁的授意下，古田的士绅们集合起来到延平请愿以救香凯出狱。请愿团包括本区的重要人士，有已卸任的地方官员同时也是现任自卫武装首领王齐祥，县参议雷吾云，古田县城的商会会长陈大川，以及本区最大富商马南绍等。所有请愿者聚在南绍黄口镇的家中，打算从这里乘船前往上游的延平。

小哥作为湖口镇的代表，加入了请愿团。在请愿团，他只认识在英华中学教过他的王齐祥。不过他头一次遇到他结拜兄弟西文的父亲吾云，并作为三哥最小的弟弟被介绍给齐上校。当天，齐上校收到了安邦的电报，命令他欢迎古田士绅团，但不得擅离职守。所以，齐上校又回了古田县城，而大约 50 人的请愿团则乘船前往上游。

当请愿团抵达延平时，他们排着队前往吴司令的办公室。有的人举着用各色丝绸制成的旗子、条幅和标语牌，上面写着颂扬司令优秀品德以及赞美他对古田县力行仁政的标语和题词。然而他们在门口等了差不多一个钟头，里面才传出话来说，司令非常感谢他们的礼物，但是抱歉当时无法会见他们。

为此，请愿团又去拜见一位少将，他是安邦的直接下属，也是他的堂兄弟。请愿团到达时，他的副官出来并从中选了十位代表进去。这十人被带到少将办公场所的卧室，一进门就闻到鸦片的味道。少将看起来大约有 50 岁的样子，但实际年龄只有约 40 岁。他瘦弱苍白，像鬼一样，说话结巴，实际上他也说得很少，一直是副官在说。他明显的粗俗让人想起他在山上的土匪生涯。

终于，安邦派了一位军官带着公文来与古田的士绅们达成协议，公文上记述了香凯事件以及因为古田士绅作保将他释放的事情。小哥作为十位代表之一在公文上签字画押。他惊讶地发现，拿来公文的军官竟是以前自己在延平读书时认识的美以美会的牧师。他同以前一样健谈，只不过现在讲的是公务而非福音。他的举止和说话的方式基本没变，除了现在穿的是军官制服而非教士长袍。

香凯就这样从监狱里放出来，他很高兴见到家乡来的老友，并惊喜地发现小哥已经长得这么高了。但这次意外使他失去了职权，现在他仅仅是一名平民百姓了。

为了显示他的好客，安邦司令摆了十桌宴席。古田的士绅们受到邀请，而安邦的下属则被召来接待宾客。安邦和仅次于他的那位少将，不怎么说话，但当客人们恭维他们时会和气地点头。那位牧师出身的军官十分健谈，举止也相对得体。安邦的亲信赵孟，虽然不识字，却精明狡猾。他很会说话，是这群人中唯一有头脑的。其他所有上校和上尉都是皮肤黝黑，体格健壮，粗俗而大声地谈论打土匪的功绩，以显示自己的英勇无畏。

实际上，这样的宴会要持续好几天，因为下级军官要挨个显示自己的好客。最后，香凯设宴感谢来救他的家乡父老。

当请愿团最终回到家乡，小哥径直去了湖口店铺，向父亲报告此行大功告成。东林听到这个消息很高兴，他为这个最小的儿子能同他的兄长们一样能干和前途无量大感欣慰。

在所有这些事件中，命运再次使东林在经济上和政治上获得了进一步的成功。他的成功当然是共有的，既属于同他有关的人，也属于他自己。三哥为家里带来的盐务贸易的垄断权，使得东林成为镇上的重要人物。工头东飞筹划将生意扩展至木材交易，为店铺带来了比以往更广泛的联系，有了比以往更多的雇员。四哥和五哥加入店铺，使东林有了更得力的助手。

在一个像湖口这样的小镇上，生意不可能长久地与社会生活的其他层面分离。商会习惯上管理镇上的公共事务、征税并维持同政府与军队之间的关系。武装自卫组织扩大了商会的权力，商会会长东林开始与那些在军界和政界有影响的人物直接打交道。在他的庇护下，五哥当上了地方自卫队的队长，小哥在全区士绅团中成了本镇的代表。他们的能力又反过来提升了父辈的名望。现在东林很乐意听村民和镇上的居民谈论他的四个儿子，他们分别在商界、政界、学界和军界四个不同的领域取得了进步，真是各得其所呀。

# 第十七章　张家与黄家

说来奇怪，东林和他的儿子现在所享受的荣华和影响力，同那个与他们同时起家的合伙人张家的悲剧，竟然很巧合地同时出现了。黄家蒸蒸日上的时候，张家却衰败了。张家的没落震动了黄家子孙，但现在两家的关系已经变得紧张和疏远了。事实上，当张家山穷水尽时，黄家人几乎无动于衷，除了有些伤感，但即使是伤感也不足以让他们对之前的伙伴主动伸出援手。

当最终毁灭张家的事件发生时，东林的四个儿子中只有两个仍留在家乡。长子三哥已经离家，在福州的大学里执教，并同妻儿生活在那里。虽然他已经自立门户，但是经济上依然有赖于父亲。小哥也离家去了北平，在一所大学学习。

四哥和五哥陪伴着父亲。他们雇工种地，自己则经常回家监工。头脑清醒的四哥，边干农活边学习，现在成了一名勤奋努力的店员。与四哥不同，五哥积极参加公共事务，同当初在村里一样，成了镇上的风云人物。有许多事情造就了他的声名。

当时，在富商的资助下，县政府组织了一个公司，修筑一条从古田县城到湖口镇的汽车公路。公路修到黄村时，筑路工人粗暴地对待村民。他们以政府当局自居，傲慢地强迫村民提供工具和食物，并威胁要毁掉他们的土地用于修路。许多人向五哥抱怨，五哥最终决定亲自到工地看看筑路工人的所作所为。在工地，他恰好碰到一个筑路队的监工正殴打一个黄村村民。这位挨打的农民跑到五哥身边，乞求他的保护。五哥被这一幕激怒了，他质问监工是哪条法律给了他殴打村民的特权。受到干预的监工狂怒地转向五哥，他反过来质问五哥是干什么的，竟敢干涉政府的工程。虽然有人拉架没有打起来，但两人吵得很凶，而且态度强硬。这件事最终被呈报给公司的上级。五哥去县城将此事报告给了公司的经理，他以前曾是三哥的学生。他立即下令解雇了那名监工，他这么做不仅仅是因为他本人与三哥的关系，也因为东林是公司的主要股东之一。此后，黄村村民再也没有受到筑路队的侵扰，人们因此很敬重五哥，佩服他化险为夷的能力。

另一事件接踵而至。胜利归来的五哥一进店就发现一个收税人正同父亲争吵，起因是要增税。收税人声称他的主人，即地主要求增收税款。但东林辩称自己没有收到地主的正式声明，因此不能加税。两人争执起来，收税人一怒之下右手猛拍桌子，以为武力威胁能让纳税人屈服，收税人试图抓住东林的衣领来吓唬他。这种挑衅的行为通常会招致一场打斗，但是年迈的东林如何能对抗一个身强力壮的人呢?

正在这个关头，五哥走进了店铺。看到父亲被攻击，他冲过去抓住了收税人。几乎同时，四哥刚好办完事回来，也跑过来帮忙。两人一起将收税人用绳子绑了起来。情势的急转直下使收税人大为震惊，开始为自己先前虚张声势的后果担忧，之前傲慢、咄咄逼人的态度迅速变成了低声下气和楚楚可怜。

四哥和五哥两兄弟把收税人拉起来，一人抓着绳子的一端，将他沿街押送至自卫队驻扎的镇上寺庙。在那里，兄弟俩将收税人交给了自卫队。自卫队的队长是五哥的老朋友茂月，他有多年当兵的经历，并因为五哥的影响被任命为自卫队队长。

不过这种对待收税人的方式有些过分了，只有窃贼才可以被绑着扭送到这里的监狱。虽然收税人待人刻薄，但镇上有些人还是觉得黄家兄弟如此对待收税人有些霸道。

第二天，当收税人乞求允许他找人来商量释放事宜的时候，东林介入了。他不想让事态进一步扩大，只要求收税人公开道歉。根据惯例，公开致歉的方式是在镇上的寺庙门前放鞭炮，这一仪式意味着在众人面前承认自己的过错以挽回受害一方的脸面。在这样的道歉之后，茂月就释放了那个收税人，这件事情也就此了结。

然而，五哥参与的事情还不止这些。不久，他与老朋友张茂月，即现在镇上的自卫队队长之间的关系将他卷入了毁灭张家的一连串事件之中。

作为镇上的自卫队队长，茂月有责任保卫全镇，但他想做的还不止于此。他特别想追捕朱方扬，一个当地臭名昭著的土匪，也是很久以前他和五哥还年轻时，欺骗堂兄茂衡致使茂衡开店失败的那个人。方扬现在成了威震本区的土匪头子。

此后数年，方扬的确成了有名的土匪头目，他的人遍及西路沿线的所有乡村地区。他带领手下肆无忌惮地从一个村庄到另一个村庄，近来，他变得比以往任何土匪头目都更凶残猖狂。这是一个政治混乱的年代，军队经常擅离职守，参与各自的地方政治，如此一来，土匪袭击乡镇便有了可乘之机。只有为数不多的几个地方因为有自卫队保护而得以幸免。

当时，黄村上游的花桥是土匪过河的必经之路，也是往来于县城和湖口码头的商人过客的必经之路。因此，人们经常在桥附近被劫掠、受伤甚至被杀。

茂月雄心勃勃，既想作为自卫队长留名，也想报仇。一次，茂月和他的人埋伏在花桥上方的树林中，当一队十几人的土匪途经花桥时，茂月命令手下向他们开火。其中四个土匪被当场击毙，其他人则乱作一团，撤回了大本营。这是一场巧妙的突袭，但也是自卫队和以方扬为首的土匪之间公开冲突的开始。

另一支自卫队也很快卷入这场冲突。在张芬洲的老家陈洋村，另一支自卫分队在茂恒的领导下成立。很久以前，茂恒曾是湖口镇上的一个店主，后来举家迁回原来的村子。茂恒曾经是已卸任的地方官员王齐祥的学生，并受后者的委任组织自卫队。茂恒和茂月是堂兄弟，两人都痛恨方扬曾经害得他们的堂兄弟茂衡如此之惨。因为畏惧方扬的势力，两支分队一度合为一体以增强势力。他们对方扬紧追不舍，逼得他的部下逃离了大本营。因此，自卫队和土匪之间的敌意加深了。

一场大的冲突就此开始酝酿。出事的那天，一些商人雇了茂月和他的四个手下从湖口护送一批货物去古田。这一消息被一个探子报告给了方扬，这个土匪头目立即调动人马，埋伏在半道。当商队接近花桥时，土匪们开火了，茂月和他的人则加以回击。他们一直坚守阵地，直到看见更多人从树丛中冒出来，茂月才下令撤退。但是撤退变成了溃败，不久，茂月就发现自己落了单。好几个土匪沿路追击他，最终他背上中了一枪，一头栽进了稻田。随后，另一个土匪也追上了他，并在他脑袋上补了一枪。他的鲜血一阵阵涌出，很快与泥水混为一体，他就这样死了，躺在那里一动不动。

但这绝不是后来把五哥卷入的宿怨的终点，方扬注定要让张家面临更多的牺牲。茂月的弟弟茂桥现在成了自卫队的一员，他发誓要替兄长报仇，但是他在接下来的一场战斗中被杀。相继杀了茂月和他弟弟之后，方扬仍不满足，他策划了一次对陈洋村的偷袭，而茂恒正是这个村的自卫队队长。

一天黄昏，茂恒被叫出去见客人。他刚一跨出门槛，就有一个陌生人从衣服里掏出一把手枪，打中了他的脑袋。这个陌生人就是方扬。土匪的突袭行动迅速而周密，他们包围了茂恒的房子并侵入了整个村子。直到全村被劫，茂恒的房子被洗劫一空，自卫队也被缴了武器之后，他们才撤退。

这次枪杀事件之后，茂恒的女儿月英逃到古田县城向她义父、县参议吾云求助。面对月英的一再请求，吾云无奈只能将此事呈报县政府，衙门遂派出了秘密警察。

就是这次枪杀事件，将黄家卷入了土匪方扬和张家的宿怨之中。不久，五哥去县城办事，无意中邀了他的朋友张茂绪一同前往。张茂绪是陈洋村的一个农民，也是被杀害的茂恒的族人。他只是一个无恶意的小农，枪杀事件与他毫无牵连。

五哥和茂绪晚上才到县城，他们刚出现在当地的一家小酒馆，就从夜幕中闪出了几名警察。他们抓住了茂绪，五哥表示抗议，询问逮捕他的理由，但他们没有告知理由而是推开了他，带走了茂绪。

五哥一头雾水，不知道他的朋友会发生什么事。最终他得到消息说，这是因为茂绪被指控为土匪和杀害茂恒的凶手。但是他知道这种指控是不实的，茂绪生平从未当过土匪，而茂恒显然是被土匪头子方扬所杀。

在本案开庭之前，五哥得知原告是月英，决定去见见她，并解释一下。虽然不认识她，但五哥介绍自己是小哥的兄长，而小哥曾是她的小学同学，两家还曾谈起过婚约。人们记得小哥和月英的婚约是三哥提出的，但是被月英的父亲茂恒拒绝了。而事情并未到此为止。后来，当茂恒搬回原来的村子时，他把女儿送到县城的一所学校念书。看到自己的女儿出落成了一位成熟和年轻漂亮的姑娘，茂恒再一次想找一个家境好些的年轻人与她相伴。当时，小哥正在英华中学上学，他聪明能干而为人称赞。所以，茂恒先去见了黄太太，黄太太觉得太尴尬而没有答复，因为传统不鼓励家长之间直接讨论儿女的婚事。但是当茂恒找到东林的时候，两人进行了开诚布公的讨论，因为他们的思想都相对开放。东林告诉茂恒，小哥接受了现代教育，想要自由婚姻，也就是自己寻找另一半而不要父母插手。东林的说法并非毫无根据。五嫂死后，本该轮到小哥结婚了，但是他坚持让五哥先续娶，并要求父母不用为自己张罗订婚。但是，茂恒和月英依然认为还有可能得到小哥，而这次和五哥见面的正是这个月英。

这一次月英似乎很高兴听到小哥和他去北平深造的消息。但是当五哥把话题转到茂绪的事情，并否认他有罪的时候，月英立即翻脸，勃然大怒。她说她从父亲那里得知茂绪是他的对头，并且恶毒地辱骂过他。月英坚称是茂绪把土匪引到村里杀害了自己的父亲。她毫不客气地打断了这次谈话，说自己唯一在乎的就是为父亲报仇。

茂绪因此被起诉、审讯并被判处了死刑。五哥对此无能为力，他非常悲痛。在广场行刑之前，茂绪还被拉着游街，他哭诉着判决不公，但于事无补。事实上，他过去的确是方扬的朋友，但他们之间的关系从未亲近到能够将他以土匪罪处死的地步。成千上万的土匪摇身一变，当上了士兵和军官，却逍遥法外，而这个绝无前科的无辜农民却因土匪罪名而被杀害。

行刑之后，五哥独自回家，为自己无力救朋友而倍感受挫。他去看望了已卧病在床数月的茂衡，五哥带回的消息只能使他更为颓丧。茂衡知道自己的生活已经被他以前的伙伴方扬毁了。这位如今的土匪头子杀害了他的所有三个堂兄弟：茂月、茂桥和茂恒。茂衡几乎不忍心听到自己家族与这个土匪头子之间的宿怨。现在，它又演变成了族人内部之间的仇恨，因为茂绪是张家的一个远房堂弟。病弱交加的茂衡只能躺在床上，他如何能起来进行英勇的复仇呢？

人们可以从茂衡的颓丧中看到张家的命运。这是一个已经没落的大家庭。老芬洲在“龙吐珠”上满怀希望地建起了壮观的新居，但这片风水宝地并未带来益处，相反却加速了这个家庭的衰败。疲惫不堪、年迈孤独的茂衡，只能躺在床上咒骂那个自己曾经视为合作者和朋友的方扬，咒骂他是葬送自己生活、财富和亲人的魔鬼。倘若没有他，张家将会和黄家一样有钱有势，因为黄家和张家是一起白手起家的。

但是茂衡对家道中落的解释可能太过简单了。他将一切归咎于方扬的做法无疑是错误的。他在“风水”轮转中塑造了一个恶人，却没有看到这个恶人，作为更大命运的一个能动者，也是其环境、时代和地域的产物，在一个因人类情感和人与情境互动而结成的更大网络中行事，而这个网络是无论方扬自己还是茂衡都无法理解的。方扬并非生来就是土匪头子，一开始，他是一个勤劳的农民，就如同芬洲、东林以及其他许多中国南方的农民一样。他性格中的欺诈、不忠、暴力和仇恨使他走上了一条道路，就像其他秉性促使其他人走向了当时当地展现在他们面前的其他道路一样。方扬的所作所为就像瞬间作用的催化剂一样，刺激着张家在他们的道路上选择了这样一个命运攸关的转折点而非其他。这种选择引发了灾难，使他们重陷于先前的清贫与默默无闻。黄家选择了一条相似的道路，但在他们的人际关系与物质环境中，催化性事件却刺激着他们选择了不同的转折点，转入了更高的境地。

因此，方扬的所作所为是一股偏离正轨的重要力量，伴随着这种力量，张家的下坡路与黄家的上升势头形成了更鲜明的对比，而最突出的莫过于两家家长之间的巨大差异。当茂衡抱病濒死、无力地咒骂家族的恶魔方扬之时，东林却成了一场显示骄傲、团结和孝道庆典的中心。这标志着黄家更上了一层楼，全家再次聚在一起向这位掌控并象征着权力与团结的老人致敬。

为了赞颂一家之长的美德，当地有一种为他祝寿的习俗，称为寿宴。50岁生日举办第一次寿宴，然后是60岁大寿和70岁大寿，以此类推。东林现在60岁了，所以他的儿子们计划大办一场。

庆典在福州城举行，因为那里会有更多的亲朋好友参加，地点选在古田会馆。在福州城，各区县均为各自的商会建立了会馆。古田会馆坐落于古田商人聚在一起做生意的地方，离黄家店铺代理人东志现在所住的货栈不远。这是一座两层楼的建筑，大致分为三部分。前面部分是一个供演出的剧场，两边有演员的更衣室。会馆也是休闲放松的场所，老式戏曲依然是最流行的娱乐方式。中间是天井，最后面则是一个大的主厅和一些小房间。这些小房间被用于会商、存货和居住。

庆典要提前通知，红色的请柬被分发给亲朋好友、同行和熟人。此类请柬不同于结婚请柬，由孩子们署名，为父母庆祝。婚姻被视为父母对孩子的责任，而寿宴则是孩子的义务，一同颂扬父母的美德和功绩。请柬上三哥的署名排在第一位，其后依次是他的三个弟弟、一个妹妹、两儿两女以及三个侄子和三个侄女的名字，他们都是东林的直系子孙。三嫂素珍、四嫂和第二个五嫂等儿媳们的名字并不在其中，这一点毫不奇怪，因为习惯上年轻妇女在这种场合总是被忽视的。

古田会馆上上下下装饰一新。主厅的墙上挂上了五颜六色的丝制绣花卷轴和条幅，这些都是亲朋好友赠送的贺礼。其中最珍贵的是一些丝绸卷轴，每一幅长十英尺，宽六英尺，是现在已经成为代理校长的三哥的同事们送的。卷轴上写满了对东林生平的溢美之词，被展示给公众。内容包括东林如何开店、扩展店铺和发家致富，以及如何在当地起家、盖房和立业，还有他热心于公共事务、地方管理和民生商业的记录。他作为孝子和投身社会公益的美德被特别加以强调。他的妻子黄太太，被形容为贤妻良母，竭尽所能帮助自己的丈夫和孩子。甚至东林儿子的事业以及儿孙在学校的成绩都有记载，认为这归功于良好的家教。这篇赞美黄家的公示颂辞比一般的要长，但非常典型。

庆典的第一天，来宾多是商人和他们的家眷。他们是东林的老伙伴和老朋友，从事咸鱼、大米和木材生意，其中一些是来自古田的商业伙伴。客人们到齐后，被邀请到主厅入座。妇女和姑娘们的餐桌也设在主厅，与男宾的桌子并排，因为在城里，男女之间的接触要比乡村自由得多。

会馆前面戏台上的戏班子已经开锣，接下来表演的是“天官赐福”，是一出特为寿礼安排的戏。宾客们一边享用珍馐佳肴，一边津津有味地欣赏演员的表演。

这个戏班子有许多历史题材和故事性的剧目，剧目由办事的主人从呈递上来的清单中挑选。当主客在主厅尽享其乐的时候，外人和陌生人也被允许站在天井和庭院中观看，整个会馆都挤满了欢乐的人群。

庆典要持续到午夜，观众也一直陪着，晚上还上演了更好的大型剧目。间歇的时候，三哥领着他的弟弟和家中的其他晚辈走到每一桌宾客面前，感谢他们不辞辛苦，屈尊光临。

次日举行了相似的庆典，但来宾不同。这次主要是官员和三哥、六哥在大学里的同事、老师和同学。甚至小哥在北平的几位朋友都寄来了礼物，以示与黄家的友谊。

第三天的宾客是更亲密的朋友和家族中年轻一代的族人。这天的庆典不如头两天正式，但也热闹欢乐。

实际上，庆典加强了黄家与更广泛圈子之间的关系，也进一步提升了东林的名望，这使他在省城做生意和应对公共事务变得更为容易。现在，他终于不仅是县里的重要人物，而且在省城也成了名人。在黄氏宗族的历史上，从未有人拥有过像他这样显赫的地位。

与此形成对比的是，就在黄家为东林祝寿这一喜庆荣耀的时刻，张家的一家之主茂衡的悲剧也到了尽头。久病使得茂衡每况愈下，这一天，他最终昏厥过去。他的太太不得不派人求援，忠诚的长工培明被派了出去。

培明先到了金翼之家敲门。二哥出来开门，他是唯一待在家的成年男子，其他所有人都去福州参加寿宴了。虽然培明告诉他茂衡已经病得很重，但想到茂衡并未为自己做过什么，二哥借口自己要看家护院，冷冷地拒绝前去探望。作为一个长工，培明无法说服二哥，只得黯然离开，听任大门在身后紧紧关上。

培明接下来又去湖口镇请大夫云生，他现在在自己同大哥、杨林合开的新店中做事，但是云生也不想提供帮助。他说他的合伙人都去福州赴宴了，所以不能离开店铺去照料茂衡。而且天色已晚，或许明天他可以去。云生已经无情无义地忘记了他的医学知识都是习自病人茂衡的父亲芬洲。

当培明独自一人空手而归的时候，茂衡已经奄奄一息。他年轻的妻子坐在床边，默默地流泪，对即将要发生的事情了然于胸。茂衡虚弱地叹气，一度睁开眼睛又再次闭上。培明不忍看到这悲伤的一幕，回到了自己的房间，咒骂那些使得张家告别往昔的繁荣而步入凄凉现状的人。

不久，培明听到了哭声，知道自己的主人过世了。当夜寒冷而阴森，培明走到外面深深吸了一口气。透过茂衡房间的门，培明看到茂魁的遗孀和茂衡的太太在床边恸哭，茂魁的养子现在已经是十几岁的小伙子，他也待在那里，陪着两位孤苦伶仃的女人哭泣。

第二天一大早，培明把这个消息告诉了黄家。依然不情愿的二哥，现在不得不来了。两人匆匆将遗体入殓，几乎没举行什么仪式，张家再也没有主人了。

这真的是尽头了。因为没有什么活可干，培明也走了。茂衡年轻的太太在她父母的催促下不久就改嫁了。已知的繁盛时期所有的张家人中，只有茂魁的遗孀和她的养子留在了这座“龙吐珠”的房子里。

# 第十八章　地方政治

黄家之路虽然已经走到巅峰，但对于命运突变的抵御力并不比张家强。随后几年接踵而至的事件，很快使他们认识到了这一点。当时，福建全省同整个中国一样，在战争中支离破碎。所不同的是，虽然经历了残酷内战强加给普通百姓的损失和颠沛流离，东林却活了下来，围绕着他所建立起来的儿子们的家庭和财产紧紧聚在一起，度过了分崩离析的危险。不久之前，东林寿宴所庆祝的外在荣耀虽然可能再次消失殆尽，但内部组织的核心，即父子团结，并未受衰败的影响。

在全面内战侵袭本地之前，有那么一瞬间看似有可能回归风平浪静，不过这个愿望只是泡影。地方土匪的覆灭曾让人燃起过这个愿望，也为新的前景带来希望。在力压张家之后，方扬的末日突然降临，而他的势力也在新的事件发生之前很快消逝。

方扬是茂衡过去的合伙人和后来的仇敌，确实是非常显赫的土匪头子。他手下有百人之众，在古田县的村庄抢劫杀戮，残酷无情。实际上，他们几乎无人能匹敌，直到来了一名驻守湖口镇的新中尉。

新官上任之际，这个中尉设了一个奸计，派代表去招募方扬和他的手下并入正规军。

当军方代表和土匪头目之间达成协议并交换了誓言之后，方扬便把他的人分几条船运到了湖口。到达码头时，中尉的代表在岸上热情地迎接他们。下船之后，方扬走在前面，从岸边向上面的中尉和他的军营走去。行至半路，中尉现身欢迎方扬。但是突然，方扬的人被拦了去路，埋伏着的士兵冲出来抓他们。土匪们被一一缴械，只有队尾的约20人跳入水中游到对岸逃掉，其他不会游泳的人则被抓或被击毙。

在被抓的土匪中，有一个年仅12岁的少年，他是方扬的儿子。方扬跪在中尉面前乞求放他儿子一条生路。作为土匪头子，方扬对自己的死罪无言以辩，但是他恳求说儿子并未犯错，只是来看他的。中尉被打动了，答应放过孩子，但下令杀了其他所有土匪。于是就有了一场大屠杀，极为可怕，却给当地人带来了些许安宁，全县上下为此无比振奋。那些曾被劫掠过的人家因报仇雪恨而尤为高兴。但是茂衡，却活得不够久，没能看到他的旧友和后来的敌人方扬横尸街头。

在全省正在经历的这样一个困难时期，人们享受肃清土匪后的太平日子的希望十分渺茫。军队很快被证明比任何土匪都更可怕。那个革了香凯之职的司令安邦，不久就制造了前所未有的动乱。现在安邦的兵力占据了整个闽江上游地区，并逐步向下游扩大地盘，直至要塞水口码头。延平和福州之间的古田县区因而也处于他们的军事控制之下。

安邦虽然是省委的成员，但仍然对自己的地位不满。他的参谋们催促他占领省会福州，他也决心这么做，第一步就是施以诡计。他在延平召集会议，许多省政府的官员和委员前来参加。等他们聚在一起开会时，他让手下的士兵抓了这些官员并把他们投入监狱。与此同时，他派了几支分队沿闽江而下，包围了省城。事后，他威胁曾当过海军上将的省长说，如果福州城抵抗，他将杀死被捕的官员。但这位省长不理会这种威胁而采取了防御措施，所以安邦只能调遣剩余的兵力去攻城。

福州城由海军驻守，其中的一些分队由从华北招募的士兵组成。这些人与本地没有关系，所以既不受威胁也难以收买。结果，虽然安邦调动了最精锐的部队，但依然难以攻下福州城。福州守住了。

在这场内战中，古田县突然成了战略要地，那里发生的一件事决定性地影响到了安邦冒险的成功。考虑到该地区的重要性与日俱增，安邦派了自己的心腹赵孟去那里。赵孟新近被提拔为少将，要去驻守古田并监视齐亚魁上校的行动，后者是古田本地人，且长期驻守县城。赵孟将部队沿西路分布，在古田县城里头也派了一支分队驻扎。

赵孟到达古田县城时，齐亚魁上校热情迎接。他现在成了赵孟的下属，至少名义上如此。两位军官看起来关系极好，经常相互宴请。

这些宴会的亮点之一是齐亚魁的姨太太，她曾经是一个妓女，现在则是制定军事策略的好参谋。她培养训练当地出身良好的女学生并与她们交朋友。这些有女学生作陪助兴的宴会，有着举足轻重的影响。得知赵孟希望能找一位有文化的妻子，齐的姨太太很高兴，不久就在类似的晚宴上介绍了一位女学生。赵孟正想要找一个这样的女孩，因为他本人是文盲，他希望找一个识字的太太，能帮他保管密信和文件，也为自己的新职位添彩。

收到齐上校的邀请信，说会将自己介绍给几位女学生，赵孟欣然接受，丝毫没有想到任何反叛的危险。到了约定的那晚，他带着四名卫兵出了军营来到齐家，齐家人奉上茶水烟酒，热情接待他们。晚宴设在内室的楼上，赴宴的除了齐上校和少将赵孟之外，全是女宾，四名卫兵在外间接受款待。他们吃吃喝喝，宴会上十分欢愉。齐上校有个副官唐中尉，个头高大，是众所周知的冷面杀手。他随后才参加宴会，并就迟到而礼貌地向诸位致歉。

酒酣之际，唐中尉举着一杯酒靠近赵孟。当赵孟接过酒杯的时候，站在他身后的唐中尉用双手紧紧掐住了他的脖子。赵孟大喊："别跟我开玩笑，唐中尉！"得到的回答是："这次不是玩笑！"突然意识到了危险，赵孟颤抖着将手伸入裤袋拔出手枪，但被齐的姨太太迅速夺走。她以迅雷不及掩耳之势用枪指向他的脑袋并扣动了扳机。这位新少将僵倒在地，瞬间毙命。

混战中，所有的女学生都爬到桌底下和房间的各个角落。怕听枪声甚至连爆竹声都害怕的齐上校，站在一边颤抖着。宴会的桌子被掀翻了，杯碟摔碎散落了一地。

一听到房间里的枪声，外间的士兵迅速投入战斗。赵孟的四名卫兵，三人被杀，一个得以逃脱，并报告了主力部队。但这已经太迟了，齐上校的队伍包围了军营，要求赵孟的分队缴械。其中几个士兵抵抗了一阵儿，但是很容易就被打垮了。

这一暗杀发生在黑夜。第二天早上，海军进入古田城并加入了齐的队伍。齐上校当然已经事先与海军秘密接洽，杀了赵孟以投靠省政府军。因为当晚的行动，他立即被提拔为少将。他的部队与海军整编在一起并沿西路向西推进，去攻打仍由赵孟部下指挥的余部。

听说赵孟被害，安邦火速从延平派自己的部队去加强湖口的防守并向古田县城前进。他的队伍抓平民百姓搬运军需并且野蛮地对待他们。安邦部队每到达一个城镇或村落，所有的居民立即逃跑，只留下一两个老人看守家院和店铺。

发生在东林店铺门前的一件事足以说明安邦部下的凶残。一名被抓来搬运沉重军需的苦力，被绳子绑着，用马鞭抽着往前赶。他疲病交加，顾不得凶狠的鞭子，栽倒在街面上。他闭上了眼睛，奄奄一息，好像就要死了。因为鞭打无法再使他站起来，士兵把一桶凉水浇在他头上，但是这个苦力依然一动不动。最终，他们以为他死了而将他抛下。等队伍经过了，东林出来搬动尸体，却发现他身上还是热的，于是把他移到店里，安置在一张舒服的床上，并让他喝下了一些热汤。这名苦力逐渐苏醒，并感谢东林的救命之恩。

安邦的部队沿西路败退到了黄村。因为建有防御工事，金翼之家被他们占据当作军队的司令部。此时，除了必须留下来看守房子和家具的五哥和伯母林氏，家中所有人都已经逃走了。

黄太太和她的女儿珠妹在福州与三哥同住。四哥现在承担起了鱼商的工作，也在福州。由于省城和闽江河谷上游之间的通讯中断，在福州的黄家人非常担心家里的情况，尤其是他们从报纸上得知在他们的村子和湖口镇一带正进行拉锯战。

战事吃紧，店中唯一留下的东林和凯团两人被迫逃离湖口镇。他们撤入深山，在那里遇到了四嫂、五嫂以及他们年幼的孩子。大哥和二哥两家也在山里避难。村里的成年男子围成一圈，圈内被作为临时的住所。

面对敌对的两军交战，村民们除了躲避毫无办法。他们不关心，甚至完全不明白为什么要打仗。比如，有一次，黄村的一个文盲将一封信从驻扎在村子对面山顶上的海军那里送到敌对的安邦部队。这一趟他得了两块钱，为自己的好运气欣喜若狂。但第二天，当他从敌军带了回信给海军时，却被毫无因由地枪毙了。这一事件警示了所有村民，此后，无人再敢出现在任何一方面前。

在这个恐怖的时刻，是五哥一直看守金翼之家，并安排了从山里的临时避难处和村镇之间的秘密联络，是他告知村民关于部队动向、战事推进和民情等外界信息。在战事最严重的那天，五哥没能返回村民所躲避的深山，黄家人担心他或许已经不在了。原来，他被败退的一些安邦手下强迫为他们搬运军需，但是到湖口镇时他逃走了。

逃脱之后，五哥又回到山里，建议他的父亲东林和其他人往东向县城方向转移，因为他看到安邦的增援部队已经赶到，并且传言说很快就会发动反攻。这一提议在留下的黄家人中间引起了争议。东林不愿再走，但又有些犹豫。大哥坚决不愿再走远并怂恿他的叔叔东林也留下来。

争议主要是围绕房子和家中财产的守护问题。五哥强烈建议父亲放弃看家护院的想法，继续留守不仅房子和财产有危险，而且性命堪忧。他争辩说，即便房子没有了，他们至少还可以去福州投奔三哥。但是大哥却不这么想，他有自己的家庭，却没有其他的避难之所，所以房子毁坏对他意味着永远失去家园。而且，他也不希望叔父一家搬去福州。大哥深知，没有了叔叔，自己必定会无望地陷入政治、社会以及经济等种种困境。现在，他清楚地看到，家境发达的这些年，自己一直处在东林的庇护之下，因为东林有着更广泛的关系，而且他的儿子们与地方官员和士绅都有往来。

幸运的是，在放弃本地的决定不得不做出之前，安邦队伍的反攻已经结束。他们旗开得胜，但是很快就被由齐上校的队伍和省城来的海军组成的联合军击退。古田失守使得安邦的部队被分成了两部分，一部分围攻福州城，另一部分留在以延平为中心的闽江上游河谷。后来，围城的队伍被驱逐，被迫沿山路向北撤退，最终许多人被俘虏和追杀。安邦被困在闽江上游河谷一片有限的区域内。

当东林和其他家庭成员从山里的避难处回家时，他们发现房子还在，尽管大部分财产都没有了。安邦的人痛恨村民和镇上的居民站在政府军一边，卷走了店铺里的所有钱财。东林的店铺、大哥及合伙人的店铺分别损失了约两万块钱，现在濒临破产。

面对损失，东林和他的家人除了抱怨以外无计可施。实际上，地方政治和内战造成的这些混乱具有更深远和广泛的影响。其破坏遍及全省，古田县尤为严重。黄村和湖口镇数次成为战场，破坏殆尽。想象一下，人们是如何打碎先前宁静而平凡的乡村世界的！两支陌生的敌对势力突然侵入当地，肆意劫掠，毁坏无法带走的东西，并且相互火拼。杀戮、流血和受伤成了常态。平静苍翠的山坡和精心耕作的稻田突然成了血与火的战场。

日常生活完全停滞了，无论是镇上还是村里都一片死寂。民居和店铺废弃了，牲畜被士兵们掠食，所有值钱的东西被洗劫一空。生意停顿，田园抛荒。只有水路依旧，只是增加了漂浮流动的死尸。宽阔的道路在阳光下一如既往，只是路面再没有了人的足迹。

在黄村，像这样的灾难自黄家一世祖开始从未有过。作为最富庶的人家，金翼之家尤受劫掠之害。然而，损失恐怕是暂时的。战争一结束，常态便会逐渐恢复，所有的人又开始各司其职。

东林终于回到店铺，他开始对木材生意产生了特别的兴趣。内战前，他已经从中挣了些钱。现在他的木材生意扩大了，并且从卖松木变成了卖柏木，因为柏木是城里的建筑用料。

内战一结束，东飞立即再次带领工人去山林中作业。他们砍倒树木，剥去树皮后锯成长约 15 英尺的圆木段。这些圆木在雨季顺流而下漂到湖口镇。在那里，它们并不像之前的松木那样被装上帆船，而是扎成木筏。每条木筏上雇用四至五名放筏工，将筏子撑往下游的福州。他们只在白天漂流，夜晚则停靠在岸边。睡觉的时候，搭一个竹篷，他们也在上面做饭吃饭。到福州大约需要十天，木材卖给批发商，批发商随后将木材装上远洋轮船，运到东北的木材市场上出售。这项交易利润丰厚，前景看好。

为此，东林的店铺和大哥及其合伙人的店铺合资买下了一片大林子，雇用了很多工人伐木、加工，发往下游再扎成木筏。那年夏天，木筏行至福州码头并在那里被囤积起来，以待高价。有些商人来议价，但是未能达成协议，东林和他的伙伴们信心十足地等待秋天更高的价钱。但是这一次，像他们一样的地方商人未能想到外界国际贸易和政治的更大变动。

1931 年 9 月 18 日，日本人突然侵入中国东北三省，隔绝了东北与中国其他地方的联系。东林和他的伙伴在内战后投资的柏木只有运到东北后才有价值。现在，日本占领了东北，阻断了交通，柏木变得一文不值。这一彻底的失败意味着巨大的损失。大哥和他人合开的店铺只经营了几年，已经几经挫折，现在再难以为继。安邦部下的劫掠本来已经造成了毁灭性的打击，远在东北的入侵则使他们完全没有活路了。

东林的店铺虽也蒙受了巨大的损失，但是因为有雄厚的资金和稳定的人员支撑，幸免于破产。大哥的合伙人杨林和云生变得穷困潦倒，失去了工作，大哥本人则再次成了叔叔店里的店员。两次开店失败，大哥现在完全不敢进行新的冒险，最终满足于留在叔父的庇护之下。东林本可以拒绝恢复这个执拗侄子的职位，但他没有这样做，只因血缘关系和家族情感。

东林不得不放弃木材生意，再度专注于咸鱼、大米和盐这些老业务。四哥聪明能干，成了实际上的总管助理，东林越来越依赖他。

五哥被派往福州，成了那里的鱼商代理。现在店里的重要人物包括东林、他的儿子们以及他的老朋友——账房凯团。重组使得店铺的经营更为有效，在相当长的一段时期内，生意盈利颇丰。往日的兴隆部分地恢复了，损失的钱也赚回来一些。

然而，安邦溃败后这一段时期内，地方动乱依然时有发生。在日军侵入上海时奋勇抵抗的19路军，现在奉命驻守福建。在这支队伍的支持下，福建宣布独立，迫使中央政府出兵镇压。其中一场重要战役在古田县进行，人们再次蒙受巨大的苦难。

此外，以江西为根据地的共产党也逐步向闽西扩展。共产主义的理念广为传播，既来自共产主义者本身，也来自那些攻击共产党的相反宣传。被政府军紧紧包围的共产党，突破了封锁他们的阵线，向各个方向扩散。其中一支来到了闽江上游河谷，与那些乐于加入他们的绿林力量合而为一。

很快，关于共产党要来的消息在闽江河谷散布开来。三哥担心家中的情况，回家探望父母。他刚到湖口镇，闽江上游与省城之间的通讯就变得困难了。他郑重地劝说父母前往福州，以躲避即将来临的不测。但是在以往的困境中不到最后关头不逃跑的老东林，即便在三哥和四哥的连番劝说下，依然拒绝离开店铺。他们的老母亲黄太太，虽然不愿离开故土，但已经被说服去过福州几次了，这次又要去了。珠妹已经出嫁离开家。最后，少台和他的妻子齐妹、四哥的两个儿子和其他几个人跟着三哥再次逃离故乡。

当三哥带着这些避难的人来到湖口码头的岸上时，他发现很多人已经挤在那里等船。三个小时过去了，只来了一艘船并只停了一会儿。只有一部分乘客得以登船，三哥一行幸运地设法上了船。四哥和他们一起，准备去水口码头为他们送行。

船行至水口码头，乘客们需要换乘另一条船继续往下游走。乘客带着行李换船十分仓促，因为人人都想确保能登上另一条船。在极端的混乱中，少台的行李掉进了河里。他的妻子齐妹在无人帮助的情况下，试图从一条船登上另一条船，几乎跌落水中。乘客们刚登上新船，原来的船就开走了。没打算去福州而是要打道回府的四哥，被困在了新船上。眼见原来的那艘船已经离开六七英尺远，他没敢跳。但是，他立刻决定跳入水中游回岸上。黄太太和三哥吓了一跳，在他身后大叫，但是四哥慢慢平安地游到了岸上。

三哥带着一行避难者离开湖口的当晚，镇上的居民在庙里庆祝一个节日，请了戏班子演戏。因送走妻儿而松了一口气的东林，也来到庙里欣赏庆典和戏剧，直到午夜才回到店中。

第二天凌晨，一个做饭的学徒打开店门发现街上驻扎了一群陌生人。他们身着制服，右臂上戴着红色袖章，佩着枪和刀。学徒“砰”的一声关上门，连忙将所见告知东林。东林被这个消息吓了一跳，立即起床收拾店里所有的银元和纸币，匆匆分成三份，分给凯团和大哥各一份。三人于是藏身于地窖的黑暗入口处，这里与街道的地下管道相连。他们又细致地用平常装鱼和其他货物的桶和篮子挡住了入口，如此一来，就没人知道他们是如何离开店铺的。

陌生人敲门，学徒开门时，他们冲进了店铺。他们并未注意学徒，因为他穿着寒酸，显然只是一名雇工。其中一个陌生人问学徒掌柜在哪里，学徒回答说掌柜早就逃走了。但是问话的人不相信，他说他认识长着宽宽的圆脸和白色胡子的掌柜，并且头一天晚上还看到他站在看戏的人群中。

这些陌生人就是预料之中的共产党人。他们在破晓前就占领了湖口镇，当时，镇上的居民还在睡梦之中。因为镇上没有正规军，他们轻而易举地解除了自卫队的武装，自卫队遭突袭，也未加反抗。共产党采用了其著名的游击策略，事先卧底伪装成商人、农民甚至乞丐进入。这就是在天亮之前没有人知道他们已经占领镇子的原因。

中午时分，一队共产党人控制了金翼之家所有的女人和孩子。男人们都不在家。以伯母林氏为首的女人，领着孩子们出来，所有的孩子都不到十岁。被驱赶着经过店铺的时候，他们哭了，而店铺现在只剩下那个做饭的学徒看守。与通常的军事动乱不同，这次侵入仅导致了那些所谓的富人和中产阶级商人的出逃。雇工和农民是“自由的”，其中一些人加入了搜寻逃跑的“资产阶级”的行列。

在从水口回来的路上，四哥听说了湖口发生的事情。他直接去了村里，发现房子空空如也。他又开始寻找被捕家人的下落，并与对方协商赎人事宜。为俘虏们的打扮及一脸穷酸相所欺骗，共产党人并未狮子大开口。交了几百块赎金之后，金翼之家所有的女人和孩子都被释放了。但是其他俘虏中有三位是店铺店主，还有一位是镇政府的官员。这位官员和其中一位店主因和政府有牵连而被杀了。第二位店主付了一大笔钱才被赎回。第三位店主则过了很久才被赎出，在此之前，他被严刑拷打，并一直被押到作为临时据点的水口镇。

东林千钧一发的脱逃无疑救了他一条命。我们还记得他和凯团、大哥一起躲在地窖入口，蜷缩在黑暗中，饥寒交迫，近乎窒息。终于，当共产党的把守相对放松的时候，他们化装成乞丐，挨个从店铺逃到了黄村后面的山上。

共产党人对本地镇子和村庄的占领只持续了一周。在从当地的资本家手中征得了足够的钱财之后，他们将部队集合起来一阵风似的刮走了。

这次共产党人的到来使东林大为惊恐。因为年迈，又受惊吃苦，从山里回来后他大病了一场。病中，他埋怨共产党，因为他们试图抓住他，还要毁了他用一生血汗挣下的财产。他自认为从未做过任何伤天害理的事情，相反，他曾经帮助了很多穷人。对于这些想要将别人的财产据为己有的共产党人，他完全无法容忍。

然而从病中复原之后，东林又继续做他的生意。虽然筋疲力尽，但老人依然如往常一样奋斗，为了这些挣来之后只会更快失去的身外之物。现在，他虽不富有，但衣食住无忧。他想到的不是自己，而是他的儿子、孙子和将来的后代，在他的想象中，他们都将有赖于他的支持和庇护，并会从他开始的这一世系绵延下去。

实际上，当东林回到日常的轨道时，他再一次回想起金翼之家的命运。同张家一样，黄家也在道路上遇到了一个新的转折点，但是与张家不同的是，他们对此有所准备并且一如既往地渴望接续下去。在这个由农田、乡村和贸易集镇组成的小世界中，政治动荡极有可能彻底影响人们的生活，然而只能使其暂时偏离正轨，而无法使其停滞。只要原来的生活之路依然存在和一往无前，影响就变得极小了。无论是以往还是当下，富裕与贫困、农民与资产阶级商人、高贵的士绅与卑微的乞丐之间其实并无差别，这些都不是一生的艰辛可以创造的，也不是一生的不幸可以摧毁的。新来的共产党所进行的阶级斗争只是地方场景中的又一次震动，以及对当地人和人际关系的又一次颠覆。东林认为，共产主义、封建主义和军事主义，或是政治的、社会的和经济的动荡，都同样搅动了人们的生活，但最终均无法彻底改变它。

# 第十九章　河运

同先前所有的政治和军事巨变一样，共产主义运动所造成的震动过后，继之而来的是相对的平静，秩序也得以恢复。数周之后，省城与闽江沿线的内陆市镇之间，通讯和交通也恢复了常态。当时有八条轮船定期往返于湖口和福州之间，各船相互竞争，竞相争取货运和客运。费用没有规定，航运日程也不统一。

正在这时，福建省政府的重建局对省内的交通运输实施了管控。他们起草了规定并寻求商人和业主的配合，这不仅是为了安定公共秩序，也有助于商业盈利。在轮船事务方面，每个内陆码头要成立一个公司来管理所登记的轮船，以便消除以往的混乱并减少竞争。为了符合新规，湖口八条轮船的股东们聚在一起组建了一个公司。

新公司由董事会和监事会管理，设立了一个经营或行政部门，人员由董事会任命。监事会负责监督船只的经营并检查董事的所作所为。董事共有五名，由定期的股东会议选出，监事会则有三名成员。本地首富，也是最大的股东马南绍，担任董事会主席，他的女婿王齐檀，即王一阳的长子，被任命为经理。

齐檀是个大学生，从商的经验不多。恰巧有一天，其中一条轮船触礁失事，两名乘客因此丧生。死者家属指控管理不善，并起诉到省法院。南绍和齐檀都被传唤了，然而他们两人因为害怕担责而躲了起来。公司于是陷入了更加混乱的境地，因为现在没有负责人了。这一插曲使得股东们开始对管理不满，齐檀是个老实人，但他的秘书和属下被指控“压榨”和贪污。很快各轮船又故态复萌，各自为战，不再遵守公司制定的规则和航运日程。

由于河运又回到了从前的混乱和竞争状态，许多股东要求重组。现在五哥为黄家贩鱼，也是“江鸥”号轮船的船长，他积极要求重组。五哥原是齐檀的朋友和赌友，但是一场争执使他们之间的友谊破裂了。他意在罢免齐檀的经理之职并取而代之。

除了失事的那条船，现在还有七条船。在新的控股公司成立之前，各船有自己的组织和股东。“江鸥”号有 120 股，分属多位股东。最大的股东是三哥，他拥有 30 股。第二大股东是他持有 25 股的新婚妻子，即新的三嫂。三哥的第一位妻子素珍不久之前过世，三哥于是娶了一个自己有些身家的女大学生，她把她大部分的资本投在轮船上。东林的店铺持有 20 股，大哥持有 15 股。剩余的 30 股则分属于许多小股东，他们中的多数人都与大股东有些关系。实际上，就控股而言，轮船是属于黄家的，因为他们占有四分之三的股份。三哥作为最大的股东，在轮船事务上是黄家的代表。五哥虽然自己没有股份，却是名义上的船长。当然，他的这一职位应归功于他的兄长和家庭。

其他六条船的组织情况与“江鸥”号十分相似。每一条船的幕后都有一位像三哥一样有影响的人物，也有一位像五哥这样不一定占有股份的船长。出逃的董事会主席马南绍，实际上控制了两条船，他的女婿齐檀是王家的代表，也是另一条船最有影响的人。另外三条船的情况略有不同。但是在其背后的合伙人中，也都有一位核心人物，分别是老梁、小刘和长邓。三人均是古田县东路人，是当地店铺的代理人，住在福州。

在轮船公司陷入混乱的状态下，股东们很快分成了两派：一派由南绍的下属股东组成，他们继续支持南绍和他的女婿齐檀；另一派以老梁为首，意图推翻南绍的控制。南绍掌控着三条船，自己的两条和女婿齐檀的那条。老梁和他的朋友小刘、长邓控制着另外三条船。这使得双方势均力敌。不过"江鸥"号轮船的船主们不倾向任何一方，这意味着他们拥有操纵权力平衡的决定性投票。

这一情形使得五哥在公司重组中扮演重要角色有了可能。当他成为福州的鱼商代理时，他已经把这个职位与"江鸥"号船长的工作结合在了一起，虽然他本人不常在船上。他在福州为自己建立了一个相当庞大的关系网。他与老梁很熟，实际上，公司的矛盾一出，老梁就来见五哥，因为据他所知，五哥对经理齐檀并不友好。于是他们计划合力推翻南绍和齐檀。

但是，在黄家对轮船的控制上，三哥才是真正举足轻重的人。所有人都知道，五哥虽然是三哥的兄弟，却只是三哥在河运方面的代表，所以接下来的一步就是五哥将老梁引荐给还在英华中学执教和生活的三哥。五哥的确这样做了，三哥和老梁随后的商议得出了具体的结果。三哥十分清楚自己的资金所受到的威胁，唯有希望对立双方作出一些安排以排除公司的困难。

老梁希望能彻底推翻现在的组织，因为他那一派的所有人都痛恨南绍和齐檀。他怂恿三哥出头，他的人会支持他出任董事会主席。五哥帮着他的朋友也劝三哥采取行动，但是三哥的想法不同，他不甘心成为老梁一派的傀儡。同时，与他的弟弟五哥不同，他与南绍以及齐檀的关系很好。实际上，齐檀作为东林老友王一阳的儿子，是三哥的师弟，自上学的时候两人就是好朋友。三哥也宁愿喜欢南绍，因为他是一个相对有文化的商人，受过一些教育。他认为像南绍、齐檀这样的人比老梁和小刘这样的人更值得信赖，后者没受过什么教育，原是村野无赖，只是凭借着欺诈和凶狠才得势。

当三哥去找南绍商量的时候，他并没打算听从老梁和弟弟的计划。南绍和齐檀都欢迎他，也都诚挚地建议他重组公司，并且希望双方能够和解。他们还提出，三哥受过高等教育，又是公司的大股东，是就矛盾双方针锋相对的主张进行调解的合适人选。

于是三哥充当起中间人的角色，私下与两派的领头人商议此事。最重要的步骤是董事会和监事会人员的调整，以及推选新的经理。几天之后，双方达成了一致，并定了日子，召开七条船的全体股东大会。

会上，三哥被推举为临时主持。会议通常由董事会主席主持，但是现在人们很清楚，偏向任何一方的人都不应当主席。会上进行了选举，结果恰巧与三哥在两派之间调解的角色相符，双方达成了一致的协议。三哥被选为董事会主席，除他之外，还选出了四个董事，双方各两人。监事会由三人组成，两名来自老梁一派，另一名来自南绍派。表面上看起来，如果不算上中立的三哥，老梁赢得了四席，而南绍只有三席，似乎老梁一方在董事会和监事会中赢得了更多的席位，但实际上，因为是董事会依法负责公司的管理，所以双方人数相等。若是两方在决策中出现冲突，主席的态度是决定性的。

由于无法议定经理的合适人选，董事会委任主席三哥暂时兼任经理。为此，三哥在古田会馆设立了一间办公室。因为大部分时间忙于教学，只能偶尔来办公室，所以三哥在很大程度上依赖他的秘书魏成清。魏成清是三哥的学生，也是小哥小学时代的朋友。此外，三哥还雇了两名职员和一名法律顾问。

新公司就这样完成了重组，全体股东授权董事会，董事会再反过来聘请自己的经理和员工。这一企业结构使得经理和员工向董事会负责，船只向股东负责；通过监事会加强了对公司的进一步监管，监事会的职责是制衡董事会和经理之间的权力，并使之尽职尽责。理论上讲，经理及其员工有权安排各条船的货运和日程，聘用船长、船员，以及监管船只在河上的运行。

这一正式的组织形式与公司注册本身同重建局所颁发的规则是一致的。重建局希望公司有严格的组织，以便统一管理和顺利经营。然而实际上，公司的运营几乎与正式的组织结构无关。公司只是名义上的实体，并不能完全遏制每一条船和船长的自主权。

我们还记得这种船只的买卖和航运原本是由他的股东组织的，往往有一位突出的人物负责。每条船自成一个世界，船长、会计、领航员、厨师和五六名船员都由这位主要的股东雇用。这些雇员自然依附于这位既可以雇用又可以解聘他们的股东。但是随着公司的重组，也有了一些改进，和以往不同，现在各条船都要遵守共同的航运时刻表，以避免不必要的竞争。而且，公司的运营受制于重建局，若没有相当的管理资质，重建局不会颁发航运许可。

不过公司的管理部门不能干涉任何船只的员工，即便从理论上来说，这些人员应该由管理部门雇用和解聘。公司成功地接管了客运费的收取，如果没有这一项，公司将毫无利润可言。迄今为止，船只更大的收入来源——货运费的收取还是留在各船船长和会计的手里，尽管他们现在每月要向公司出示账簿。货运费往往赊欠，一年一付，很多时候仅是账面交易，因为毕竟大部分货物属于船只的股东所有，他们当初组织买船就是为了自己运货。

按这种方式组织起来，即便名义上的组织与其真正的机制有出入，公司的运营还是很有效率。管理部门充分行使职能，秘书成清直接负责安排航运行程表。每条船每周往返一次，这样一来，每天都有船，除非乘客和货物太多，万一一条船装不下，管理部门会安排行程表上的下一班船提前开船。

比如“江鸥”号这条船，按照行程表往上游航行时，船长或他的代表同福州货栈的商人会事先安排托运货物装船。由于五哥通常只担任黄家这条船名义上的船长，这些日常事务便由他在船上的代表卫国处理。货物装船后，卫国在账簿上记录一下，列出货物的数量和种类、发货人和收货人以及运费金额。最后一个步骤是卫国将船的情况直接报告古田会馆管理处的秘书成清。成清便派来一名职员，带着两个警察前来收取乘客的船费。警察是政府专为此指派的，否则有时乘客会拒绝支付船费。

通常的情形是，一收完乘客的船费就涨潮了，卫国便下令起锚，随后向上游的湖口航行。一路上要经过三道内陆海关检查，每到一个海关，卫国都要去报告乘客和货物的情况并交纳税款。货物要接受检查，且绝不会敷衍了事。

逆流而上一趟大约需要一天一夜，而顺流而下则只需不到 12 小时。从湖口出发的货物装载也由卫国和店主们安排，他随后又走一遍常规的流程，包括记账、报关、签发航令和通知福州的商人接收来自内陆的货物。

所有船只的运营都这样遵照公司航程且财政自主。实际上，重组后的管理运行十分成功，不到半年，公司就发布了报表，显示出可观的利润。

这次重组将黄家和东林的店铺置于一个十分有利的地位。东林现在已经处于半退休状态，但还在店里工作，而他的儿子四哥则在生意上变得越来越有影响力。作为一名年轻进取的商人，四哥往往赞成一些更投机的策略，东林则不喜欢，父子俩有时为此争吵。

店里主要经营的还是大米、鱼和盐三样。尤其是在三哥成为轮船公司的董事会主席和经理之后，贩鱼米的轮船运输变得更加便利和高效。五哥继续成功地担任鱼商和“江鸥”号船长的职务。三兄弟在父亲眼皮底下总是能够密切合作，命运再一次把东林和他的家推到一个稳定的状态，他们又找回了往日平衡的生活。

在私人事务上，即便儿子已经是成年人了，他们的权利也还是握在家长东林的手里。五哥的第二次婚姻就是遵照旧俗。我们记得，五哥是黄家轮船名义上的船长，虽然实际工作由他的朋友卫国代劳。但卫国拿三分之二的薪水，五哥只取三分之一作为佣金。大约在这个时候，当五哥频繁往返于福州和湖口镇时，他的第二任妻子去世了，留下一个年幼的女儿。五哥还是希望能有一个儿子，于是打算再娶。后来有一天，他在船上遇见了一个年轻的姑娘，自称认识他的妹妹珠妹。五哥渐渐对她了解多了，陷入了爱河，如果两家愿意，这位年轻的姑娘有意嫁给五哥。然而东林则另有打算，他希望五哥娶一个名下有可观财产的离异女人。五哥又一次不情愿地服从了父亲的旨意，又一次牺牲了自己的爱情。这位离过婚的女人没有任何仪式就过了门，因为她已经不是头婚新娘了。

五哥的第三任妻子是在城里长大的，她的生活习惯与那些生长在乡村里的女人不同。不久，她就发现很难与自己的婆婆黄太太以及妯娌四嫂相处。她不喜欢做饭和洗洗涮涮的家务活，而且在正餐之外喜欢吃坚果和点心之类的零食，这在乡村世界是很少见的习惯。

东林此次的决断或许是错误的。五哥与这位妻子的相处不如与前两任妻子融洽，两人时常吵架，有一次，她竟敢朝五哥扔了一块银圆，正打中五哥的鼻子。五哥愤然离家，从此以后大部分时间都待在福州。

一天，五哥的一位老赌友带着他去妓院，他们在那里喝酒赌钱。一来二往，他养成了在那里留宿的习惯，并且喜欢上一个漂亮的妓女。不久，他染上了梅毒，但是不敢告诉父母和兄弟们。最终，在病情日益恶化的时候，他回到家中，有一天吃晚餐的时候，突然从座位上晕倒在地，口吐白沫。虽然渐渐恢复了意识，但从此以后他经常晕厥。

与此同时，五哥的新婚妻子产下一个男性死婴，公公婆婆对她大为光火。五哥现在也痛恨她，全家都希望五哥能有个儿子，以延续他的支系，女儿是不能算作继承人的。父母为他提了三次亲，主要就是为了他能有一个继承人，所以这次死产令他们大失所望。

当五哥外表看起来已经康复的时候，东林让他到福州继续贩鱼。他先到了湖口，在店里待了两天等船。在店里，他写了几封信给他的两个兄弟三哥和小哥以及几位朋友。三个小时之后，他突然从柜台的椅子上跌落，再次口吐白沫，不省人事。他被迅速安置到床上并请来了医生，但无济于事，因为医生都不知道这是什么病。这次他再也没有醒来，奄奄一息地撑了三个小时之后，他死了，始终没有再说出一句话。

五哥的死讯让全家人感到震惊。就在头一天，金翼之家的人还看着他生龙活虎，他们难以相信死亡会来得如此突然。黄太太尤其悲伤，恸哭流涕。五哥的妻子也哭喊着躺在地上。东林极度沮丧，流下了伤心的泪水，这是他自祖母潘氏去世后头一次哭泣。

第二天，三哥和珠妹从各自生活的地方回家，同家人一起陷入悲伤。年迈的双亲、兄长三哥和四哥以及妹妹珠妹哭作一团，围坐在五哥的房间里。他们心碎欲裂，质问苍天为何如此残忍，要在他们的亲人风华正茂之时夺走他的生命。

在为失去第三个儿子哀悼时，东林试图从自己的德行缺失中寻找解释。如果不是上天为了惩罚自己，这样的厄运怎么会降临到自己的家？东林回顾了以往所走过的路，带领全家脱贫致富，为家人建新居，抚养孩子并让他们受教育，为自己的一房增添了光彩。当地人相信这样的法则，如果一个人有美德，那么他的一生就不会遭遇破产和厄运。现在他失去了儿子五哥，这是一种苛刻的信条，使他无可申辩。他觉得自己才是该责备的对象，因为正是他的德行缺失造成了儿子的最终殒命，而这一点，现在才应验。

五哥的死也触动了黄太太的亲情。近些年来，五哥成了她依赖最多的儿子，因为他最常回家看望母亲。他自童年就时运不济，三次婚姻都未能给他带来子嗣，这使得他成了黄太太眼中最可怜的人。即便在他死后数月，黄太太偶然看到他的几件旧衣服，她衰老的身子竟无法承受悲伤，立时晕了过去。

四哥和三哥也为失去兄弟而哀伤，但是他们的想法很不一样。他们面对的是在共同奋斗中失去了一位强有力的伙伴。五哥对店铺和家庭的建设贡献颇多。他对社会福利、公共管理以及乡村事务的兴趣以及与本地人之间的广泛关系，对黄家及其生意来说是不可或缺的。他推动轮船公司重组的努力就是一个生动的体现，表明他在家庭、店铺和河运贸易的生意中占据了重要地位。

五哥的死让全家人感到悲伤，但即便在这一危机中，所有黄家人不同的利益仍旧交织在一起，他们也不得不继续过日子。日子的确过得黯淡无光，不过日常琐事和需要费神关注的大事逐渐使他们的心情得以平复。不久以后，小哥从北平回来，这使得全家又想到五哥的死，大家都在想要是五哥还活着，这次聚会要欢乐圆满得多。反过来想，迎接另一个儿子的喜悦，些许减轻了人们对失去五哥的回忆。

小哥现在已经长大成人，年轻有为，不再像从前那么“小”了，但是大家依然叫他小哥。他带来了兴高采烈的谈论和振奋人心的消息。他以其涉世未深的青春热情向长辈们建议，过去的就让它过去，要期待充满希望的未来。因为小哥能说会道，言之成理，招人喜欢，所以差不多所有的长辈都听从他的话。欢乐最终再次在黄家呈现，正常的生活渐渐再度恢复。

在市里、镇上和乡村转了一圈之后，小哥又要动身去念书了。轮船在水上航行，掀起了他如潮水般的思绪。他想起曾经和已故的五哥站在这里，在乘船回家的路上一起欢呼，不禁悲从中来。要知道前不久，他还在与长辈们兴高采烈地说话，排解他们的愁肠。谁知到了眼前，看着周围熟悉的小镇、河岸、江水及轮船，一切如常，唯独缺少了五哥，而他的位置也永远无法填补了，小哥的热泪涌出了眼眶。

# 第二十章　僵局

五哥之死对黄家产生的最终影响比一开始显现的要大得多。直到五哥在家族生意、福州城的咸鱼买卖，尤其是在航运业和轮船公司方面的影响力消失以后，重组公司中两派之间的潜在矛盾再度爆发，并演变成一场激烈的斗争。冲突在很多方面表现为以新代旧。黄家无人能逃脱这一更大的矛盾，像三哥和其他儿子一样在城里和沿江谋生的人无疑更不能，这与那些在村里的田间地头和在镇上的店铺里的人，例如几乎已经退休的东林不一样。以往五哥实际上是众人之间的重要纽带，他是一股力量，以其友谊及对老河运商人的同情维系了轮船公司的完整性。现在，他不在了，剩下的兄弟们只能独自面对可能发生的一切事情。

即便在外念书暂时在家小住的小哥，也无法躲避家庭命运的影响。公司分裂时，他恰好也在场。他回到福州，与三哥同住，三哥现在住在南台岛上的一所公寓里，在城市的南郊，经长寿桥与市区相连。接受了大学教育以后，弟弟自然而然地对学术的追求兴致盎然。有一段时间，他在当地一家周刊做编辑，写了几篇亲自调查过的社会问题的文章。

三哥和小哥两兄弟在一起相处得非常愉快。与一般的时而带有敌意、时而一味热情的兄弟截然不同，他们彼此坦诚和友好，一起讨论人生的各种问题。哥哥的工作是教书育人，还是一位管理者，他能提供实际经验，弟弟从中获益良多。小哥掌握了更多关于科学和历史的理论，当轮到他发表观点时，三哥也十分感兴趣。

一天，三哥从轮船公司的管理处回家，告诉弟弟某个船长当天试图逼迫秘书成清变更航程。在遭到秘书的拒绝后，这位船长险些动粗。实际上，这只是公司的众多麻烦之一，因为公司的结构造成各项事务几乎不可能顺利进行。小哥建议他将更多的注意力放在教书而不是公司的运营上，但三哥认为只要公司能够更好地组织起来，利润将非常可观。由于他忙于教学，无法分身，所以试图找一个人来担任经理，采取必要的步骤切实把公司变成一个运营良好的企业。

在这个节骨眼上，小哥恰巧遇到了被罢黜的前任经理齐檀，并邀请他到家中吃晚餐。三哥也加入了他们，三个老朋友在一起十分高兴。借着这次重聚，三哥问齐檀是否愿意再次出任轮船公司经理一职并使公司在未来大放异彩。毕竟，齐檀似乎是合适的人选，他是个大学生，并且持有许多轮船股份。即便齐檀之前被迫下台，三哥依然认为他能再次胜任这一职位。

三哥邀请董事会成员到家中吃饭和会商，但老梁和他的一位同为董事会成员的朋友拒绝前来。他们得到小道消息说，这次开会是为了恢复齐檀的经理职位，对此，他们强烈反对。会议就在他们缺席的情况下召开，三哥和南绍的两名属下已经构成了董事会的法定人数。但齐檀认识到老梁一派依然反对自己的事实，请求三哥任命他的堂弟王齐昆接替。齐昆是立阳的儿子，也是后来改嫁的茂德遗孀惠兰的弟弟，他看起来同样适合担任经理之职。

因此，当会议一致投票通过任命齐昆为经理的时候，老梁一派对此极为不满。他们指控此次投票是非法的，因为他们还不习惯这种一票之差就决定结果的多数原则。他们不喜欢齐昆，因为他毕竟是齐檀的堂弟，害怕他会走齐檀的老路。而且他们也害怕齐檀会在幕后操纵，而齐昆不过是名义上的经理。

齐檀的确在幕后很活跃，甚至在更换经理之前，他就已经拟好了一封信，解雇包胖子的公司法律顾问一职。包胖子是老梁的亲密朋友，也是老梁引荐的。齐檀这么做是为了试探老梁一派的态度。他让小哥抄写了信件，因为包胖子不认得小哥的笔迹。这是一个诡计，以转移包胖子对齐檀就是解雇他的人的任何怀疑。但是，作为董事会主席和公司经理，三哥必须在解雇信上签字。所以，包胖子对三哥的仇恨更甚于对他朋友老梁的仇敌齐檀的仇恨。解雇是很严重的，因为他因此颜面扫地。

结果，当齐昆上任时，老梁一派派了他们的船长和船员去捣毁管理处。这些人多数是街头恶棍出身，他们气势汹汹地来到办公处，用最粗俗的沿江一带口音叫骂和威胁员工。齐昆恰好是个倔强坚定的人，他和堂兄齐檀一起上过几年大学，虽然没毕业，但是比齐檀具有更大的决心和勇气。他很快把这些人赶了出去。

齐昆不顾威胁和抱怨，迅速成了真正意义上的经理，而且认真履行职责。他首先去了重建局，向那里的官员清晰地表明了自己的立场，告诉他们自己意图使公司符合重建局很早以前发布的规定。如此一来，他就得到了重建局的全力支持。

接下来，在齐昆的领导下，管理处试图接管货运收费。这一举措使老梁一派大为惊恐。老梁之前不愿依法组织公司的主要原因就是害怕管理处会独揽财政大权。若管理处接管了各条汽船的货运费，再加上已经成为惯例的乘客费用征收，那么船运所有的收入都将集中到管理处。一旦控制了财政，管理处就会进一步宣布全权接手，包括所有轮船业员工，如船长、会计、领航员以及水手的雇用和解雇。倘若财政集中的计划实现，公司最终会出现高度组织化的支配等级，于是命令将从董事会下达到经理，从经理到管理处，再从管理处到员工。各船大股东仍掌管自己职员的独立管理将不复存在。从此以后，各股东虽然普遍在公司持有股份，但实质上已经失去了轮船，因为轮船将归公司而非原来购船的个体商人所有。

两派之间的利益冲突迅速白热化。马南绍已经不在公司任职，但还是他那一派的头儿，在幕后操纵行动。他的女婿齐檀，积极帮助齐昆引进改革政策。甚至三哥也开始与马南绍全力合作。事实上，他们这一派包含了所有受过更高的教育而且学过现代贸易和企业组织法的人。他们认为，财权集中到管理处将使他们能更严格地控制船运和雇用更有能力的船长和船员。他们还力争清除个体股东和船长的腐败行为，这些人将轮船视为私有财产，全然不顾河运业的公共利益。

老梁一派对这件事情的看法截然不同。他们原本是一条船的船主，像东林一样，只是为了方便自己运货。东林或许会同意他们的看法，但是他现在已经从繁忙的生意中隐退，在公司里拥有决定性影响的是他的儿子们，他们很早以前就已经将河运系统视为独立的业务，而老梁和他那一派的成员只是把轮船视为大米、鱼和盐等常规业务的辅助。像老梁、小刘和长邓这些人，虽然仍有影响，但控制的轮船股份已经不多。他们同意创立名义上的公司只是为了重建局要求的注册，非如此不能获得轮船运输的许可。他们一直希望能够让船长以赊账的方式运货并且一年一结，若管理处以现款方式征收货运费，他们将损失其资金所能产生的利息。

当齐昆发布命令，要在船上当场收取货运现金时，老梁和他那一派的成员反应极为强烈。他们煽动雇员——船长和水手——不断在管理处闹事。他们的雇员也全力支持，因为他们被告知，如果管理处真的实施这一政策，他们将失去工作。

与此同时，长邓被派来与三哥商量，试图能达成妥协。他在三哥面前只是愚蠢地抱怨齐昆的任命和包胖子的解雇，而忽略了更大的问题。三哥回答说他不明白为什么他们要缺席会议，在他看来，当董事会已多数通过齐昆的任命之后，他们再对此表达不满是不合理的。至于包胖子，他领着丰厚的薪水却不做事，而现在雇用的另一位法律顾问，他的薪水要低得多。最后，长邓才说出自己一派的真正意图，他们想让三哥将管理处恢复成原来的状态，但遭到三哥的断然拒绝。

这就出现了僵局，无法达成妥协。老梁和他的朋友们抱憾地想起，若五哥还活着，或许他们还有可能如愿以偿。五哥对老梁一派非常友好，他是劝说三哥最合适的人。实际上，以前老梁和三哥初次联系的发起人就是五哥，并因此使重组成为可能，这才成立了公司。五哥站在顽固的老梁一边，而三哥站在富商马南绍一边，兄弟俩一起才能保持两边的权力平衡，两人也都了解各自的内部问题。然而现在，很不幸，因为与马南绍一派走得更近，三哥无法再信老梁一派，而他们也不信任他。显然，失去五哥对三哥而言的确事关重大。从某种意义上说，一个人的去世毁掉了整个轮船公司。在遭到最后的拒绝之后，老梁一派不再和三哥联系了。他们开始痛恨他，就像痛恨马南绍一样。他们嘲弄和质问他，如果没有他们的支持，他怎么能当上董事会主席。他们还指责他勾结对手来反水，并决定赶走他或者灭掉他。

精力充沛的齐昆接管了经理的职位和责任之后，三哥相对得到了解脱，他把更多的时间和精力投入教学。现在，他是华南学院的化学教授。凭借这一资格，他被派作学院代表前往中央政府所在地南京参加一个国防会议。政府召集全国的专家，为国防政策建言献策，并把这些人请到首都参与研讨。日本入侵中国已经只是一个时间问题。来自南京的关于参会的命令是秘密的，三哥计划离开福州而不声张。他立即找来齐昆，让齐昆尽快悄悄地了结公司目前的生意，并赶快把所有文件送来签字，因为他即将动身前往上海。然而三哥要离开的消息泄露了，不久便传遍了全城。

启程那天，三哥在妻子和小哥的陪同下来到长寿桥边的码头，一同登上前往上海的轮船。开船前五分钟，一名水手鸣锣让送行的人下船，当三哥正与妻子挥手告别的时候，两名当地的警察冲到船舱里逮捕了他。已经向岸边走去的小哥迅速折回。看到三哥在他们手中，请求他们带走自己作为顶替，解释说他的哥哥在上海有一项重要的任务。但警察回答说这是一桩刑事案件，任何人不得顶替。船还有一分钟就要开了，警察紧紧抓着三哥，他和小哥，还有三嫂毫无办法，只能上岸。

三嫂带着行李回家了，小哥陪着三哥到了地方法院。途中，兄弟俩看到小刘坐在码头边的一辆人力车上，立刻知道是小刘带来了警察并找到三哥所在的船舱。

他们是对的。老梁一派已经聚了很多次，商量对付对手的方法。包胖子，即那位被公司解雇因而丢了脸面的律师，恶毒地密谋罢黜三哥的董事会主席职位。包胖子为支持老梁一派引荐了叶律师，叶律师在市里以能通过“后门”打赢官司著称。听说三哥要去上海的小道消息，叶律师立即抓住这次羞辱三哥的机会。以公司监委会成员小刘和长邓的名义草拟一纸诉状呈送地方法院。三哥被指控意图携带公司的万余元公款出逃上海。正是根据这一指控，地方法院立即派了两名警察去逮捕三哥。小刘先带着警察到了三哥的公寓，但他谎称三哥不在家。他贿赂了警察让他们一直等到第二天早上，因为他知道三哥要在那个时候上船。在船上抓住三哥，更能表明他有意携款出逃。

三哥现在被带到了地方法院，在候审室等待。不一会儿，齐檀、齐昆、成清以及公司新聘的法律顾问赵律师，都来到这里帮助三哥。小刘、长邓和他们那一派的几个人上诉，检察官召集了原告小刘、长邓以及被告三哥。听证会在检察官的私人办公室进行，所以两派的多数成员只能在外面等待结果。

在办公室，检察官先听取原告的指控，小刘和长邓重复了一遍，说三哥窃取公司的一万块钱并企图逃跑。当最终轮到三哥的时候，他只是不动声色地出示了中央政府让他前往上海参加国防会议的文件。三哥请求检察官不要声张这一任务，因为政府要求保密。看了文件之后，检察官立即转向原告，斥责他们闹事。长邓和小刘还愚蠢地试图上诉，指控被告是盗贼。检察官命令他们闭嘴，他说他现在已经知道三哥是什么样的人了。他警告他们不要干涉这样一位有身份的教授，他正打算去执行一项事关国家利益的任务。然后检察官再次转向被告，允许他去上海并将官司推迟到他回来。对于原告导致的金钱和名誉损失，三哥保留所有提起诉讼的权利，检察官对此表示同意。

听证会解散后，小刘和长邓两名原告大为惊恐。三哥竟然拥有一份如此重要的秘密文件，致使检察官立即明显地偏向于他，对此，他们一无所知。叶律师建议他们检查管理处的账簿，从中发现纰漏，即便再小，也能使诉讼继续进行。

三哥从南京回来后，官司继续进行。现在，此案已经分配给另一名姓李的检察官，此人以收受贿赂恶名远扬。但三哥认为他的案子是一目了然的，他从未盗用公款，而且他出差与国防有关，因此去首都出差自然不会被解释为意欲潜逃。三次听证会之后，李检察官宣布执行一项裁决，即原告可以将对被告的指控提交地方法庭进行审判。

三哥对检察院的这一裁决大为愤慨，这样一来，官司就要继续打下去了。他十分后悔自己没有贿赂李检察官。为此，他丧失了终止案件的机会，因为如果他在检察官的听证会上获胜，诉讼就不会继续进行。事实上，他的秘书成清在经理齐昆的允许下已经秘密进行了贿赂，但是成清没有把这件事告诉三哥，怕三哥在接受审问时紧张。后来，成清得知对方行贿的数额更多，以至于裁决同他之前预料的不同。

三哥在轮船上被警察带走的消息，立即传到了湖口镇和黄村，成了当地人最主要的话题。东林的大儿子掉进了“衙门的陷阱”，东林深感忧虑，因为他经受过官司和牢狱生活的苦楚。平常连极小的事情都会担心的黄太太，面对这个意想不到的消息更受打击。年迈的双亲立即离开他们依恋的故乡前往省城，以便在诉讼案期间在场。四哥在家里的店铺也待不住了，他将生意托付给了账房凯团，自己去了福州。三哥的公寓里现在住着双亲、三兄弟以及三嫂和孩子们。官司是全家人讨论的主要话题。

顾不得年迈和疲惫，东林依然遍访了从前的朋友和伙伴。他认识老梁一派中的很多人，试图通过他们说服这一派放弃对三哥的起诉。老梁和他的同伴热情款待这位老人，高度赞赏他的好意。但是他们看到老人已经失去了对其儿子的影响力，也不想再利用他了。

事实上，东林现在已经变得絮絮叨叨，常常像孩子一样口无遮拦。最终，因为害怕父亲可能无意中将他们的计划泄露给老梁一派，三哥、四哥和小哥三兄弟常常私下一起商量，不让东林知道。他们想使父母平静下来，并向他们保证没有输掉官司的危险。

由于年事已高，东林在家内家外的影响力的确下降了，但是他作为一位象征性的人物比以往更受敬重。在年轻进取的时候，他寡言寡语，现在年纪大了，变得健谈起来，然而他的话已经起不到什么作用。谢了顶加上长长的银发，使东林看起来更像一位退休的政客而非商人。现在，他又变得快活了，几乎像孩子一样，他最喜欢和年幼的孙子们聊天，带他们去老城和戏院。

同所有上了年纪的老人一样，东林除了儿孙满堂之外别无所求。他依然是家庭团结和兴盛的象征，这一点比以往更加凸显。家人对他的信任也给了他欢乐，因为他相信儿子们所有的优点和成功都是自己美德的体现。

就在东林在城里享福的时候，他的儿子及其伙伴们依然需要处理轮船公司的事务和诉讼事宜。为了获得股东的进一步支持，三哥在古田会馆召集了全体股东大会。他自信自己的支持者再加上南绍的支持者，将占到多数。如此一来，董事会提出的方针将得到批准生效，而自己也会得到信任票。但是，老梁一派到场闹事，不许任何动议达成投票表决。老梁带来了他的船长、水手以及一些街头恶棍作为他那一派股东的代理。当然，他们真正的任务是捣乱滋事。每次提出一项动议，这些人便叫嚷一番。很快，他们开始大喊大叫，掀翻了椅子，将纸和笔扔得到处都是，会议不得不中断。股东们陆续逃走了，胆小怕事的齐檀也在其中。只有几个人留了下来，包括黄家三兄弟、齐昆和秘书成清。他们被恶棍们包围，但坚守立场，直至会议毫无结果地散场。

第二次会议进行了更周密的安排。这次在市里一家有名的饭店举行，配枪的市府警察被请来坐在会议大厅的后面，以确保恶棍们不能进入，不会有人干扰会议。老梁一派的成员到达后立即认识到此次会议的严重性。有警察在场，他们知道再干扰会议是不可能了。他们改变了策略，雇了几个直言不讳的人为其辩解。但这些发言人太过粗鲁，提出的论点毫无道理。他们这些策略终遭失败，尤其是他们所有的论点都被几位学法律的学生驳倒，这些学生是小哥的朋友，是来帮助小哥和他的兄长三哥的。这些年轻的法律专业的学生能言善辩，轻而易举地击败了对方。

发现已经无计可施，老梁一派全体退出了会议。但是，多数股东留了下来，此后会议进程十分顺利。如期投票并得到通过的动议之一便是起草一份给地方法院的请愿书，声明股东大会拥护他们的董事会主席三哥，相信他的工作做得很好。

但是股东的拥护毫无效果。在“走后门”策略之外，老梁一派还采取了伪造文件和做伪证的办法。有一个例子可以说明他们的伎俩。一个街头乞丐被雇用为证人，发誓他曾经花几块钱买到了股东的自由通行票。管理处为大股东签发了自由通行票，便于免费乘坐公司的任何轮船。原告现在指控三哥负责的管理处将这种票卖给了证人，是渎职的反映。当轮船公司的赵律师征得法官的许可，盘问这位乞丐证人湖口的风光，以检验其是否曾到过湖口镇时，乞丐全然不知。他的愚蠢引来了旁听者的嘲笑。

然而，伪证和造假还是起到了一定作用，地方法院判处三哥六个月监禁。这一判决使他和他的那一派人异常愤慨。他们立即上诉至高一级法院，即福建省高级法院，准备与老梁一派打一场硬仗。

随着双方矛盾不断升级，整个古田县都被卷入其中。县里的士绅如雷吾云、王齐祥、陈大川和陈香凯等，一起来到福州，敦促两派和解，避免将县里的资源进一步浪费在无谓的官司上。从地理位置上看，虽然竞争双方同属于古田县，但马南绍和三哥一派代表西路一带的居民，而老梁一派则代表东路沿线的居民。在古田历史上，从未出现过如此重大的冲突，卷入了如此众多的知名人士。

两派最终被郑重劝服商议和解。为此办了一场盛大的宴会，两派中所有重要成员都受邀参加。敌对双方、中间人和律师也在场。他们签署了一份和解协议，但是三哥和马南绍一方要求的主要条件——从法院撤诉却未能实现。两派的隔阂已经如此之深，尤其是在几次审判之后，以至于在任何事情上都不再相互信任。尽管有士绅的努力，但协议依然成了一纸空文。

管理处账簿上一些极细微的纰漏被对手的伪证给放大了，据此，三哥依然被判处了三个月监禁。直到案件移交最高法院之前，三哥始终未能脱身。省法院最终不得不将本案所有的证据送至首都，在贿赂所不能及的最高法院，对三哥的起诉最终被驳回。他免除了牢狱的威胁。在他的管理下，轮船公司的未来发展大有希望，前景再次变得明朗，老梁一派最终一败涂地。

实际上，这时期的前景对黄家、镇上的居民以及整个古田县区而言都是光明的，然而这太过短暂了。命运已经在酝酿一场更大的灾难，全中国都将蒙受苦难。突然之间，1937 年 7 月 7 日，日军在北平郊外的卢沟桥[①] 向中国人开火，日本对中国北方和南方的侵略

① 原文为 Marco Polo Bridge，因为西方人最早得知卢沟桥是在《马可·波罗游记》中，故卢沟桥在西方也被称为马可波罗桥。——译者注

开始了。在全国抵抗这一新的、更大的威胁期间，中国政府迁都重庆，准备长期抵抗。日本战机俯冲下来，残忍地向各沿海城市投掷炸弹，屠杀平民，福州亦不例外。死亡的阴影笼罩着所有人，各处的建筑瞬间沦为废墟，社会秩序紊乱，处在崩溃的边缘。轰炸和封锁迫使人们向内陆转移，黄家撤回了老家黄村，东林再次住进自己很久之前盖的金翼之家。他把店铺留给了四哥，但生意已经萎缩到最初开业时的规模。福州和内陆之间的交通经常全线中断。河运轮船被毁，公司的股东失去了所有资金。三哥跟随全国高校的大迁移，去了福建西北角的山区。在那里，他与其他同事一样，勉强度日。他们撤退到内陆，回归发祥之地，黄家又一次竭力度过命运中的一场严重危机。

在抗日战争中，1941 年春天，福州被敌军全面占领。内陆乡村和外部世界的通讯完全中断。东林，现在已经年逾古稀，依然扛起了锄头，再次像年轻时一样劳作。围在他身边的是他的孙儿，现在正看着他，学习农耕的技术，这是他们首要的、也是最持久的生计之源。一架飞机从他们头顶飞过，孙辈们抬头仰望这充满敌意的天空，但老人却平静地对他们说："孩子们，你们忘记把种子埋进土里了！"